KB242999

無限笑笑

무한소소소 4

김현영 新무협 판타지 소설

초판 1쇄 찍은 날 § 2004년 6월 19일
초판 1쇄 펴낸 날 § 2004년 6월 29일

지은이 § 김현영
펴낸이 § 서경석

편집장 § 문혜영
편집 § 장상수 · 유경화 · 서지현
마케팅 § 정필 · 강양원 · 이선구 · 김규진 · 홍현경

펴낸곳 § 도서출판 청어람
등록번호 § 제1081-1-89호
등록일자 § 1999. 5. 31
어람번호 § 제2-0392호

주소 § 경기도 부천시 원미구 심곡1동 350-1 남성B/D 3F (우) 420-011
전화 § 032-656-4452 팩스 § 032-656-4453
http://www.chungeoram.com
E-mail § eoram99@chollian.net

ⓒ 김현영, 2004

ISBN 89-5831-156-8 04810
ISBN 89-5831-024-3 (SET)

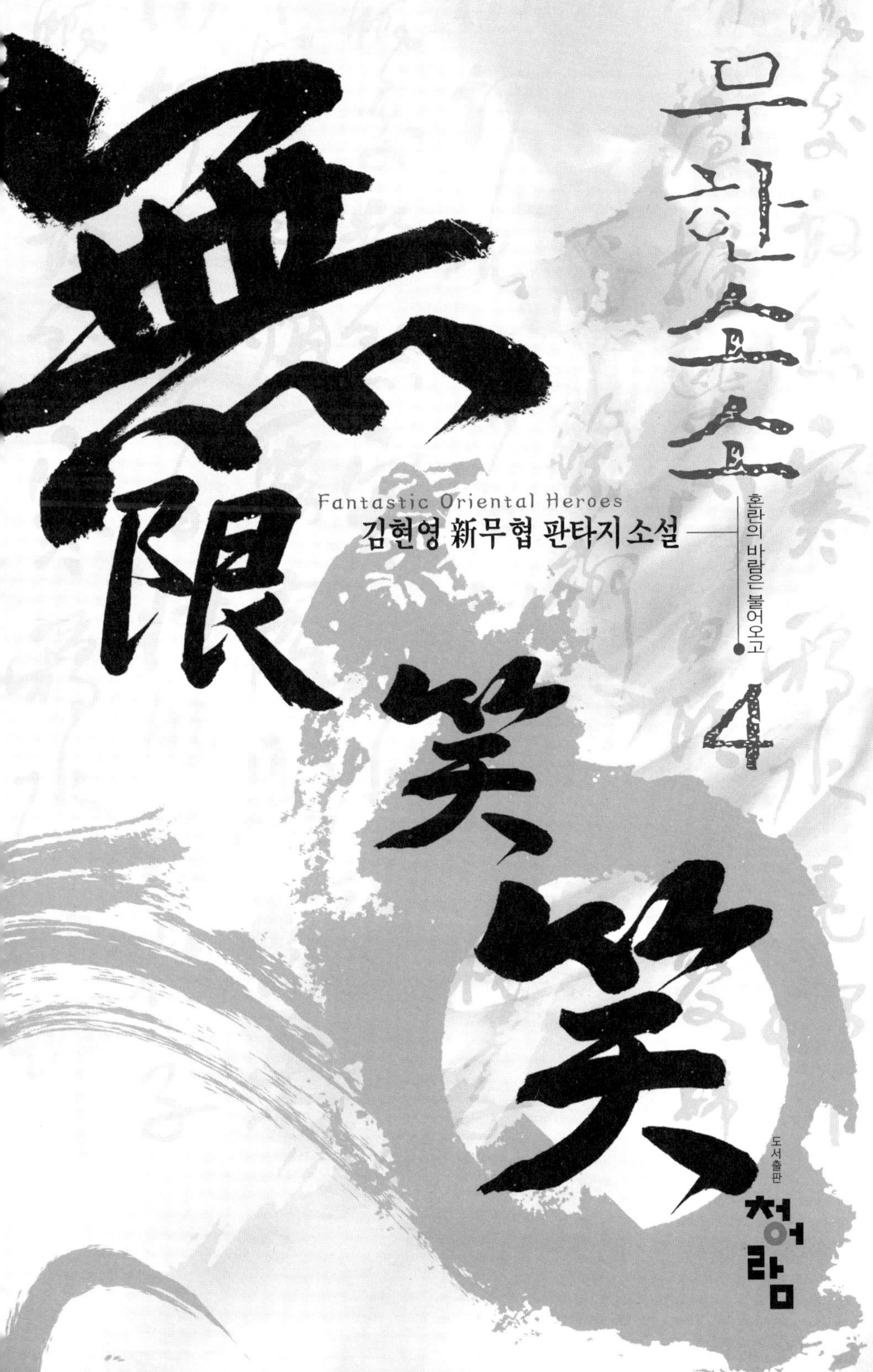
無限笑笑
무한소소
Fantastic Oriental Heroes
김현영 新무협 판타지 소설
혼란의 바람은 불어오고
4
도서출판
청어람

신기묘성 헌비의 대제자 단윤은 어둡고 음습한 동혈을 걷고 있었다. 그는 이곳을 언제부터 걷고 있었는지, 이 동혈이 어디에 위치해 있는지, 또한 어떤 의미를 지닌 동혈인지는 알지 못했다.

그가 알고 있는 것이라곤 지금 이곳 어딘가에서 끊임없이 한 음성이 들려온다는 것과 그 음성을 뿌리칠 수 없다는 것뿐이었다.

"도와줘~ 도와줘~"

음성에는 보이지 않는 끈이 길게 늘어져 있고 그 끝이 단윤의 몸을 감고 있어, 단윤은 다른 길을 돌아볼 엄두를 내지 못했다.

안개처럼 희미한 음성이었지만, 음성에 깃든 고통과 슬픔은 너무도 뚜렷하게 마음을 울려대고 있었다.

더욱 그의 마음이 편치 않은 건, 정녕 그의 귀가 잘못된 것이 아니라면 이 목소리는 사부의 음성이 틀림없다는 점 때문이었다.

그는 동혈의 천장에 박힌 야명주를 따라 하염없이 걸었고, 그에 따라 점점 도움을 구하는 소리는 가까워졌다.

이윽고 동혈은 막다른 길에 이르렀고, 그곳은 벽 대신 쇠창살로 가로막힌 뇌옥이 자리하고 있었다.

서둘러 달려가 뇌옥 안을 들여다본 단윤은 자기도 모르게 비명처럼 소리를 내질렀다.

"사부님!"

뇌옥 안에는 결코 신기묘성 헌비의 모습이라고 보기 힘든 피에 전 고깃덩어리가 거꾸로 매달려 있었다.

실오라기 하나 걸치지 않은 벌거벗은 몸은 피부가 다 벗겨져 나가 말 그대로 고깃덩어리라고 해도 과언이 아니었다.

정육점에 소나 돼지의 껍질을 벗겨내고 다리부터 묶어 매달아놓은 것처럼 헌비의 몸에서는 피가 주르륵 흘러내리며, 바닥을 척척히 적셔가고 있었다.

헌비의 입에서는 연신 도와줘, 라는 말이 새어 나왔다.

"사부님! 사부님, 어떻게 된 일입니까?"

단윤이 울부짖었다.

믿어지지 않는 현실에 분노하며 단윤이 내공을 끌어올려 쇠창살을 잡고 힘을 기울여 보았지만, 무엇으로 만들어진 것인지 쇠창살은 조금의 구부러짐도 보이지 않았다.

그 모습을 헌비는 처연한 표정으로 지켜봤다.

단윤은 눈앞에 사부의 비참한 모습을 두고도 손을 쓸 수 없음에 안타까워 눈물을 쏟았다.

"사부님, 조금만 참으십시오. 이 제자 방법을 곧 강구하겠습니다."

분노에 떨던 단윤은 동혈을 나가 사부를 해한 놈들을 찾아 해결책을 찾으려 했다.

조급한 마음에 그가 신형을 막 돌리려 할 때였다.

"크크크, 미친놈!"

스치기만 해도 살이 베어져 나갈 것 같은 서늘한 음성이 단윤의 고막을 파고들었다.

단윤이 소스라치게 놀라 바라보니, 거꾸로 매달려 있던 사부 헌비가 잔인한 웃음을 잔뜩 머금고 있었다.

충격으로 할 말을 잃은 채 단윤은 그저 눈을 부릅뜨고 사부를 바라봤다.

뭔가가 달라져 있었다.

사부의 모습은 그대로였다.

눈, 코, 입, 얼굴의 윤곽. 달라진 것은 없었다.

그러나 분명한 건 그 얼굴과 눈에서 뿜어져 나오는 광기와 사악함은 결코 사부의 것이 아니라는 점이다.

또한 단언한건대 단윤으로서는 저런 사악함은 이제껏 본 적도, 상상해 본 적도 없는 것이었다.

다시금 피로 범벅이 된 헌비의 입이 열렸다.

"네가 구하겠다고? 클클클… 네놈의 사부는 돌아갈 수 없다. 네놈의 사부는 돌아갈 수 없어!"

"네놈은 누구냐? 사부님을 어찌한 것이냐?"

“크크크, 곧 알게 될 게다, 곧 알게 될 게야. 크하하하하!”

잔악한 웃음의 끝에 헌비의 눈이 붉게 충혈되더니, 한순간 단윤의 눈으로 찌를 듯이 파고들었다.

그 빛은 인세에서 결코 볼 수 없는 색깔이었다. 그나마 가장 가까운 색이라면 죽은 피가 엉켜 썩은 색 정도일까.

죽음을 안고 다가오는 혈광(血光)이 덮쳐 오자 단윤은 항거할 수 없는 상태에 빠져 비명을 내질렀다.

“아아악~”

단윤은 두 손으로 눈을 감싸며 자리를 박차고 몸을 일으켰다.

“헉, 헉, 헉……”

땀으로 범벅된 채, 연신 헉헉거리며 단윤은 주위를 둘러보았다.

사방은 어둠과 정적에 감싸여 있었다.

‘꿈?

꿈이었다.

하지만 다시 눈을 감는다면 당장에라도 광기에 물든 눈이 영혼까지 덮칠 것만 같아 그는 잠시 눈을 깜박일 수조차 없었다.

“여보, 무슨 일이에요?”

비명 소리에 놀란 부인이 조심스럽게 물었다.

단윤은 부인을 바라보며 애써 평온한 어조로 답했다.

“아, 벼랑에서 떨어지는 꿈을 꾼 것 같소.”

그는 최대한 아무렇지도 않다는 투로 말했지만, 그의 얼굴은 공포에 질려 있었고, 계속해서 흘러나오는 땀 때문에 부인은 걱정스러운 표정이었다.

사십 평생을 살아오는 동안 생사를 넘나드는 강호의 길을 걸었던 남편을 지켜본 그녀였지만 지금처럼 두려움에 휩싸인 표정은 본 적이 없었다.

"곡주님 때문이군요."

그녀는 열흘 전 칠성 중 한 명인 종횡마걸 표헌이 학운곡을 다녀간 뒤로 남편이 부쩍 곡주님을 안타까워하는 말을 자주 하였음을 상기했다.

아직도 원기 왕성한 종횡마걸과 초라하게 변한 사부의 모습은 너무도 극명한 대비를 이루어 안타까움을 더했던 것이다.

단윤은 숨을 크게 한 번 들이쉬고 말했다.

"꿈은 반대라고 했으니, 도리어 좋은 일이 있으리라 보오."

부인이 고개를 끄덕이며 부드럽게 말했다.

"그래요. 내일이면 곡주님께서 다시 폐관에 들어가신다고 하니 이번에는 좋은 성과가 있지 않겠어요?"

"괜히 부인의 잠을 깨웠구려."

단윤은 부인의 머리를 쓰다듬고 안심시킨 후 침상에서 내려왔다.

"잠시 바람 좀 쐬고 오리다."

현명한 부인은 그에게 혼자만의 시간을 주기 위해 침상에 몸을 뉘었다.

밖으로 나와 뜰을 거닐며 단윤은 꿈에 대해 생각했다.

'그 악귀는 누구일까? 도대체 사부님의 몸에 무슨 일이 벌어진 것이란 말인가.'

문득 지난날 사부님이 중얼거리던 말이 떠올랐다.

"주화입마는 살아 있는 생명체처럼 몸을 공격하는구나."

'최절정에 이른 고수가 맞이하는 주화입마는 그토록 무서운 것인가.'

다른 무언가가 있을 것 같은 생각이 들었지만 단윤은 그것이 어떤 성격을 지녔고, 어떤 상태의 것인지는 명확히 떠올리지 못했다.

그로서는 고통당하는 사부님을 위해 아무것도 해줄 수 없다는 것이 그 무엇보다 아플뿐이었다.

다음날, 폐관 장소인 정심원 앞에는 신기묘성 헌비와 그의 대제자 단윤이 자리했다.

원래부터 헌비가 허례허식을 싫어하기도 했지만 경사스러운 일도 아니고 폐관이라는 점을 감안할 때 대제자만을 부른 것은 당연한 일이었다.

"내가 없는 동안 곡을 잘 이끌어주길 바란다."

제자를 바라보는 사부의 눈에는 자애로움이 가득했다.

"곡의 일은 염려 마십시오. 부디 이번 폐관을 통해 사부님께서 뜻을 이루시기만을 이 제자 바랄 뿐입니다."

단윤은 스승의 다정한 눈빛을 대하자, 지난밤의 꿈은 그저 기우에 불과한 것이란 생각이 들었다.

'그 무엇도 사부님의 정기를 흩트리지 못할 것이다. 그 어떤 사악한

주화입마라도.'

얼마나 많은 시간이 소요될지는 알 수 없으나 폐관이 마쳐지는 날, 사부님은 과거의 위엄과 힘을 찾을 것이다.

"네가 있어 든든하구나."

그 말을 끝으로 헌비는 정심원의 동혈을 여는 기관 장치를 작동시켰다.

그르르르.

석벽이 거친 신음을 발하며 천천히 입을 벌렸다.

정심원 안으로 발걸음을 옮긴 헌비가 다시 내부에서 기관을 작동시키자 돌문이 서서히 닫혔다.

"오래 걸릴 것 같구나. 조급히 기다리지 말거라."

"그리하겠습니다."

단윤이 공손히 머리를 조아렸다.

돌문이 그르렁거리는 소리를 내며 삼 분의 일 지점을 지나 절반 정도 지날 때였다.

'도와줘~'

뼈와 살을 쥐어짜는 듯한 희미하고 고통스러운 음성, 지난밤 꿈속에서 들었던 목소리가 단윤의 마음에 스며들었다.

분명 사부는 입을 열지 않았지만, 단윤은 직감적으로 그 소리가 사부로부터 흘러나온 것임을 알아차렸다.

순간 모골이 송연해지는 기분에 단윤은 자신도 모르게 크게 소리쳤다.

"사부님!"

단윤의 외침은 어느새 닫힌 석벽에 가로막혀 공허하게 되돌아왔다.

단윤은 그저 멍한 표정으로 한참 동안 석벽을 바라보았다.

과연 이렇게 보내 드리는 것이 옳은 것인지, 폐관이 진정 필요한 것인지 짧은 순간 수많은 생각이 떠올랐다가 사라지고 또 떠올랐다가 사라지길 반복했다.

그러다 마음속 깊이 감추어둔, 결코 떠올리지 않으리라던 염려가 스멀거리며 피어났다.

'그럴 리 없어, 절대!'

그건 가장 최악의 상황이었다.

불안의 실체, 그건 단천자였다.

그러나 정심원의 문이 닫힌 지금, 내부에서 작동시킨 기관을 외부에서 결코 열 수 없는 현실 앞에서는 부디 그런 끔찍한 상상이 현실이 아니길 바랄 뿐 다른 어떤 방법도 없었다.

정심원 내부에 들어선 헌비는 전혀 다른 사람으로 변했다.

분명 헌비가 틀림없었지만 결코 그일 수 없는 사악한 웃음이 그의 얼굴에 떠올랐다.

"헌비, 꽤나 끈질기구나. 하마터면 이 단천자의 존재가 탄로날 뻔했지 않느냐. 크크크. 그래, 답답하겠지. 하지만 염려 마라, 곧 네놈을 영원히 보내줄 테니까."

단천자는 야명주가 박힌 동혈을 따라 걸음을 옮겨 폐관을 위해 마련된 석실로 들어섰다.

그는 오른쪽 벽면에 이르러 우뚝 섰다.

벽에는 석회를 사용하여 그린 듯한 두 사람의 전신상이 있었다.

단천자는 그중 오른쪽에 있는 그림을 보며 중얼거렸다.

"헌비, 잘 보거라. 이제부터 천천히 시작하는 게다. 후후. 불쌍한 놈. 쓰레기 같은 칠성사괴 놈들을 다 없앤 후에 천하를 발 아래 둘 테니 말이다."

단천자는 얼굴 가득 득의한 웃음을 머금고 지난날을 떠올렸다.

이십여 년 전.

칠성사괴에 의해 죽임을 당한 후 원령만이 남게 된 단천자는 총 세 가지 금제에 갇히게 되었다.

첫째는 성숙노괴의 단혼진기에 둘러싸이고,

둘째는 그 상태로 천보갑에 들어가게 되었으며,

셋째는 천보갑을 중심으로 광범위하게 펼쳐진 마령봉쇄진에 의해 철저히 갇히는 신세가 되었다.

희망의 불씨가 피어오른 것은 갇힌 지 이 년이 지나서였다.

천보갑 내에서 철저히 억압하던 단혼진기가 희미하게 옅어지더니 어느 순간 자연적으로 소멸되었다.

그때부터 단천자는 장장 팔 년 동안 마의 힘을 응집하였고, 끝내 천보갑의 미세한 틈을 뚫고 나왔다.

그리고 다시 마령봉쇄진의 험한 기세와 오 년여를 싸워 생문의 입구에 도달하게 되었다.

때마침 헌비가 마령봉쇄진을 점검코자 진 곁에 이르렀을 때, 단천자는 기회를 놓치지 않고 헌비의 몸으로 파고들어 급작스러운 몸의 변화에 제대로 대처하지 못한 헌비를 제압하고 그의 육신을 탈취했다.

하지만 그것으로 모든 것이 끝난 건 아니었다.

신기묘성 헌비는 정종심법을 깊이 연마한 까닭에, 마성의 결정체라 할 수 있는 단천자로서는 온전히 헌비의 몸을 통제할 수 없었다.

서로의 기운이 충돌한 결과 육신이 쇠약해져 몸은 마르고 머리가 하얗게 새는가 하면, 기력을 전혀 쓸 수 없는 상태에 빠지고 만 것이다.

단천자는 즉시 주화입마에 빠진 것이란 말로 헌비의 제자들을 속이고, 폐관수련을 명목으로 정심원에 들어가 온전히 헌비를 제압하였고, 더불어 약간의 기력도 회복하게 되었다.

그는 폐관으로 일차 목적을 달성하자, 강호에 발을 내딛기 전 자신의 존재를 알리고자 정심원의 비밀 통로를 통해 외부로 나가 중용을 뒤죽박죽 섞어 만든 삼대흉공에 각 이름을 붙여 세상에 유출시켰다.

그 뒷면에는 세 권이 한자리에 모였을 때 비로소 밝혀지게 될, ‘모든 일은 과거와 같이 다시 시작된다’ 는 글을 적어놓았다.

삼대흉공을 통해 그가 노리는 것은 두 가지였다.

하나는 흉공을 서로 차지하려다 서로 죽고 죽이는 피바람이 불기를 원했고, 또 하나는 결국 그 세 비급이 한자리에 모였을 때 ‘모든 일은 과거와 같이 다시 시작된다’ 는 글귀를 통해 자신의 존재를 짐작토록 하기 위함이었다.

그러나 결과적으로 봤을 때 삼대흉공의 유출은 싱겁게 끝나고 말았다. 종횡마걸이 적극적으로 개입하여 강호에는 큰 소란 없이 삼대흉공 사건이 마무리되고 만 것이다.

그래도 얻은 것이 전혀 없는 것은 아니었다.

종횡마걸을 통해 전혀 예상치 못했던 성숙노괴의 죽음에 대해서 들을 수 있게 된 것이 바로 그것이었다.

당시 단천자는 헌비인 척하며 성숙노괴의 죽음에 대해 놀란 표정을 지었지만 사실 그런 놀람은 결코 꾸민 것만은 아니었다.

가장 처절한 죽음을 선사하겠다고 다짐하던 그였기에 성숙노괴의 죽음은 놀라움과 함께 허망함을 안겨주었다.

하지만 다른 한편으로 생각해 볼 때 단혼진기가 갑자기 사라진 게 성숙노괴의 죽음이 원인으로, 그가 죽자 그의 기운마저 사라진 것이라는 생각에 이르자 잘된 일이라고 생각했다.

단천자는 왼쪽의 그림으로 시선을 옮겼다.

소탈한 외모와 함께 유독 눈이 번쩍이는 사람의 형상이 그려져 있었다.

"성숙노괴, 이놈! 찢어 죽이리라 생각했건만 먼저 가버린 게냐. 클클클. 염려 마라. 곧 다른 놈들도 네 곁으로 보내줄 테니 말이다."

단천자는 흉악한 웃음과 함께 석실을 빠져나갔다.

이제 모든 것을 다시 시작해야 할 때가 되었다.

그동안 마음에 품었던 계획들을 하나둘 실행에 옮겨야 한다.

가장 먼저 해야 할 일은 헌비의 육신을 버리고 제대로 된 육신을 찾는 일이었다.

과거의 육신과 가장 흡사한 몸, 마성에 젖은 자의 몸이야말로 그의 진정한 안식처가 될 터였다.

정심원의 후미에 마련된 비밀 통로로 단천자는 스산한 미소를 지으며 빠져나갔다.

제2장 아쉬운 이별, 그리고 새로운 동행

송겸이 기력을 회복하여 몸을 움직일 수 있게 된 것은 열흘이 지나서였다.

내외적으로 크게 상처를 입었으나 빠르게 기력을 차린 데에는 섬환독공의 기운과 빙안미성의 정성 어린 치료 덕분이었다.

빙안미성은 막내 제자인 왕소옥의 집을 찾아 그동안 당한 고초에 대해 위로한 것을 제외하고는 한시도 송겸의 곁을 떠나지 않고 간호했다.

그녀는 송겸의 얼굴을 빤히 바라보며 한숨을 내쉬다가, 미소를 짓다가, 또 근심 어린 표정으로 바라보기도 했다. 그녀에게 송겸은 기쁨이면서 또한 슬픔이었다.

송겸이 정신은 차렸으나 기력은 회복하지 못해 침상에 누워 있을 때 추백 등은 잠깐 들러 향유장원의 일이 빙안미성에 의해 원만하게 처리

되었음을 알려주었다.

송겸은 이야기를 듣고 두 가지에 놀랐다.

하나는 죽은 목숨이나 다름없게 된 자신을 구한 이가 뜻밖에도 천하칠성 중 한 명인 빙안미성이라는 사실이었고, 또 하나는 그녀가 사부와 비슷한 연배임에도 불구하고 중년의 고운 자태를 머금고 있다는 점이었다.

송겸은 자리를 털고 일어나게 되자 제일 먼저 빙안미성을 향해 공손히 예를 갖춰 감사의 인사를 드렸다.

물론 침상에 누워 있는 동안에 감사의 말을 하지 않은 것은 아니었지만 아무리 막돼먹은 송겸이라도 생명의 은인에게 정식으로 예를 갖춰야 한다는 것쯤은 알고 있었다.

"목숨을 구해주신 은혜 다시 한 번 감사드립니다."

빙안미성이 표정없이 송겸을 바라보고 말했다.

"앉아라. 네게 묻고 싶은 게 있다."

객방 내 탁자에 빙안미성과 송겸이 마주 앉았다.

그녀는 잠시 송겸을 물끄러미 바라보다가 입을 열었다.

"너에 대해서 알고 싶구나. 너는 성숙노괴의 아들인 게냐?"

묻는 그녀의 표정은 지극히 담담했지만 그녀의 마음까지 평온한 것은 아니었다. 그녀의 속은 풍랑이 이는 바다의 물결처럼 어지럽게 요동치고 있었다.

그녀는 스스로가 어떤 대답을 기대하고 있는지 자신조차 알 수가 없었다.

성숙노괴의 아들이 아니라는 답이 나온다면 허전함이 남을 것이고,

만약 아들이라는 답이 나온다면 그것대로 상처로 다가올 것이다.

송겸은 고개를 갸우뚱했다.

이 질문은 지난번 종횡마걸 표헌에 이어 두 번째였다.

도대체 성숙노괴와 자신이 무슨 연관이 있기에 손꼽히는 무림고수들이 자꾸만 묻는지 도무지 이해할 수 없었다.

머리를 좌우로 갸우뚱거리던 송겸이 급기야 손을 들어 머리를 긁적였다.

"저는… 고아로 자라나서 부모님이 어떤 분들인지도 모르고 있습니다만……."

빙안미성의 눈빛이 미세하게 흔들렸다.

"무슨 소린 게냐. 자세히 말해 보아라."

송겸이 어깨를 으쓱거렸다.

"그냥 뭐 버려진 것이겠죠. 무슨 충격을 받은 건지 일곱 살 이전은 기억이 나질 않습니다. 물론 그 일곱 살이라는 것도 그냥 추측일 뿐입니다만."

"그럼 네 사부는 언제 만나게 되었느냐?"

"약 삼 년 전이죠. 하하하하하."

송겸은 난데없이 웃고는 말을 이었다.

"제 근골이 워낙 뛰어나고 천부적인 재질이 타고난지라 저를 제자로 삼기 위해 애를 많이 쓰셨죠. 하하하하. 노인네가 불쌍하기도 해서 제가 희생하는 마음으로 제자가 되기로 했답니다. 하하하하."

그녀의 평온하던 얼굴에 답답함이 묻어났다.

"너의 사부가 네 근본에 대해 아무 말도 않더란 말이냐?"

“사부님이요?”

송겸은 손사래를 치며 말을 이었다.

“아이쿠, 천하제일의 기재를 얻어놓고는 개집에서 자게 하질 않나, 무공은 가르치지도 않고 이상한 것만 시키고, 강호에 나가라고 하더니만 아주 죽든지 살든지 신경도 안 쓰네요.”

빙안미성의 눈이 빠르게 송겸을 훑었다.

그녀는 이제껏 자신 앞에서 이런 식으로 주눅 들지 않고 너스레를 떠는 사람을 본 적이 없었다. 특히 이렇게 젊은 나이라면 더 더욱.

실로 기괴한 젊은이였다.

강호에서 이름을 날리는 이라 해도 그녀의 몸에서 자연스럽게 피어나는 서늘한 기운에 질려 말을 더듬거나 손을 어디에 두어야 할지, 눈을 어디에 두어야 할지 몰라 갈팡질팡하는 경우가 태반이었다.

그런데 지금 송겸은 아주 오랫동안 알고 지냈던 사람처럼 실실거리고 있으니 그녀는 기괴하면서도 한편으로는 어이가 없기도 했다.

그녀는 자리에서 일어나 창가로 가서 한참 동안 밖을 보다가 입을 열었다.

“너의 사부를 만나야겠다.”

밤이 되어 송겸과 교청은은 객잔의 지붕 위에 나란히 앉았다.

이미 낮 동안에 빙안미성의 뜻이 전해져 일행의 거취는 결정난 상태였다.

추백과 조후, 교청은은 까마득한 후배였기에 감히 토를 달 수 없는 형편이었고, 송겸으로서도 어느덧 사부를 떠나 강호를 유람한 지 일 년

여가 되어가고 있었기에 빙안미성과 함께 돌아가는 데 이견이 없었다.

유유히 흐르는 달빛 아래 교청은이 물었다.

"그때 독왕노괴님은 왜 송 공자에게 그런 일을 시킨 거죠?"

평범한 말투였지만 송겸에겐 뾰족한 얼음 조각처럼 싸늘하게 다가오는 말이었다.

"네? 무슨 말씀이신지……."

송겸은 영문을 모르겠다는 표정을 지었다.

교청은이 피식 웃었다.

"저는 이번 향유장원의 사건을 통해서 송 공자의 진실한 모습을 보고 지난 일은 모두 잊기로 했으니 굳이 그런 표정 지을 필요 없어요. 사실 오래전부터 알고 있었어요."

잠시 송겸은 뚫어져라 교청은을 바라보았다. 그녀의 모습에선 진심이 흘러나오고 있었다. 긴장감이 돌던 송겸의 얼굴이 어느 한순간 서서히 펴졌고 급기야 크게 웃음이 터져 나왔다.

"하하하하하… 그럼 이제 다 끝난 건가요? 하하하하하!"

송겸의 웃음소리가 어찌나 컸던지 객방에 머물러 잠을 청하던 몇 사람이 창문을 열고 소리를 질렀다.

"어떤 미친 새끼가 야밤에 떠들고 지랄이냐! 확, 그냥."

"막 잠들 참이었는데 대체 어떤 놈이야?"

"대체 어디서 웃는 거냐? 콱, 그냥 아가리를 찢어놓을까 보다!"

송겸은 손으로 입을 틀어막았지만 눈은 여전히 웃고 있었다.

그 모습을 교청은은 잠시 퀭한 눈으로 바라보았다.

사실 그녀는 송겸이 과거의 그 파렴치한인지에 대해서 짐작은 했으나 확신을 갖고 있는 것은 아니었다. 사부가 드러나고, 서로가 갈 길이 다르니 이쯤에서 슬쩍 넘겨짚는다면 솔직히 시인하지 않을까 하는 마음에서 떠본 것이었다.

그런데 송겸이 의외로 쉽게 과거를 인정하자, 그녀는 만감이 교차하며 지난 시간들이 주마등처럼 빠르게 스쳐 지나갔다.

이를 갈며 절치부심 돈을 모아 살수 조직을 찾아갔던 일, 취악취금 이윤과 함께 송겸의 행적을 뒤쫓던 일, 낙양에서 만났을 때 눈물을 떨구며 쌍둥이 동생에 대해 이야기하던 모습, 신비회라는 이름 아래 자행된 그 엉뚱하면서도 유쾌한 일들, 그리고 향유장원에서의 송겸의 진실이 담긴 눈빛과 진정한 무림인다운 분노의 모습들.

향유장원의 광경은 결코 꾸미거나 연기를 통해 나타날 수 있는 성질의 것이 아니었다.

송겸의 시인으로 교청은은 조각조각 흩어진 진실의 실체를 명확히 이해할 수 있게 되었다.

사실 그녀는 송겸이 온전히 정신을 차리지 못하고 있을 때, 추백, 조후와 진솔한 대화를 나누었다.

교청은은 송겸의 사문이 드러난 이상, 비록 신비회의 규칙에는 서로의 사문이나 근본을 묻지 않도록 되어 있지만 이제는 숨길 것이 무엇이 있겠냐는 말로 제안한 것이 그 시작이었다.

교청은은 두 사람의 입을 열게 하기 위해서 자신이 먼저 마음의 문을 열어야 한다고 생각하고 약 삼 년 전 겪었던 송겸과의 해괴망측한 만남을 이야기했다.

강호의 신진고수들을 만나러 가는 길에 송겸이 미치광이 흉내를 내

며 다가와 껴안았고, 그러다 입술까지 부딪치는 사태에 이르렀음과 그
로 인해 원한을 품고 송겸을 죽이려고 찾아다녔음을 사실 그대로 털어
놓았다.

그녀로서는 꽤나 용기를 내어 말한 것이었고 추백과 조후는 감탄사
를 연발하며 그녀의 말에 호응했다. 하지만 그것은 표면적인 것일 뿐
추백과 조후는 마음으로 온갖 불신을 품고 있었다.

그럴 수밖에 없는 것이, 이미 추백과 조후는 일전에 송겸이 털어놓
았던 이야기가 여전히 귓가에 어른거리고 있었기 때문이다.

"춘약에 당한 그녀를 보고 나는 잠시 갈등했지만 한 생명이 죽어가는 것
을 그냥 지나칠 수는 없었다. 사파인들의 행동 강령 중 하나가 무엇이냐. 바
로 여자를 귀히 여기는 마음이 아니더냐. 그것도 아름다운 여인이라면 더 더
욱 말이다. 그래서 나는 희생하는 마음으로 그녀에게 나의 동정을 바친 것이
다. 쉽지 않은 결정이었다."

이것은 그 무엇으로도 깨뜨릴 수 없는 확고한 믿음이었다.

그러나 추백과 조후는 거짓으로 고백하는 교청은의 심정을 십분 이
해했다. 여자의 입장에서 순결을 잃었다는 사실을 그대로 고하긴 쉽지
않을 것이기에.

교청은의 진실이지만 거짓으로 오인된 고백이 있은 후, 추백과 조후
도 대충 자신의 과거를 드러냈다.

추백은 자신이 수라곡의 사람이며, 아버지가 다름 아닌 수라곡주라
는 사실과 송겸과는 우연히 만나 의기투합하게 되어 여기에 이르렀노

라 말했다.

우연이라고 두루뭉실하게 표현된 이면에 자리한 진실의 한심함을 고백할 수는 없는 일이었다. 먼저 거짓말을 한 것은 교청은이기에 자책감은 그리 크지 않았다.

교청은은 송겸과 독왕노괴의 관계에 이어 추백과 수라곡의 관계를 듣자 기가 막힐 따름이었다.

무엇보다도 독왕노괴나 수라곡주는 사파의 거마들이다.

그런데 송겸의 외침은 무엇이었던가.

의를 행하는 신비회.

세상의 빛이 되는 신비회.

선한 일이라면 어떤 일이든지 달려가는 신비회.

이어 조후의 차례가 되었을 때 조후는 취악취금 이윤과 일관문의 관계를 설명할 수 없는 노릇이었기에 우연과 우연이 몇 겹으로 겹치다 보니 송겸, 추백과 인연을 맺게 되었노라고 황당하게 자신을 소개했다.

당연히 교청은과 추백이 의아한 시선으로 노려봤지만 조후는 어깨를 으쓱하는 것으로 답변을 마무리 지었다.

잠시 상념에 젖었던 그녀는 한줄기 바람이 스치고 지나자 현실로 돌아왔다.

그녀가 물었다.

"성숙노괴님이 진짜 송 공자의 아버님이신가요?"

송겸의 눈이 한차례 반짝 하고 빛났다. 그리고 오른손이 아주 천천히 올라가는가 싶더니 흘러내리지도 않은 머리를 쓸어 넘겼다.

그건 마치 '나는 이런 사람이야. 내가 바로 성숙노괴의 아들이라구'
라고 말하는 것 같아서 교청은은 기가 막혀 웃어야 할지 울어야 할지
모를 표정이 되고 말았다.

송겸이 잔뜩 거드름을 피우며 말했다.

"뭐, 피는 못 속이는 법이니까요. 게다가 빙안미성 정도의 초절정고
수라면 사람을 잘못 보고 엉뚱한 소리나 할 분은 아니잖습니까. 그러
니까 결국은… 하하하하."

워낙에 기고만장한 덕분에 교청은이 아무 말 없이 앞만 바라보고 있
자 송겸도 양심이 없는 것은 아니어서 겸연쩍은 미소를 띠었다.

둘 사이에 잠시 침묵이 흘렀다.

달빛이 유유히 두 사람 머리 위를 노닐 때, 먼저 침묵을 깬 것은 송
겸이었다.

"이제 가면 언제 만나게 될지 모르겠군요."

"제가 잘못 들은 것이 아니라면 우리는 영원한 동지라고 하지 않았
던가요?"

"그, 그게… 교 낭자는 이제 부모님 곁에서 효를 행하는 것이 도리
가 아닐는지요?"

"뭐라구요?"

평온하던 교청은이 갑자기 쌍심지를 켜자 송겸은 바로 너털웃음을
날렸다.

"하하. 농담입니다, 농담. 하루 이틀 지낸 것도 아니면서 아직도 저
를 모르십니까?"

"그런 농담은 하지 말아요."

"네, 네… 그러죠……."

그때 교청은이 문득 생각난 듯 말했다.

"기다리고들 있을 텐데 이제 내려가 볼까요?"

"아, 맞다. 어서 가죠."

두 사람이 추백과 조후가 머무는 곳으로 들어가니, 두 사람은 이미 탁자 위에 술과 안주를 가득 대령해 놓고 기다리고 있는 중이었다.

"이거, 좀 늦으셨네요."

"도란도란 무슨 말씀들이 그리 많으셨습니까?"

야릇한 어감이었기에 송겸은 추백과 조후만 볼 수 있는 위치에서 두 사람을 향해 인상을 우그러뜨렸고, 뒤쪽에 있던 교청은은 살짝 미소 지었다.

자리에 앉은 네 사람은 술잔을 기울였다.

그동안 함께했던 시간들을 돌아보며 웃고 떠들며 이야기꽃을 피워 냈다.

돌이켜 보니 신비회의 이름으로 지내온 시간들은 어느 것 하나 유쾌하지 않은 것이 없어, 누가 이야기를 꺼내면 좌중에 웃음이 번지고 또 다른 이야기로 넘어가며 웃었다.

추억은 그 어떤 안주보다 달콤해서 술은 근사하게 취해왔고, 그들이 자리한 객방 안에는 웃음과 웃음 사이로 짙은 아쉬움이 소리없이 공간을 메워가고 있었다.

늘 문으로 돌아갈 날만을 손꼽아 기다리던 조후조차 모든 일이 원만히 해결되고 이제 막상 아무 거리낌 없이 돌아갈 처지가 되었지만 기뽐보다는 이들이 보고 싶어질 것이라는 생각을 떨쳐 낼 수가 없었다.

그들은 어느 누구 할 것 없이 아쉬움을 느꼈지만 또한 어느 누구도 그런 내색을 하지 않았다. 지금은 이렇게 마냥 너스레를 떠는 즐거운 분위기를 유지하고 싶었다.

점점 술자리가 무르익어 갈 때 송겸이 모두를 둘러보며 말했다.

"자, 이제 내일이면 헤어지게 될 텐데 모두들 앞으로는 무엇을 할 것인지 궁금하군."

그 말과 함께 송겸이 추백을 바라보자, 추백이 실없는 웃음을 지으며 말했다.

"저요? 저는 일단 이곳에 좀 더 머물러야 할 것 같습니다만……. 하하하."

그 저의를 모르고 있는 사람은 아무도 없었다.

추백은 그녀가 빙안미성의 제자가 되었을 줄은 꿈에도 생각지 못했다가 향유장원의 사건을 통해 조금이나마 얼굴을 익히게 되었기에 이 기회는 천금과 같은 것이라 할 수 있었다.

"캬하, 녀석. 이제 슬슬 행동으로 옮겨보겠다 이거냐?"

송겸의 말이었고,

"형님, 그리 만만하게 보이지 않던데요? 하지만 이 동생은 열렬히 응원을 보내는 것은 잊지 않겠습니다."

조후의 말이었다.

"추 장로라면 아마 그쪽에서도 마음에 들 것 같으니 힘내요."

교청은도 추백의 잔에 술을 부어주면서 주홍빛 장래를 축복했다.

추백은 유쾌하게 웃으며 술을 입에 털어 넣고는 화통하게 말했다.

“고맙습니다, 형수님.”

‘헉!’

그 말이 끝나기 무섭게 추백은 자신이 엄청난 실수를 했음을 자각하고 석고상처럼 굳어버렸다.

송겸은 태풍에 뒷머리를 강타당한 듯 완전히 충격에 휩싸였고, 교청은은 막 잔을 들려던 자세 그대로 어색함에서 벗어나지 못하고 있었다.

조후는 무슨 사단이 벌어질 것인가 눈동자를 빠르게 굴리며 송겸과 추백, 그리고 교청은을 번갈아 보며 눈치를 살피느라 정신이 없었다.

잠시 객방 안에는 아쉬움의 기운이 물러나고 어색한 기운이 가득 들어찼다.

송겸은 추백! 너 잠깐 나 좀 보자, 라고 말하고 밖에 나가 죽도록 패고 아주 자근자근 밟아놓고 개운하게 손을 털고는 아무 일도 없다는 듯이 안으로 들어오는 환상을 속으로 꿈꾸다가……

억지로 화통하게 웃었다.

“너, 농담이 많이 늘었구나?”

그제야 멍한 정신 상태에 빠져 있던 추백이 송겸이 열어준 탈출구를 따라 맞장구를 쳤다.

“아하하, 제 농담이 조금 이상했나요?”

조후도 분위기를 밝게 하기 위해 맞장구에 끼어들었다.

“저, 저, 저, 저는 재밌네요.”

조후는 워낙 긴장하고 있어서인지 말을 사정없이 더듬어 버렸다. 이것은 차라리 말을 하지 않은 만 못한 것이 되어 조후는 얼굴이 시뻘겋게 변해 쥐구멍이 어디 있나 찾을 수밖에 없는 처지가 되고 말았다.

그때 송겸이 자리를 박차고 일어나더니 잔을 높이 들고 외쳤다.

"자, 영원한 우리 신비회를 위하여~"

역시 술자리에 좋은 점이라면 궁색한 상황을 한 방의 건배로 타개할 수 있다는 점이리라.

멋진 건배에 이어 송겸이 이번에는 조후에게 물었다.

"조, 조, 조, 조후… 너는 어디로 갈 거냐?"

고의성이 다분한 따라 하기였기에 좌중은 다시 웃음바다가 되었고, 형수님 발언으로 어색해졌던 분위기는 일신되었다.

"저는 집으로 돌아가야죠. 헤에."

조후의 말에 이어 교청은도 짤막히 남해검문으로 돌아가겠노라 말했다.

다시 빈 잔에 술을 따라 높이 쳐들고 송겸이 말했다.

"자, 그럼 다음번 우리의 만남은 언제가 좋을까?"

"다시 만나는 건가요?"

조후가 놀란 눈으로 물었다.

"그야 당연하죠."

교청은이었다. 그녀는 자신의 말이 너무 단호했다는 생각에서인지 은근히 뒷말을 흐리며 이었다.

"신비회는 영원하니까요."

"맞습니다. 신비회는 영원합니다."

추백이 거들고 나서자 송겸이 턱을 매만지고 말했다.

"그럼 오늘로부터 일 년이 되는 날, 낙양의 풍운각에서 다시 만나도록 하지. 그곳은 우리 모두가 한자리에 모이게 된 날이니 의미도 깊고 말이야."

"그거 좋군요."

"각자 떨어져 있는 동안 무공도 더 열심히 익히고, 그때는 우리가 강호를 주름잡는 거야."

"선한 일을 하는 것은 아닌가요?"

교청은이 삐죽 입술을 내밀고 말했다.

"아하하… 당연히 그렇죠. 그걸 말이라고 하는 겁니까. 하하하."

어느덧 시간은 자정이 넘어가고 있었지만 그들의 대화는 끝을 모르고 이어졌다. 그냥 이대로 계속 이야기를 하다 보면 서로 헤어지지 않아도 되는 것이라고 믿는 사람들처럼 그렇게 그렇게 서로는 작별을 아쉬워하며 밤을 보냈다.

술 한 잔 한 잔을 마실 때마다 풍운각에서의 약속을 새기면서…….

제3장 아버지의 흔적

먼 길을 가야 했기에 빙안미성과 송겸은 말을 이용했다.

초여름의 날씨라 말을 타고 달리는 길은 상쾌하기 그지없었다.

그러나 하루 이틀이 지나면서 송겸의 안색은 뭔가 답답한 기운이 차츰 쌓여갔다. 그래도 처음에는 쾌활하게 몇 마디를 던졌던 송겸이었지만 사흘째는 거의 두 사람 사이에 오간 대화 자체가 없을 지경이었다.

잠시 객잔을 들러 요기를 때울 때에도, 잠을 자기 위해 객방에 들 때에도 아주 짤막한,

"쉬거라."

"네."

정도의 대화라고 하기 민망할 말이 오갔을 뿐이었다.

빙안미성은 자신 스스로가 여러 가지 상념에 사로잡혀 있었기에, 송

겸 또한 마음이 복잡하여 말이 없는 것이라고 생각했지만 사실 문제는 전혀 엉뚱한 데 있었다.

처음 송겸은 빙안미성에게 '저기요' 혹은 '여기요' 따위의 말로 그녀를 불렀는데 아무래도 자꾸 그렇게 부르기엔 어른에게 실례인 듯싶었다.

그래서 뭔가 제대로 된 호칭을 찾으려고 노력해 보았지만 강호의 규범이나 기초 상식조차 부족한 송겸이었기에 마땅한 칭호를 생각지 못하고 머리만 복잡한 상태로 헤매고 있었던 것이다.

과거 취망산을 떠나 강호 유람을 허락받았을 때에도, 아주 쓸데없는 고민, 즉 강호에 나가 할 일이 없다는 공허에 빠져 거의 숨이 막혀 죽을 뻔했던 송겸임을 감안할 때 이런 갈등도 충분히 이해가 될 만한 일이긴 했다.

사실 송겸은 성숙노괴에 대해 묻고 싶은 게 너무 많았다.

이것저것 고민하던 송겸이 비로소 결론을 내린 것은 나흘째가 되어서였다.

한적한 산길을 나란히 말을 몰아가던 중 송겸이 입을 열었다.

"저, 할머니. 궁금한 것이 있습……."

송겸의 말은 빙안미성의 차가운 시선에 잘려 중단되고 말았다.

"누가 도대체 할머니란 말이냐? 네 사부가 독왕노괴고 네 아비가 성숙노괴인데, 나는 그들과 같은 배분이거늘 갑자기 무슨 망발이냐!"

그녀는 얼음장같이 차갑고 또 빠르게 책망했다.

여기까지 동행하는 동안 그녀가 한 말 중에 가장 많고 어조가 높은 말이었다.

"네, 네, 죄송합니다."

송겸은 찔끔해서 머리를 긁적이는 시늉을 했으나 속으로는 구시렁거리는 것을 잊지 않았다.

'아니, 왜 신경질이야. 남은 애써 고르고 골라서 나름대로는 생각해 준다고 한 말인데 말야. 흥, 늙었어도 할머니란 소리는 듣기 싫다 이건가?'

송겸은 추백으로부터 그녀가 하북육살을 어떻게 처리해 버렸는지를 들었던 터라 일단 반항기를 자제했다. 사부나 종횡마걸이었다면 분명 한소리 했을 송겸이었다.

그러다 힐끔 빙안미성을 바라본 송겸은 이번에는 속으로 낄낄거렸다.

'그래, 하긴 외모를 볼 때 할머니라는 말은 진짜 맞지 않는 말이긴 하군.'

두 사람은 다시 침묵의 세계로 빠져들었고, 어느덧 점심 시간이 다 되어 객점에 들었다.

송겸은 오리탕 곱빼기를 시켜 우악스럽게 먹고는 아직 절반도 먹지 않은 빙안미성에게 조심스럽게 다시 말을 건넸다.

"누님, 많이 드십시오."

그 말에 막 수저를 들어 입으로 가져가려던 빙안미성이 눈에 미세한 경련을 일으키더니 그대로 수저를 내려놓았다.

그녀는 빤히 송겸을 바라봤고, 송겸은 속으로 이크, 하고는 혹시 저러다 채찍을 날려 버리는 것은 아닌가 싶어 슬슬 눈치를 살폈다.

"가자."

“저… 식사는?”

빙안미성은 다시 차갑게 한 번 쳐다보고는 자리에서 일어났고, 송겸은 도대체 어떻게 불러야 마음에 들어할지 몰라 답답한 마음으로 뒤를 따랐다.

누님이라는 호칭은 이미 취망산에서 사부 독왕노괴의 그림자들인 월하와 초민에게 써먹었고, 그때 두 사람의 반응은 그리 나쁜 편이 아니었다.

그래서 이번에도 친근감도 불러일으킬 겸 다정하게 불러본 것인데 반응이 냉랭하자, 송겸의 머리는 쥐가 날 것만 같았다.

다시 하루를 말없이 보내고, 다음날 일찍부터 말을 빨리 달려가다 오후가 되어 말도 쉬게 할 겸 천천히 나아갈 때였다.

송겸은 이번에는 제대로 하리라는 각오를 다지고 진중하게 입을 뗐다.

“여인이여, 묻고 싶은 게 있소이다만…….”

나란히 또각또각 말을 몰아가던 중에 빙안미성이 말을 세웠다.

그 덕에 송겸의 말은 앞으로 칠 보 정도 나아가다 멈췄다.

빙안미성은 말에서 내리더니 천천히 송겸에게 다가갔다.

그녀는 안장에 앉은 송겸을 보며 눈을 스르르 감았다 뜨더니 말했다.

“얘야.”

“네? 네, 말씀하십시오.”

“너 죽고 싶은 게지?”

“네? 아하하… 설마 제가 그럴 리가요.”

송겸은 식은땀을 쏟았다.

"죽고 싶다면 간단히 이야기하려무나."

"아니, 저는 그게 아니라… 마땅히 뭐라고 불러야 할지 몰라서……."

"허허……."

빙안미성은 살짝 입술을 깨물다 하도 기가 막힌지 허탈한 웃음을 지었다.

사실 그녀는 '너 죽고 싶냐?' 란 식의 말을 이렇게 어린 녀석에게 쓰게 될 줄은 생각지도 못했다. 그건 그녀의 평소의 말투도 아니었을 뿐 아니라 이렇듯 평범한 상황에서 꺼내본 적이 없는 말이었다.

연신 허허, 거리던 빙안미성이 한숨을 내쉬고는 말했다.

"앞으로는 노선배라 불러라."

"아하! 그렇군요. 노선배, 좋네요!"

송겸의 얼굴이 환해졌다. 왜 그걸 떠올리지 못했는지 스스로 생각해도 한심스러웠다.

"모르는 게 있으면 물어봐야 하는데, 스스로 하려다 보니 그만… 하하하. 노선배, 노선배, 아주 좋은데요."

그 말을 듣다 빙안미성이 갑자기 얼굴을 굳혔다.

"또 멍청이같이 말할까 봐 하는 말이다만 노선배 '님' 이라고 불러라."

"아, 그럼요, 제 사부님이 아무리 저를 막 가르쳤어도 제가 그런 것도 모를라구요. 님, 자를 꼭 붙일 테니 염려일랑 붙들어매십시오."

송겸의 말은 빙안미성이 님, 자를 붙이고 안 붙이고에 굉장히 예민하게 반응하는 속 좁은 사람인 양 만들어 버렸기에 빙안미성은 다시 어이가 없어져서 허허, 거리고 말았다.

호칭에 대한 문제가 해결된 후, 송겸은 한참이 지나서야 입을 열었다. 아까까지만 해도 호칭만 제대로 되면 마구 질문을 할 것 같았으나, 막상 질문할 여건이 되자 어쩐지 마음이 답답해진 것이다.

"노선배님! 성숙노괴님은 어떤 분이셨나요?"

송겸이 알고 있는 건 그가 천하사괴 중 한 명이라는 것과 단천자를 물리칠 정도의 고수라는 것이 고작이었다.

"성숙노괴님이라니? 그는 네 아비가 아니더냐?"

송겸의 안색이 순간 어두워졌다.

"그건 아직 잘 모르는 일이니까요."

거의 끝말은 흐릿하게 잘 들리지도 않았다.

지붕 위에서 교청은에게 이야기할 때 온갖 거드름을 피우며 자랑스러워하던 모습은 어디에서도 찾아볼 수 없었다.

빙안미성은 송겸의 그런 모습이 의외였지만 한편으로는 이해할 수 있을 것도 같았다.

그녀는 송겸이 성숙노괴를 아버지로 인정하고 있다고 생각했다.

그러나, 그렇기에 더욱 성숙노괴에 대해 서운한 마음이 이는 것이리라.

강호의 뭇 고수들 위에 군림하는 초절정고수가 자식의 안위도 돌보지 않고 세상에 버려놓았다는 것을 생각하면 어릴 적부터 버려진 자로서 자라야 했을 그 아픔이 그리 간단한 게 아니었을 것이기 때문이다.

"미리 속단하지 말거라. 그는 결코 무정한 사람이 아니다."

잠시 동안 여운을 둔 후 빙안미성이 말을 이었다.

"그에겐 그만의 사정이 있었을 게다."

송겸은 그녀의 말에서 어딘가 그리움과 아픔이 묻어 있음을 느꼈다. 그리고 그 음성을 통해 빙안미성에게 드리운 아버지의 그림자가 결코 작지 않다는 것도 송겸은 어렴풋이 느낄 수 있었다.

그날 송겸은 호칭 문제가 해결되었음에도 일체 입을 열지 않았고, 빙안미성도 고요히 말을 재촉해 갈 뿐이었다.

송겸의 어린 날은 놀림과 조롱을 받는 나날이었다.

또래 아이들이 놀려댈 때면 어린 송겸은 시무룩해하고, 혼자 멍하니 있곤 했다. 하지만 차츰 송겸은 그 상황을 극복하면서 활달한 성격으로 변해갔다.

극복법은 간단했다.

누군가가 놀려대면 그냥 내버려 두는 일이 없었다.

사람에겐 누구에게나 거리끼는 부분이나 약점이 있기 마련이었기에 송겸은 어떻게 해서든지 그 약점을 알아내서 곱으로 상대를 놀려주었다.

또 누군가 작은 돌을 던지면 그에 맞서 어른 머리만한 돌을 들고 달려들었다. 그 덕분에 송겸은 함부로 건드리면 곤란한 아이로 알려져 누구도 비위를 건드리지 않으려 했고, 되도록이면 가까이 지내려는 아이들이 많아졌다.

그런 가운데 송겸은 부모에 대한 서운함과 원망, 그리고 그리움을 내면 깊숙이 숨겨두고 더욱 외향적인 성격이 되어갔다.

송겸은 늘 유쾌했고 또 기이한 일들을 부러 만드는 경향이 강했기에 뭔가 재밌는 일을 찾을 때면 아이들은 가장 먼저 송겸을 떠올렸다.

그 세월이 거의 십 년을 훌쩍 넘겨온 터라 빙안미성과 동행하는 송겸의 진중함은 하루로 마감했다.

다음날부터 송겸은 본연의 모습으로 돌아와 아주 시끄러워지기 시작했다.

"야, 날씨 좋다~ 매일매일 이런 날씨라면 얼마나 좋을까?"

아침 식사를 마치고 길을 나서며 송겸의 날씨 찬가에 빙안미성은 고운 이마를 살짝 찡그리고는 하늘을 한 번 보고, 다시 송겸을 바라봤다.

하늘의 천장은 낮게 내려앉았고 먹구름이 사방을 뒤덮고 있어 당장이라도 비가 쏟아져 내릴 것 같았다.

"노선배님, 날씨도 좋은데 제가 노래나 한 곡 불러 드릴까요?"

너무 기가 막힌 나머지 빙안미성은 피식, 웃고 말았다. 그녀의 별호가 '얼음장 같은 얼굴의 미녀' 임을 감안할 때 이건 실로 놀라운 일이었다.

가장 놀랄 사람들은 아마도 그녀의 제자들일 것이다. 맹세컨대 그들은 십 년이 넘도록 사부의 웃는 모습을 본 적이 없었다. 그런 사부가 피식, 이나마 웃은 것은 기록에 남겨질 일인 것이다.

송겸은 그녀의 '어이없다는 웃음' 을 '어서 어서 불러보렴' 으로 적극적으로 해석하고 노래를 부르기 시작했다.

저 밝은 태양 어디로 숨었나?
일 년 내내 비추느라 고생이 많았으니
이젠 좀 쉬어야지.

저 밝은 태양 어디로 숨었나?
어쩌면 이제 맛이 갔는지도 몰라.
그럼 잘 가.

저 밝은 태양 어디로 숨었나?
너 없어도 세상은 변함없지.
단지 해바라기가 조금 서운하겠군.

내일도 모레도 푹 쉬어.
이젠 먹구름이 그 자리를 대신해.
먹구름하고 친해져야지.
랄라랄라…….

빙안미성은 처음에는 슬쩍 미소를 머금었지만 송겸의 노래가 끝날 쯤에는 만면에 웃음이 가득 찼다.

유치찬란한 내용에, 음(音)은 또 고저가 엉망진창이라 얼음이라 불리는 그녀로서도 도저히 웃지 않고는 견디기 힘들었던 것이다.

"너는 성숙노괴보다는 네 사부를 더 닮은 것 같구나."

그녀가 알고 있는 독왕노괴는 괴짜의 총합이었다. 그는 행동이나 말뿐 아니라 취미까지도 괴상하기 짝이 없었는데, 이제 하나 있는 제자마저도 영락없이 그 사부에 그 제자라 할 만했다.

"사부님요? 하아, 사부님을 뵐 생각을 하니 눈앞이 캄캄하네요. 어찌나 사사건건 시비를 걸고 사람을 패는지, 독공을 익히다 머리에 어떤 충격을 받은 것은 아닌가 싶더라니까요. 제가 처음 사부님께 배운 것이 무엇인 줄 아세요? 그게 그러니까……."

그렇게 시작된 송겸의 말은 빙안미성의 고막에 균열이 갈 정도로 계속 이어졌다.

나란히 말을 몰아가면서 빠르게 달리면 빠르게 달리는 대로 떠들었고, 천천히 가면 천천히 가는 여유만큼 입을 쉬지 않았다.

거의 보름 동안 송겸은 사부 씹어대기를 비롯하여, 불곰과의 결투와 우정에 대한 내용 등을 장황하게 늘어놓았다.

"캬하, 불곰 그 녀석, 대단했죠. 처음 그 녀석하고 대면하게 된 것은 귀식대법을 익힌다는 미명 아래 굴로 들어간 것이었답니다. 아, 물론 제가 스스로 들어간 것은 아니었어요. 제 머리가 홱까닥 돌지 않고는 그런 무모한 짓을 할 리가 없지 않겠어요? 인정머리라고는 눈곱만큼도 없는 독살스런 사부님이 저를 냅다 던져 넣고는 휑하니 사라져 버리더군요. 그런데 더 가관인 것은 불곰 녀석이었어요. 그 녀석은 제가 죽은 줄 알고 저를 베개로 사용했다가 이불로 사용했다가, 나중에는 허리 받침대로 사용하지 뭐겠습니까? 정말이지 미치고 환장할 노릇이었다니까요."

빙안미성은 소리 내서 웃지는 않았지만 얼굴 가득 미소를 머금고 있었다. 그녀는 원래 말수가 적었을 뿐 아니라, 여러 말 듣는 것을 그리 좋아하지 않았는데 지금 요란스럽게 떠드는 송겸의 말에는 전혀 지루함을 느끼지 못하고 있었다.

그녀는 문득 쉴 새 없이 입을 놀리길 좋아하던 한 사람이 떠올랐다.

그는 개방 방주 황조였다. 그때 황조는 그의 사부인 종횡마걸 표헌과 함께 와서는 입에 바람개비라도 단 것처럼 입술이 보이지도 않을 정도로 떠들었다. 자기 딴에는 웃긴다고 생각했는지 혼자 박수를 치고 야단이었는데 그 이야기를 들으며 그녀는 머리 한가운데에 파리 한 마리가 기어들어 가 윙윙거리는 것 같다고 생각할 만큼 짜증이 우러났었다.

냉막한 표정을 지어도 분위기 파악을 못하고 지껄이던 황조를 향해 그녀는 결국 살며시 천뢰편을 어루만지면서 말했다.

"지금 내 기분이 어떤 줄 아는가?"

"네?"

"간절해지는군. 천뢰편으로 자네 머리를 친친 동여매 버리고 싶은 마음이 말이야."

그 말에 황조는 입을 오므리며 조용히 윗입술과 아랫입술을 굳세게 붙이고 떼질 않았다.

그런데 희한하게도 송겸의 말은 경쾌한 운율감까지 느끼며 소란스러운 중에 유쾌하게 듣고 있는 것이다.

"그래서?"

"그래서 저는 끝내 참지 못하고 으아악, 하고 소리를 지르면서 그 녀석 밑에서 빠져나왔죠. 그러자 불곰 녀석 표정이 가관도 아니더군요. '뭐, 뭐야! 이거 혹시 귀신이었던 거야?' 라는 표정이었죠. 그 녀석이 귀신이나 유령 등을 믿는지는 잘 모르지만 그때 표정은 영락없이 그렇게 중얼거리는 것처럼 보였었답니다. 하하하, 노선배님도 그때 그 녀석의 표정을 봤어야 하는 건데 아쉽네요, 아쉬워. 푸하하하!"

송겸의 말은 계속 이어져 어느새 불곰과의 대결로 향했다.

"…한참 동안 대결을 벌이는데 도저히 제 실력으로는 그 녀석을 어떻게 할 방법이 없더라구요. 그래서 하루는 몰래 그 녀석이 자주 지나다니는 길목의 나무 위로 올라가 기다렸답니다. 한참을 기다리니 그 녀석이 어슬렁거리면서 걸어오더군요. 머리가 깨질 줄도 모르고 말입니다. 저는 그 녀석이 제 발 밑에 이르자 그냥 냅다 뛰어내려서는 녀석의 머리를 짱돌로 찍어버렸죠. 하하하, 그 녀석 머리가 터지면서 피가 철철 흐르는데 무슨 시냇물이 흐르는 것 같더라구요."

"그것이 다는 아닌 것 같은데?"

빙안미성이 살짝 입꼬리를 올리며 반문하자 송겸이 슬쩍 머리를 긁었다.

"저요? 헤헤헤… 뭐, 저도 죽도록 맞았죠. 그래도 머리가 깨진 것보다는 훨 낫죠."

"후후, 그런데 내가 잘못 듣고 있는 것이 아니라면 어쩐지 친한 사이처럼 느껴지는구나?"

"아, 맞아요. 나중에는 하도 싸우다 보니 정이 붙더라구요. 아주 오래 사귄 친구처럼 느껴져서 취망산을 떠날 때는 여간 섭섭한 게 아니었답니다. 흐흐흐."

빙안미성의 얼굴에 다시 미소가 번졌다.

그리고 그 미소의 안쪽 보이지 않는 구석에는 한 가닥 슬픔이 조용히 몸을 웅크리고 있었다.

그녀의 눈에 비친 송겸은 성숙노괴를 찍어놓은 것처럼 닮아 있었고, 그것은 사랑스러움과 서운함이 범벅이 되어 마음을 복잡하게 만들어가고 있었다.

원래대로라면,

성숙노괴가 이별을 고하지 않았다면,

송겸은 자신의 아들이어야 했다. 정녕 그래야 했다.

함께 동행한 지 이십여 일이 지나갈 무렵, 빙안미성은 아침에 객잔을 나오면서 술을 병째 구입했다.

곁에서 그 모습을 보던 송겸의 얼굴에는 화색이 돌았다.

이제껏 송겸은 단 한 방울의 술도 마셔보지 못했고, 마시자는 말은 차마 꺼내지 못했었다. 특유의 무대책신공(無對策神功)으로 이야기를 해볼 수도 있었지만 어쩐지 내키지 않았기 때문이다.

말에 오르며 송겸이 말했다.

"한 모금의 술과 함께 강호를 주유하노라. 하하하, 노선배님도 강호를 아시는군요."

빙안미성은 술병을 말안장의 옆 자리에 걸고 말했다.

"나중에 마실 것이니 미리부터 호들갑 떨지 말거라."

"아, 네. 그 정도야 참을 수 있죠."

"가자."

빙안미성를 따라 한참을 가던 송겸은 문득 의아한 생각에 사로잡혔다.

현재 가고 있는 길은 분명 취망산 쪽이 아니었다. 어쩌면 지름길이 있을 수 있겠다 싶기도 했지만, 서쪽이 아닌 북동쪽으로 꺾이는 탓에 그건 아닐 것 같았다.

그렇다고 빙안미성이 길을 잘못 들었다고는 생각할 수 없는 노릇이
었다.

"어디로 가는 겁니까, 노선배님?"

"가서 이야기하도록 하자."

빙안미성은 송겸을 돌아보지 않고 흐르는 물결처럼 답했다.

송겸은 그 말에 언뜻 뭔가가 머리를 스쳐 가는 것을 느꼈지만 정확
히 그것이 무엇인지는 알아내지 못했다. 하지만 분명 뭔가 의미심장한
것과 조우하게 될 것이라는 느낌만은 지울 수 없었다.

산 아래쪽에 이르러 빙안미성은 한 농가에 들러 주인장에게 말을 맡
기고 소정의 사례금을 건넸다.

그때부터 두 사람은 첩첩산중을 굽이굽이 돌고 돌아 산속 깊이 들어
갔다. 다리가 아픈 것은 아니었지만 차츰 따분해지기 시작한 송겸이
조금씩 입술을 실룩거리며 투덜거리려 할 때 대나무 숲이 나타났다.

"이제 다 왔다."

빽빽하고 푸르른 대나무 숲을 관통하며 지나자, 곧바로 작은 평지와
함께 동혈이 눈에 들어왔다.

그제야 송겸은 아까 머리를 스쳐 갔던 느낌을 구체적으로 손에 움켜
쥘 수 있게 되었다.

"혹시……."

빙안미성은 고개를 끄덕였다.

"그래, 맞다."

'아버지가 머물렀던 곳.'

송겸은 가슴이 두근거렸다.

그는 다시금 주변을 찬찬히, 세심하게 둘러보았다.

동혈의 좌우에는 바위가 허리 높이로 가지런히 놓여 있었고, 그 가운데에 지금 서 있는 평평한 공간, 그리고 동혈의 맞은편 쪽에 자리한 푸른 대나무 숲!

이곳에 이르기 위해서는 암벽을 등반하지 않고는 빽빽한 대나무 숲을 통해서만 가능하게 이루어져 있었다.

송겸은 머리 속으로 상상해 보았다.

아버지가 동혈에서 나와 대나무 숲을 바라본다.

추위 속에서도 꼿꼿한 기상을 잃지 않는 대나무를 보며 마음을 정갈하게 한 후, 이곳 평지에서 무공을 연마한다. 산악을 쪼개고 바다를 뒤엎을 기세가 동작 하나하나가 이어질 때마다 드러난다.

혼자 있어 외롭다기보다는 혼자 있어 더욱 강인해 보이는 모습이었다.

거기까지 생각하자 송겸은 마치 당장이라도 어두운 동혈에서 아버지가 불쑥 나타날 것만 같은 기분에 사로잡혔다.

송겸은 조금 더 아버지의 흔적을 느껴보고 싶었다.

슬쩍 빙안미성을 바라보니 그녀는 한쪽 바위에 무심한 표정으로 앉아 있었다. 무엇을 하든 상관치 않겠다는 뜻으로 보였다.

송겸은 동혈 안으로 성큼거리며 들어갔다.

동혈 안으로 대여섯 걸음을 옮겨놓고 눈이 어둠에 익숙해지길 기다렸다.

잠시 후 사물을 어느 정도 구분할 수 있을 정도가 되어 사방을 둘러본 송겸은 살짝 이맛살을 찡그렸다.

‘어떻게 된 거지?’

아무것도 없었다. 아예 그 어느 누구도 이곳에 머무른 적이 없는 듯 동혈 안은 자연 그대로의 모습을 간직하고 있을 따름이었다.

송겸은 더 안쪽으로 들어가 보았다. 걸어 들어갈수록 어둠이 짙어졌기에 오 장(17미터) 정도 나아가면서는 벽을 짚고 아주 천천히 살폈다.

안력을 최대한 돋워보았지만 사람이 머문 흔적은 어디에도 없었다. 심지어 지문조차 남아 있지 않은 것 같았다.

송겸은 실망한 얼굴을 감추지 못하고 밖으로 나왔다.

“이쪽으로 앉아라.”

빙안미성이 옆 자리에 앉은 송겸에게 술병을 건넸다.

“꽤 많이 실망한 것 같구나.”

송겸은 그제야 빙안미성이 술을 사 들고 온 이유를 깨닫고 거칠게 입에 부어넣었다.

“그렇게 실망할 필요는 없다. 너를 이곳으로 데려온 건 그의 유품을 보여주려 한 것이 아니라 그가 머물렀던 곳을 보여주고 싶었을 뿐이니까.”

이어 빙안미성은 송겸에게서 술병을 가로채 주저하지 않고 입으로 가져갔다.

“남기신 것은 아무것도 없는 건가요?”

송겸은 그래도 뭔가, 아주 작은 것이라도 남겨졌을 것이라고 생각했다. 보물을 바라는 건 아니었다. 그저 짤막한 서신이라도 ‘잘 커주길 바란다’ 라든지 ‘용기를 내어 살아가렴’ 정도의 말이어도 좋았다.

“그의 유품은 네 사부가 모두 거두었다. 하지만……”

'하지만?'

송겸이 바라보자 빙안미성이 옅은 한숨과 함께 말을 이었다.

"너에 대한 언급은 어디에도 없었다."

송겸의 얼굴에 실망의 빛이 짙어졌다.

"그는 하늘 위의 하늘, 선계로 가고자 했으니 굳이 인생사에 미련을 둘 필요가 없었을 테지."

빙안미성이 다시 술을 들이키고 송겸에게 건넸다.

그녀의 음성에는 섭섭함이 짙게 묻어나 있었다.

어렴풋이나마 송겸은 그녀가 아버지를 각별히 생각하고 있었다는 걸 느낄 수 있었다. 그리고 아직까지도……

"정말 우화등선하신 건가요? 아니면 누구에게 죽임을 당하신 건가요?"

빙안미성이 짧게 훗, 소리를 내며 말했다.

"과연 세상에 그를 죽일 수 있는 사람이 있을까? 단천자가 나오기 전까지 칠성과 사괴는 무공의 고하를 가릴 수 없었으나 단천자가 나온 이후로 비로소 강호는 천하제일고수를 볼 수 있었다. 그가 바로 성숙노괴 홍자생이다. 그런 그를 누가 죽일 수 있단 말이냐?"

'천하제일고수……'

송겸은 속으로 가만히 중얼거렸다.

기분이 묘하게 뒤엉켰다. 가슴을 두근거리게 하는 자부심과 그에 비례해 더욱 큰 버려짐의 쓸쓸함이 휘몰아쳤다.

"그는 정파와 사파를 가리지 않는 성품으로 칠성사괴와 가까이 지냈다. 그중 유독 절친한 친구는 두 명이 있었지. 한 명은 네 사부 독괴이

고, 또 한 명은 칠성과 사괴의 어디에도 속하지 않은 악성 고이연이었
다.”

“악성님을 뵌 적이 있습니다.”

송겸의 목소리는 악성에게 받았던 좋은 기억으로 조금 들떴다.

빙안미성은 언뜻 의외라는 표정을 짓다가 고개를 끄덕였다.

“네 사부가 데려다 준 모양이구나. 그럼 혹시 선계령도 들은 게냐?”

송겸이 어찌 꿈결 같던 음조의 선계령을 잊을 수 있겠는가.

송겸의 생애에 있어 그보다 더 행복한 순간은 없었다.

“네. 그때 악성님께서 말씀하시길 선계령은 지금은 떠난 벗이 지어
준 곡이라 하셨습니다. 그럼 혹시 선계령을 지으신 분이?”

“그래… 그가 말하길, 선계령은 무한히 기쁨을 창조하는 곳을 뜻한
다고 하더구나.”

“혈육을 버리면서까지 정녕 가야만 하는 곳이었을까요?”

빙안미성이 자애로운 눈빛으로 지그시 송겸을 바라봤다.

“전에도 이야기했지만 그는 결코 무심한 사람이 아니다. 나는 그가
네게 선물을 남겨놓았을 것이라 생각한다.”

“선물요?”

“네 사부가 아무 말도 하지 않은 모양이로구나. 성숙노괴의 무공 중
정신의 힘으로 무공을 전수할 수 있는 것이 있다. 무상심법이라고 하
지. 필시 심어(心語)를 통해 너의 의식 깊은 곳에 모든 무공을 새겨놓았
을 것이다. 그리고 또 한 가지, 네 사부에게 그의 신물이 있으니 어쩌
면 이번에 그것을 받을 수 있을 게다.”

“의식에 심어놓았다구요? 저는 이제껏 아무것도 떠오른 것이 없는

걸요?"

"그것을 끄집어내는 것은 그리 간단히 해결될 문제가 아니다. 쉬운 일이었다면 독왕노괴가 네게 무공을 전수해 주었을 리 없지 않느냐? 물론 그는 네게 모든 무공을 전수하진 않았을 것이다. 나중에 혹여 발생할 수도 있는 무공의 충돌을 염려했을 테니 말이다."

빛 줄기 하나가 송겸의 머리로 스쳐 갔다. 송겸은 그동안 사부의 뭔가 미적지근한 무공 전수에 대한 의문을 조금은 이해할 수 있을 것 같았다.

"네 사부를 보게 되면 그 방법에 대해 강구해 보겠다."

잠시 술병만이 옮겨지며 침묵이 흘렀다.

문득 송겸이 물었다.

"아버지는 어떤 분이셨나요?"

"그는…… 향유장원에서의 너의 모습과 같았다."

"……."

제4장 붕어들

단천자의 시선은 호수에서 노니는 붕어들에 닿아 있었다.

그는 멍한 시선으로 쭈그리고 앉아 하염없이 손을 놀리며 붕어들에게 먹이를 던졌다.

거의 한 시진이 넘도록 먹이를 던져 주고 있음에도 붕어들은 여전히 입을 벌려 단천자가 던진 먹이를 받아먹느라 정신이 없었다.

단천자는 먹이를 주지 않으면 살 수 없는 사람처럼 행동했고, 붕어들은 그것을 먹지 않으면 안 되는 존재처럼 보였다.

"많이 먹어라, 많이 먹어."

다시 한 시진이 흐르며 해가 기울어 서쪽 하늘이 붉게 물들어갈 쯤, 붕어들은 한 마리씩 변화를 보였다.

불러오는 배가 점점 팽창하더니 결국 배가 터져 나가는 붕어들이 속출했다. 배가 갈라지고 그 사이로 삼켰던 먹이가 고스란히 빠져나왔다.

곁에서 친구 붕어들이 배가 찢어진 채 죽어가도 아직 살아 있는 붕어들은 여전히 단천자가 던진 먹이를 향해 입을 뻐끔거렸다.

그리고 얼마 지나지 않아 삼십여 마리의 붕어가 모조리 배가 터져 죽었다. 만족을 모르고, 만족을 망각해 버린 붕어들의 죽음을 보며 단천자는 득의에 찬 미소를 머금고 자리에서 일어났다.

"이제 진짜 붕어들을 만나러 가볼까? 크크크."

어둠을 뚫고 흑의를 걸친 한 인영이 장안의 뒷골목으로 날아들었다. 그의 표홀히 움직이던 신형은 골목 어귀에 내려앉으면서는 산이 움직이는 것처럼 진중한 걸음으로 바뀌었다.

그의 걸음이 멈춘 것은 골목의 끝에 이르러서였고, 그의 앞에는 뼈마디만 앙상한 노인이 당장이라도 쓰러질 것처럼 힘없이 서 있었다.

"내가 조금 늦은 건가?"

흑의인의 조용하지만 결코 가볍지 않은 음성이었다.

"소인이 기다리는 것은 당연합니다."

단천자의 조심스러운 음성엔 떨림이 묻어났다. 누가 보더라도 두려워하고 있는 연약한 노인의 모습이었다.

"두려워하지 말라. 나는 그대의 제안을 받아들이기로 했다."

단천자의 얼굴에 옅게 감격스러움이 드러났다. 그것은 마치 너무도 감격스럽지만 차마 귀인 앞에서 경거망동할 수 없어 참고 있는 모습으로 보였다.

"소인은 그저 감사할 따름입니다."

흑의인은 폐부라도 관통할 듯 깊고 강렬한 눈으로 단천자를 응시했다. 그는 사람의 눈으로는 확인할 수 없는 그 무언가를 찾는 듯했다. 그러나 그전의 만남에서처럼 특별한 구석은 발견하지 못했다.

흑의인, 암흑단의 삼장로 육환이 단천자를 처음 만난 것은 석 달 전이었다. 당시 그는 단주로부터 받은 모멸로 인해 암흑단주를 죽이고 싶다는 살심으로 충만해 있었다.

그때 단천자가 그의 앞에 나타났다.

"복수를 하고 싶습니다."

단천자가 처음으로 건넨 말이었다.

그때 육환은 너무도 갑작스럽게 단천자가 다가와 말을 걸었음에도 불구하고 전혀 이상한 점을 느끼지 못했다.

마치 오래전부터 그 자리에 있었던 것처럼 단천자가 육환의 몸과 마음에 접근한 것이다. 매우 이상하고 의문스러운 상황이었지만 육환은 그 점을 간과했다.

그만큼 단천자는 마법처럼 다가선 것이다.

"복수? 누굴 말이냐?"

"암흑단주입니다."

그 순간 육환의 뇌에 순간적으로 번개가 스쳤다.

육환은 터질 듯한 살기를 드러내며 단천자를 향해 장력을 내뻗었다. 단천자는 두려움에 부들거리며 질끈 눈을 감았고, 육환의 손은 단천자의 머리 위에서 멈추었다.

시험은 충분했다.

만일 암흑단주가 사람을 보내 파놓은 함정이라면 죽음이 임박한 순간에 반격은 하지 않더라도 몸 안에 깃든 내력이 조금이라도 반응하였을 것이다.

하나 육환은, 단천자가 실오라기만큼의 힘도 반발하지 않음에, 손을 거두었다. 그때 단천자는 두려움을 애써 감추듯 어깨를 부들거릴 따름이었다.

그것마저 철저히 계산된 것임을 알 리 없는 육환이 조용히 뇌까렸다.

"내가 단주를 죽일 힘이 있다고 생각하는가?"

"제가 도울 수 있습니다."

"하하하하. 그대가? 그대가 도울 수 있다?"

"저는 오랜 시간 복수의 날을 기다리며 무공을 연구했고, 그 결과물을 대인께 드리고자 합니다."

"그토록 대단한 무공이라면 왜 그대가 직접 하지 않는 게지?"

"저는 무공을 익힐 수 없는 몸입니다. 하늘은 제게 지혜를 주셨으나 무공을 익힐 수 있는 복은 주지 않았습니다."

"허튼수작이라면 온몸을 잘게 잘라내어 죽지도 살지도 못하게 만들 것이다."

"이, 이미 사는 데 미련을 거둔 지 오래입니다."

그 말과 함께 단천자는 품에서 책자를 꺼내 건넸다.

"먼저 살펴주십시오."

육환은 가소롭다는 표정으로 책자를 받아 펼쳤다. 그러나 그의 표정은 점점 딱딱히 굳어졌고 눈은 경악으로 부릅떠졌다. 무공이 절정에 이른 그의 눈에 비친 비급은 놀라움 자체였다.

당장 확신까지는 할 수 없었지만 그의 머리는 강한 힘에 대한 가능성을 말하고 있었다.

"만일 내가 수락한다면?"

"나머지를 드리겠습니다. 그리고 그 힘으로 암흑단주를 죽여주시면 됩니다."

육환은 다시금 비급을 내려다보고 눈을 번뜩였다.

그리고 그 후 오늘에 이르렀다.

"나머지는?"

단천자가 품에서 세 권의 책을 꺼내 조심스럽게 건넸다.

순간 육환의 눈은 탐욕의 광기로 이글거렸다. 지난 삼 개월 동안 그는 신비한 무공을 탐식했다. 그건 이제껏 단 한 번도 경험해 보지 못한 황홀경이었다.

육환은 책을 받아 들고 누구에게도 보이지 않겠다는 듯 얼른 품 안에 갈무리했다.

"저의 모든 심력을 쏟아내 원하는 바는 오로지 한 가지뿐임을 기억해 주십시오. 대인께서 뜻을 이루시는 날 제게 확인만 시켜주신다면 저는 편안히 눈을 감을 수 있을 것입니다."

"얼마 정도가 걸릴 것으로 보나?"

육환은 자신이 암흑단주가 될 것을 추호도 의심하지 않아 보였다.

"대인의 능력이라면 앞으로 육 개월이면 충분할 겁니다."

"육 개월?"

"결코 짧은 건 아닙니다. 제가 드린 세 권의 비급 중 합(合)이라고 적힌 것은 제일 처음 대인께서 익히시고, 그 후 믿을 만한 수하들에게 전수해 주십시오. 그리한다면 그들은 능히 대인의 뜻을 따르게 될 것입니다."

육환이 입꼬리를 슬쩍 올리며 고개를 끄덕였다. 맞는 말이었다.

무림인에게 있어 무공보다 더한 선물은 없다. 더 강해지고 싶다는 욕망, 거기엔 끝이 없는 것이다.

그런 선물을 줄 수 있는 사람을 따르는 것은 당연했다. 그것도 특히 암흑단과 같이 힘이 모든 것을 말해 주는 집단은 더욱 그러했다.

"좋다. 본좌가 암흑단주가 되는 날, 내 그대를 부르겠다. 하지만 나는 그대를 곁에 두고 싶은데 그대의 생각은?"

순간 단천자의 얼굴에 황망한 표정이 떠올랐다. 너무도 뜻밖의 제안에 감사마저 잊은 자의 얼굴이었다. 그러다 단천자는 얼른 정신을 차리고 머리를 조아렸다.

"소인, 마음을 다해 충성하겠습니다."

"하하하. 본좌는 천하를 얻은 듯싶구나."

"소식을 기다리고 있겠습니다."

육환은 단천자에게 전음으로 약속 장소를 기약하고, 그 자리에서 바람처럼 사라졌다.

유령같이 사라진 육환의 뒷모습을 어리둥절한 표정으로 한참을 바라보던 단천자의 얼굴이 서서히 변하기 시작했다. 어느덧 입가에 가소로운 미소를 잔뜩 머금은 단천자는 음침하게 중얼거렸다.

"붕어새끼, 붕어새끼, 많이 먹어라. 많이… 많이 먹어."

그리고 걸음을 옮기며 다시 중얼거렸다.

"이제 다음 붕어들에게로 가볼까? 흐흐흐."

제5장 취망산으로 돌아오다

"이제 거의 다 왔군요."

취망산이 저만치 모습을 드러내자 송겸의 얼굴에 감흥이 어렸다.

"네 얼굴을 보니 마치 고향에라도 온 듯하구나."

"고향, 정말 고향이나 다름없네요."

거의 한 달을 넘게 동행하는 동안 빙안미성과 송겸은 성숙노괴라는 존재를 축으로 서로에게 친밀함을 느끼게 되었다.

그 가운데 송겸이 지난 일 년 동안의 강호 활동 중에 겪었던 갖가지 소란들을 흥겹게 이야기했던 것이 얼음장 같던 빙안미성의 마음을 녹이는 데 큰 역할을 했음은 물론이다.

송겸은 취망산 자락을 눈으로 훑으며 바로 어제 떠나온 것처럼 지난 일들을 되짚었다. 무지막지하게 맞고 야단도 많이 맞았지만, 이제 와

되돌아보니 모두 소중한 추억들이었다.

송겸은 사부님과 불곰, 그리고 그 곁에 보이지 않게 머물던 그림자들에 대해 생각하며 씨익 미소를 머금었다.

바로 그때였다.

삐이익~

한줄기 휘파람 소리가 취망산에 길게 울려 퍼졌다.

휘파람 소리가 힘있게 이어진 것으로 보아 고수가 내력을 끌어올려 소리를 낸 것이 분명했다.

송겸이 손뼉을 치며 화통하게 웃었다.

"하하하! 벌써부터 우리를 반기는 것 같은걸요?"

"글쎄……."

빙안미성의 얼굴에서는 옅게 쓴웃음이 걸렸다.

잠시 후, 두 사람이 취망산 아래에 이르렀을 때 변화가 일었다.

푸르고 흰 칠팔 개의 빛 줄기가 숲을 뚫고 쏘아지듯 두 사람의 전면에 내려섰다.

빙안미성과 송겸이 타고 있던 말들이 뜻밖의 상황에 놀라 머리를 흔들며 툴툴거렸다.

송겸은 이건 또 뭔가 하는 표정을 짓다가 그들의 존재를 확인하자 반갑게 손을 흔들었다.

"아이고, 이거 얼마 만인가요. 다들 잘 계셨죠? 월하 누님하고 초민 누님은 안 보이시는군요?"

그들은 취망산의 그림자들이었다. 그중 유번이 한 걸음 나섰다.

"송 공자, 그동안 강호행이 즐거웠던 모양이군."

송겸은 유번의 얼굴이 결코 반가운 표정이 아니기에 의아해져 눈을 깜박거렸다.

"아니, 왜들 그러십니까?"

질문을 던지고 나니 답변을 들을 필요도 없이 저절로 이해가 되었다.

"아하, 너무 긴장하지들 마십시오. 여기 이분은……."

하지만 송겸의 말은 빙안미성으로 인해 더 이상 이어지지 못했다.

"유번, 무공이 많이 는 것이냐, 아니면 간이 부은 것이냐?"

빙안미성은 입으로 얼음을 쏘아낸다고 해도 과언이 아닐 정도로 싸늘하게 말했다. 여름 날씨임에도 불구하고 주변이 삽시간에 서늘해졌다.

유번이 한 걸음 나서면서 포권을 취했다.

"유번이 선배님을 뵙습니다. 제가 어찌 선배님께 무례히 행할 수 있겠습니까."

빙안미성이 눈을 천천히 감았다 뜨는 것으로 '그럼?' 이라고 물었다.

그건 마치 성에 차지 않는다면 더 이상 말로 해결하지 않겠다는 것처럼 보였다.

"사실 노군께서는 이틀 전에 자리를 비우셨습니다. 저희에게 말씀하시기를 한 달 정도 걸릴 것이라고 하셨습니다. 제가 반가운 표정을 지을 수 없었음은 선배님께서 어려운 발걸음을 하셨건만 한 달이라는 시간 동안 머물러 계실 만한 곳이 마땅치 않아 염려했기 때문입니다."

"후후. 유번, 이 일은 나중에 따로 따지도록 하지."

빙안미성은 고개를 돌리지 않고 송겸에게 말했다.

“너는 천천히 올라오거라.”

말이 끝나기도 전에 그녀의 신형은 말안장을 벗어나 그림자들의 머리 위로 날아갔다.

“사부님도 안 계신데 어디 가시는 거예요?”

하지만 송겸이 말을 다 맺기도 전에 빙안미성의 모습은 시야에서 사라졌다.

송겸은 말에서 내려 유번에게 다가가 물었다.

“아니, 왜 갑자기 난리죠?”

유번이 어깨를 으쓱거렸다.

“글쎄올시다.”

“아하, 사부님이 계신 거로군요?”

“아니, 노군께서는 출타하셨다네. 물론 이틀 전은 아니지만.”

“그럼 언제였죠?”

유번이 씨익 웃었다.

“방금!”

“네?”

송겸이 어이없다는 듯 유번과 다른 이들을 둘러보았다.

송겸이 이해가 되지 않는 부분은 왜 이들이 빙안미성을 격동시켜서 그녀가 도리어 빨리 가도록 만들었냐는 점이었다.

사부가 빙안미성을 피해야 할 만한 이유가 있다면 사실상 시간을 벌어줘야 하는데도 오히려 빙안미성을 부추긴 입장이 되었으니 도대체 알 수 없는 일이었다.

그때 유번의 옆에 있던 오교가 실실거리며 말했다.

“뭐, 이 정도면 우리로서는 최선을 다한 셈이지?”

채상요도 말을 보탰다.

“크크, 그렇지. 어쨌든 장사란 남는 장사를 해야 하는 법이니까.”

송겸은 이리저리 둘러보다 끼어들었다.

“도대체 무슨 일인 겁니까?”

“하하하, 송 공자! 자자, 뭐, 복잡하게 생각할 것 있나. 올라가세. 그러고 보니 안 본 사이에 훨씬 더 멋있어진 것 같군.”

유번의 너스레에 이어 채상요가 말했다.

“송 공자, 어떻게 빙안미성님을 만나게 됐는지는 모르겠지만, 혹시 오는 동안 맞은 데는 없나?”

송겸은 수수께끼 같은 소리에 인상을 찡그렸다.

“제대로 좀 이야기해 보세요. 그리고 맞기는 제가 왜 맞습니까?”

“아니, 뭐 그냥 혹시나 해서……. 자자, 올라가자구.”

빙안미성은 염도의 거처에 이르러 빠르게 주변을 탐색했다.

어디에도 인기척이 느껴지질 않았다. 그녀는 뭔가 짚이는 것이 있어 얼른 뒤쪽 벼랑 쪽을 살폈다.

“이런.”

그녀의 눈에 가파른 암벽을 날다람쥐마냥 타고 내려가는 염도의 모습이 보였다.

“독괴, 어딜 도망가는 거요? 어서 돌아오시오.”

내력이 가득 실린 돌아오라는 그녀의 음성을 염도는 ‘더 빨리 뛰어요’ 라는 소리로 들은 사람처럼 속력을 높였다.

빙안미성은 잠시 어이없다는 듯 허허거리고는 다시 크게 외쳤다.

"만일 올라오지 않는다면 당신의 거처를 가루로 만들어 버리겠소! 그렇게 되면 당신의 보물도 세상에서 사라질 것이오. 혹여 나중에 나를 원망하지 마시오!"

그 순간 결코 멈추지 않을 것 같던 염도의 신형이 마치 시간이 정지된 듯 우뚝 멈춰졌다. 전혀 움직이지 않는 모양새는 멀리서 보니 석상이 세워진 것 같았다.

한참 동안 움직이지 않고 있던 염도에게 빙안미성이 쐐기를 박았다.

"농담이나 할 정도로 나는 한가하지 않다는 것을 잊지 마시오."

그러자 저 멀리서 염도가 크게 외쳤다.

"안 돼……! 잠깐만 기다리시오! 내 곧 가리다!"

염도는 다시 암벽을 빠르게 기어올라 왔다. 어찌나 빠른지 내려갈 때의 속도나 별반 차이가 나지 않을 정도였다.

보물이 얼마나 소중했는지 염도는 무리를 해서 달려왔고, 그 결과 얼굴은 그답지 않게 벌겋게 달아올라 있었다.

"반갑구려, 이게 얼마 만이오."

"내 눈이 잘못된 건가요? 어째 내가 보기엔 전혀 반갑지 않은 얼굴 같소만."

"그, 그럴 리가 있겠소."

염도는 마음을 들킨 사람처럼 초조하게 염소수염을 쓰다듬으며 억지로 미소를 지었다.

"그대가 여기까지 왔는데 내 어찌 거짓을 고하겠소."

그때 염도의 눈에 저만치 올라오고 있는 송겸이 보였다.

염도는 빙안미성이 어느 정도 납득하고 있음을 느낄 수 있었기에 조금 여유를 갖고자 반가운 얼굴로 송겸을 향해 손을 흔들었다.

"제자야, 오랜만이구나."

송겸은 막 바쁘게 올라오다 반기는 사부를 향해 손을 들어 흔들려다 후환이 두려워 얼른 고개를 숙여 보이고 말했다.

"사부님, 별래무양하셨습니까?"

"네가 곁에 없는데 무슨 근심이 생길 수 있겠느냐? 하하하하."

송겸은 흐뭇한 미소를 짓다가 퀭한 얼굴로 쓰게 입맛을 다셨다.

"이야기 나누십시오. 이 제자 들어가 있겠습니다."

정식으로 큰절이라도 올려야 하겠으나 아무래도 이야기가 조금 더 길어질 것 같았기에 뒤로 미루기로 했다.

"어찌 된 게 그 아버지에 그 아들보다, 그 사부에 그 제자라는 말이 더 어울려 보이는군요."

빙안미성은 송겸의 모습을 눈으로 쫓으며 말했다.

염도는 한마디 하려다 그냥 입술만 옴지락거리고는 속으로 중얼거렸다.

'그대는 유유상종이라는 말을 아직 다 이해하지 못한 것 같군. 그대가 알고 있는 성숙노괴야 언제나 다정하고 진지했겠지. 그러나 그건 어디까지나 그대와 함께 있을 때만이었을 뿐이야.'

"하지만 이번에 유아를 납치했던 하북육살과 당당히 맞선 것을 보자니 역시 그의 혈육으로 부끄러움이 없더구려."

빙안미성의 말에 염도는 뒤통수를 강타당한 듯 놀라며 서둘러 물었다.

“하북육살이라니? 그게 무슨 말이오?”

염도는 하북육살이 어떤 자들인지 알고 있었다. 그들 중 단 한 명이라도 송겸의 실력으로 맞선다는 것은 어림없는 일이었다.

빙안미성은 당시 향유장원에서 벌어졌던 상황을 자세히 설명해 주며 송겸에 대해 칭찬을 아끼지 않았다.

“그대는 제자를 잘 가르쳤으니 충분히 자랑해도 될 것 같소이다.”

그러나 염도의 얼굴은 결코 자랑스러워하는 표정이 아니었다.

이제껏 너스레를 떨던 모습도 온데간데없이 사라졌다. 빙안미성조차 진실로 심각해졌다는 것을 인정해야 할 정도였다.

염도는 자리를 박차고 일어나 분노의 일성을 토해냈다.

“송겸! 당장 이리 나와라!”

송겸은 거처에 들어가 이리 뒹굴 저리 뒹굴 하다가 벼락같은 호통에 놀라 벌컥 문을 열어젖혔다.

성큼거리며 걸어오는 사부의 모습에 얼떨떨한 표정을 지으며 송겸이 밖으로 나갔다.

“향유장원에서의 일이 사실이냐?”

어느새 지척에 닿은 염도가 굳은 얼굴로 물었다.

“네?”

“향유장원에서 하북육살과 싸웠다는 것이 사실이냐고 묻는 것이다.”

“아, 그게… 하하, 별것 아니었는걸요.”

송겸이 어색한 웃음을 지으며 말했다. 그것은 마치 뭐 특별히 내세울 것이 있느냐는 투였다.

염도의 손이 보이지도 않게 허공을 갈라 송겸의 뺨을 가격했다.

짜악~

송겸의 몸이 공중으로 붕 떠올라 그대로 고꾸라졌다.

송겸은 머리가 얼얼한 중에 너무 놀라 사부를 올려다보았다.

"사, 사부님!"

"아주 죽으려고 환장을 한 모양이로구나! 내가 너를 그렇게 가르친 게냐? 그래, 오냐. 그렇게 죽는 것이 소원이라면 굳이 다른 사람의 손을 빌릴 필요 없다! 이 자리에서 내가 죽여주마!"

염도는 눈에 핏발을 세우고 송겸을 걷어차려 했다. 그때 흰 그림자가 스치더니 빙안미성이 두 사람의 중간에 끼어들었다.

"애를 죽일 참인 게요?"

"강호에 나가 언제든 죽을 놈인데 차라리 내 손으로 죽여 버리겠소."

빙안미성은 옅게 숨을 내쉬고는 조용히 송겸에게 말했다.

"너는 잠시 내려가 있어라."

송겸은 몸을 일으켰지만 차마 발걸음을 떼지 못했다.

빙안미성이 채근했다.

"어서!"

그제야 송겸은 당장이라도 눈물을 쏟을 것 같은 표정으로 어깨를 축 늘어뜨리고 한 걸음씩 걸음을 옮겼고, 열 걸음 이후에는 마구 달려 아래로 내려갔다.

도망치듯 달려가는 송겸을 향해 염도가 삿대질을 하며 소리쳤다.

"영원히 사라져 버려라! 다신 내 눈앞에 얼씬거리지 마라, 이 썩을

놈아!"

뒤에서 들려오는 사부의 음성을 듣자 달음질하던 송겸의 눈에서 왈칵, 눈물이 쏟아졌다. 송겸은 눈물로 시야가 흐릿해졌지만 달리는 걸 멈추지 않고 손을 저어가며 무작정 달려나갔다.

"꺼져 버려, 이 망할 놈아!"

염도의 고함이 다시 이어졌고, 염도와 송겸의 뒷모습을 번갈아 보던 빙안미성은 지그시 입술을 깨물었다.

길을 가리지 않고 무작정 달려가던 송겸이 멈춘 것은 나무뿌리에 걸려 넘어진 뒤였다. 비록 사부가 꺼져 버리라고 말했다 해도 그것이 진심이 아니라는 것쯤은 송겸도 잘 알고 있었다.

그러나 괜히 서글퍼지는 것은 어쩔 수 없는 노릇이었다.

천천히 몸을 일으키며 소매로 눈가를 훔치고 살펴보니 산 아래 정경이 훤히 내려다보이는 곳이었다.

걸음을 옮겨 벼랑 쪽으로 가까이 다가가 자리에 털썩 주저앉았다.

아직도 왼쪽 뺨이 얼얼했다. 그동안 사부에게 맞은 것이 수십여 차례였지만 오늘은 그전의 것들과 확실히 달랐다. 어쩌면 빙안미성이 끼어들지 않았다면 정말 죽었을지도 모른다는 생각이 들었다.

송겸에게 있어 사부 염도는 사부님이자 아버지와 같았다. 비록 아버지에 대해 어느 정도 접근했다손 치더라도 아직 송겸에게 성숙노괴는 멀게만 느껴지는 존재였다.

가슴이 다시 회오리치며 저절로 눈물이 흘러내렸다.

"다 필요없어, 제길."

그때 문득 뒤쪽으로부터 풀숲을 가르는 소리가 났다.

송겸이 고개를 돌려보니 낯익은 덩치가 보였다.

'불곰!'

뜻밖에도 불곰이었다. 어슬렁거리며 다가오는 불곰을 보자 송겸은 픽, 하고 웃음을 터뜨렸다.

불곰이 여기 온 것은 송겸이 마구 달려가는 옆 숲에 있다가 송겸이 지나가는 것을 보고 반가운 마음에 뒤따라온 것이었다.

불곰은 말을 하진 못해도 본능적인 감각이 발달해 있기에 송겸이 뭔가 좋지 않은 일을 당한 것을 알아차리고 슬금거리며 조용히 송겸의 옆에 앉았다.

불곰은 그저 말없이—말을 하려야 할 수도 없지만—전면을 응시하며 표정없이 눈만 끔벅거렸다. 송겸은 옆에 큰 덩치의 불곰이 앉아 있는 것만으로도 어쩐지 굉장히 든든해지는 기분이 들었다.

둘은 아무 말도 없이 한참 동안 전면만 응시했다.

그러다 문득 송겸이 입을 열었다.

"잘 지냈어?"

불곰이 슬쩍 송겸을 바라봤다.

"사부님이 굉장히 화가 많이 나셨어."

불곰이 다시 전면을 응시하자 송겸도 무릎을 모으고 그 위에 턱을 대고서 앞을 보고 말했다.

"하지만 무작정 화를 낼 만한 그런 일은 아니었다구. 솔직히 말해서 그런 상황이었다면 사부님도 그냥 있지는 않았을걸! 그래. 뭐, 물론 사부님은 그놈들을 아주 피떡으로 만들어놓았겠지. 다치지도 않았을 테구."

부족한 무공 실력에 생각이 미치자, 순간 송겸의 머리에 빙안미성이 이야기했던 무상심법이 떠올랐다. 그것이 정녕 머리에 심어져 있다면 쉽게 당하는 일은 없을 것이리라. 하지만 그것은 어디까지나 '가정(假定)'에 불과했다.

"사실 나도 그놈들이 아이만 데려가지 않았어도 그곳으로 달려가진 않았을 거야. 내가 뭐 강호에서 영웅이 되려는 것도 아니고, 의인이 될 생각 같은 건 없거든. 그저 나는 내 어릴 때가 생각났을 뿐이라구. 그러자 나도 모르게 확 돌아버린 거야. 알겠어? 확, 돌아버렸다구."

송겸이 손을 들어 휙 돌리는 시늉을 하자 불곰도 어설프게 앞발을 들고 흔들었다.

"그래, 맞아, 바로 그거야. 확 돌아버린 거야. 근데 재수없게도 엄청 강한 놈들이 버티고 있을 줄 누가 알았겠냐구. 그래도 천만다행으로 왕씨 아저씨의 딸이 얼음아줌마의 제자였고 마침 얼음아줌마가 제때 와주어서 목숨은 건질 수 있었어. 만약 얼음아줌마가 온다는 것을 미리 알았다면 내가 나설 일도 없었겠지."

송겸은 다시 길게 한숨을 내쉬었다.

"얼음아줌마가 나를 두 번이나 살려주는군. 얼음아줌마만 아니었어도 널 볼 수는 없었을 거야. 얼음아줌마는 좋은 사람이야. 겉으로 볼 땐 좀 서늘해 보여도 사실 마음은 따뜻한 것 같더라. 그리고 얼굴도 기가 막히게 이쁘구 말야."

송겸이 옆에 자라난 풀을 한 움큼 뜯어 허공에 뿌렸다. 가녀린 풀들이 바람을 타고 흩날렸다.

"이제 어쩌면 좋냐? 완전히 쫓겨난 것 같은데 말야."

"어쩌긴, 떠나면 그만이지."

얼른 뒤를 돌아보니 유번이 팔짱을 끼고 입가에 미소를 머금은 채 바라보고 있었다.

"아저씨였군요."

유번은 송겸의 옆에 앉았다.

그때 불곰은 왠지 당혹스러운 듯 이리저리 어색한 몸짓을 보였다. 그건 어쩐지 자리를 떠야 하는지 아니면 그대로 있어야 하는지 몰라 헤매고 있는 것 같았다.

불곰에게 있어 유번은 두려움 수치 최고자였기 때문이다.

"송 공자, 너무 상심하지 말게."

유번이 사정을 다 알고 있다는 투였기에 송겸은 입을 삐죽거리며 말했다.

"아깐 정말 너무한 것 아닌가요? 아저씨도 저를 잘 알잖습니까. 제가 무턱대고 사람을 구할 사람은 아니잖아요. 당시 향유장원의 사정도 제대로 알지 못하고 화를 내면 어쩌겠다는 거냐구요."

유번은 가만히 고개를 저었다.

"아니, 나는 노군의 마음이 이해가 되네."

"흥. 누가 사부님의 수족이 아니랄까 봐. 취망산에 내 편은 아무도 없어."

송겸은 불곰 쪽을 힐끔 쳐다보고 말을 이었다.

"불곰만 빼고."

불곰은 잔뜩 주눅 든 상태로 고개를 푹 숙이고 땅바닥에 기어다니는 개미들을 손으로 툭툭 치고 있었다.

"하하하, 내가 노군의 편인 건 당연한 것 아닌가."

유번은 기분 좋게 웃으며 말을 이었다.

"하지만 말일세, 이해한다고 한 말은 그냥 무턱대고 해본 소리는 아니야. 아마 자네도 내 말을 들으면 조금 이해가 될걸."

"절대 이해 못할 거예요, 절대!"

"과연 그럴까?"

"당연하죠."

유번은 발 아래 풀 한 포기를 뽑아 손으로 쭉 훑으며 입을 열었다.

"원래 말이네, 송 공자에게 사형이 있었다는 것을 아나?"

송겸의 눈이 휘둥그레졌다. 듣도 보도 못한 얘기였다.

"사형? 그런데 조금 이상하군요. 있었다니요?"

"오래전 일이지. 벌써 십육 년 전이로군. 그의 이름은 이호였네. 송 공자 자네만큼이나 특이한 인물이었지. 눈은 당장이라도 감을 듯이 늘 게슴츠레했고 유난히 말이 없었다네. 행동은 굼벵이가 빠르게 느껴질 정도로 느렸지. 첫인상은 도무지 노군과 어울리지 않아 보였어."

송겸도 고개를 끄덕거렸다. 출랑대는 사부에 느려 터진 제자라니. 도무지 연결이 잘 되질 않았다.

"그런데 이상도 하지. 노군께선 이 공자를 자식처럼 대하며 진심으로 사랑했었다네."

"그렇게 느려 터져서 무공이나 제대로 배울 수 있었을까요?"

"음, 나도 처음엔 그렇게 생각했다네. 하지만 그건 선입견에 불과했었다는 것을 곧 알게 되었지. 이 공자는 무공을 위해 태어난 사람이었던 거야. 재능은 하늘에 닿을 정도여서 한 번 들은 것은 잊어버릴 줄을 몰랐고, 무공의 요체를 깨우치는 것이 가히 천부적이었단 말이네. 하루 종일 밥 먹는 것도 잊고서 무공 수련에 전념하기도 했었지."

"흠. 뭐, 그 재능은 저와 비슷하군요."

송겸의 뻔뻔스런 말에 유번이 잠시 퀭한 눈으로 들여다보다가 말을 이었다.

"그렇게 약 이 년 정도 지났을 때였네. 강호를 유람하던 중 사건이 터지고 만 게야. 이호 공자는 어떤 일로 천지문의 고수들과 다툼이 나게 되었고, 아직 무공이 궤도에 오르지 못한 이 공자는 죽고 말았지. 기한이 넘어도 오지 않자 노군께서는 이 공자의 행방을 추적했고 그 사실을 알게 되었다네. 나는 그때 처음으로 노군의 눈물을 보았네."

송겸이 옅은 신음성을 흘렸다. 천지가 개벽된다 해도 눈 하나 깜박이지 않을 사부가 눈물을 흘렸다는 것은 잔잔한 충격으로 가슴을 울렸다.

"그 뒤, 천지문은 강호에서 사라졌네. 강호상에서 소문이 나기로는 천지문에 있는 개미새끼 한 마리조차 죽음을 피할 수 없었노라고 전해지고 있더군."

"정말인가요?"

"글쎄… 개미나 다른 곤충들이 살았는지 죽었는지는 나도 잘 모르지. 원래 강호의 소문이란 부풀려지게 마련이니까. 하지만 사실 그때 죽은 사람들은 천지문주와 지도층 인사들이었네. 사십 명가량이지. 머리가 사라졌으니 몸통과 꼬리들은 흩어지게 마련인 셈이고."

송겸이 고개를 푹 숙였다. 죽일 듯이 화를 내던 사부의 모습이 떠올랐다.

방금 전까지만 해도 그건 단지 사정도 모르는 늙은이의 분노였지만 지금은 그 어떤 관심보다 더 큰 애정으로 다가왔다.

"그러니까 임기응변술이니 뭐니 하는 것들은 그냥 장난 삼아 해본 게 아니란 말이네. 노군께서는 또다시 그런 상처를 받고 싶지 않으신 게야. 이해하겠나?"

송겸의 대답없음이 더 큰 대답이라고 생각한 유번이 송겸의 어깨를 쳤다.

"게다가 송 공자는 성숙노군의 유일한 혈육이 아닌가. 그분이 지금은 계시지 않지만 어떤 의미에서는 노군께 맡겨둔 것이나 다름없는 것이고 말이네. 그러니 노군께 있어 송 공자가 얼마나 특별한 존재겠나."

송겸의 머리 속으로 지난 수련의 시간들이 빠르게 스쳐 지나갔다.

임기응변술과 작두파와의 대결, 그리고 경공이 제일 중요하다고 했던 말들.

그 모든 것을 한마디로 줄여보자면 '죽지 마라' 쯤 될 것이다.

유번은 두 팔을 들어 기지개를 켜고 자리에서 일어나며 혼잣말처럼 중얼거렸다.

"어쩌면 이호 공자를 다시 보게 될지도 모르지."

"네? 그게 무슨 말씀이시죠?"

"응? 아니야, 아무것도. 자, 그럼 난 이만 가봐야겠네. 얼음마녀 때문에 며칠 동안 숨어 있어야 할 것 같거든."

유번은 몇 걸음 옮기다 문득 뒤돌아서 불곰을 향해 말했다.

"송 공자가 혼자 있고 싶은가 보구나. 우리는 이만 가보자."

유번이 불곰에게 손짓하자 불곰은 벼룩처럼 빠릿하게 튕겨 일어나 유번의 뒤를 따랐다.

한줄기 바람이 혼자 남은 송겸을 스치고 지나갔다.

서쪽 하늘에 노을이 번져 갈 때쯤 송겸은 자리에서 일어나 터벅거리며 올라갔다.

거처 쪽으로 올라가 보니 아직까지 빙안미성과 사부는 대화를 나누는 중이었다. 송겸은 다시 조금 내려와 비탈에 무릎을 모으고 쭈그리고 앉아 이야기가 끝나기를 기다렸다.

송겸은 얼굴도 본 적이 없는 사형을 떠올려 보았다. 유번의 설명대로라면 사형도 별종 중의 별종이라 할 수 있었다. 그리고 그런 사형이 있었다면 틀림없이 더 즐거웠을 것이란 생각도 들었다.

'사형(師兄)'이라는 단어가 주는 느낌은 어쩐지 따스했다. 힘든 일이 있을 땐 위로하며 감싸주고, 못된 놈들이 나타나면 '감히 누가 내 사제를 건드리는 거냐!' 라고 외치며 눈을 부릅뜨고, 또한 둘이서 킥킥거리면서 몰래 사부의 험담을 주고받을 수도 있을 것이다.

'왜 나와 가까이에 있어야 할 사람들은 빨리들 가버린 걸까.'

이런저런 상념을 휘젓던 송겸의 귀에 뒤쪽으로부터 발자국 소리가 들렸다.

자리를 떨치고 일어나 보니 빙안미성이 걸어오고 있었다.

작은 배려가 송겸의 가슴에 와 닿았다. 그녀는 스르르, 소리없이 다가올 수도 있었으련만 놀라지 않도록 고의로 소리를 내어 다가오고 있는 것이다.

"설마 울고 있었던 거냐?"

별호에 어울리지 않는 밝은 음성이었다.

"울긴요. 그런데 지금 가시는 건가요?"

"아니다. 내일 다시 오마. 이곳엔 머물 곳이 마땅치 않으니 천상 마을까지 가야 할 것 같구나."

"네, 내일 일찍 오십시오. 불곰을 보여 드리겠습니다."

"하하. 그래, 불곰!"

빙안미성은 미소 지으며 말을 이었다.

"이 말만 하마. 너무 큰 관심은 가끔 분노로 나타나기도 한단다."

"네, 무슨 말씀이신지 이해하고 있습니다."

"그래, 다행이구나. 그럼 내일 보자꾸나."

"내일 뵙겠습니다."

송겸이 정중히 머리를 숙여 인사를 드리고 다시 고개를 들었을 때는 이미 빙안미성의 종적은 어디에서도 찾아볼 수가 없었다.

송겸은 어깨를 한차례 으쓱한 뒤에 사부의 거처로 향했다.

그 앞에 무릎을 꿇은 송겸이 진심을 담아 말했다.

"제자, 심려를 끼쳐 드린 점 용서를 빕니다."

그러나 돌아오는 건 아무것도 없었다.

송겸은 그 이상 말을 꺼내진 않았다. 많은 말보다는 긴 시간 이렇게 무릎을 꿇고 사죄의 뜻을 보이고 싶었다.

어느덧 시간은 한 시진(두 시간)을 훌쩍 넘겼고, 어둠이 사방을 가득 메웠다.

다시 한 시진이 흘렀을 때였다.

문 열리는 소리와 함께 염도가 모습을 드러냈다.

염도는 지그시 송겸을 바라보다 진중하게 말했다.

"오늘 일은 잊어라. 그러나 또한…… 잊지 말아라."

그 말을 던지고 염도는 다시 안으로 들어갔고, 송겸은 가슴으로부터 뭔가 울컥하는 느낌에 하마터면 눈물을 쏟을 뻔하려는 것을 꾹 눌러 참고 말했다.

"감사합니다, 사부님. 잊고 또한 잊지 않겠습니다."

송겸은 자리에서 일어나 사부의 처소를 향해 머리를 숙인 후 자신의 거처로 발걸음을 옮겼다.

제6장 독왕노괴의 보물

"아침이다, 아침! 일어나라. 이 게으름뱅이야! 일어나!"

지난밤 도무지 잠이 오지 않아 이리 뒤척이고 저리 뒤척이다 늦은 시간에야 겨우 눈을 붙였던 송겸은 시끄러운 소리에 눈을 비비고 일어났다.

대체 누군가 하고 들려온 음성을 더듬어보니 귀가 비뚤어지거나 고장난 것이 아니라면 이건 틀림없이 사부의 목소리였다.

무거운 눈꺼풀을 억지로 끌어 올리며 밖으로 나가자 염도가 다시 고래고래 소리쳤다.

"벌써 해가 저물어가려고 하는데 도대체 언제까지 잠잘 생각이냐!"

송겸은 느릿하게 고개를 들어 하늘을 바라봤다. 석양 따위는 어디에도 없었다. 문득 사부가 어젯밤에 한 말이 떠올랐다.

“오늘 일은 잊어라. 그러나 또한…… 잊지 말아라.”

사부는 진정 까마득히 잊어버린 것 같았다. 그리고 송겸은 자신도 잊어버려야 한다는 것을 깨달았다.

“왜 이른 새벽부터 잠도 못 자게 하시는 겁니까?”

물론 새벽은 아니었다. 해가 중천을 향해 나아가고 있는 중이니까.

“이놈이 일 년간의 강호행에 버릇만 나빠졌구나! 어서 이리 와라.”

그렇게 시작된 두 사람의 대화는 길고 길게 이어졌다.

송겸은 취망산을 떠난 뒤 강호에서 겪은 일들을 장황하게 늘어놓았다.

추백과 조후를 만나게 된 경위와 신비후흑회를 결성했던 일, 그리고 그 과정에서 종횡마걸을 만나 곤혹스러웠던 이야기도 들려주었다. 염도는 종횡마걸에 대해 듣자 한쪽 입가를 올리며 비아냥거렸다.

“흥, 그 미친 거지가 아직도 부지런히 돌아다니는구나. 귀신은 뭐 하나 몰라.”

송겸은 언뜻 사부의 말 중에 어쩐지 반가워하는 듯한 느낌을 받았다. 그러나 그렇게 물어봐야 좋은 말은 나올 것 같지 않아 그냥 넘기고 다음 이야기로 넘어갔다.

송겸은 교청은과 만나게 되어 어쩔 수 없이 의로운 길을 걸어야 했다는 부분에 이르렀고, 염도는 지난 시간 임기응변술 때를 떠올리고 배를 움켜쥐고 웃었다.

“아주 딱 걸렸구나! 그때 보고 생각했지. 아주 지독하겠다고 말이다.

하하하!"

"지금이야 다 지난 일이니까 웃고 말씀드리지만 그때는 정말 하늘이 무너져 내리는 줄 알았다니까요."

"이 녀석아, 다 사부를 잘 만난 덕이라고 생각해라. 임기응변술이 없었다면 넌 이미 죽은 목숨이야."

"그게 무슨 말씀이십니까? 입은 비뚤어졌어도 말은 바르게 하셔야죠. 애초에 그녀에게 다가가지 않았다면 뒤에 난처한 상황도 없었을 것 아닙니까?"

염도가 눈을 부라렸다.

"이게 이젠 아주 대드네? 네 녀석이나 말을 똑바로 해. 내가 그때 뭐라고 하던? 교청은에게 다가가는 것은 내가 한다고 하니까 니놈이 해야 한다고 박박 우겨서 한 것이 아니냔 말이다. 재미는 혼자 다 보고 어디서 막말이야!"

송겸도 듣고 보니 인정하지 않을 수 없는 논리였기에 곧바로 배시시 웃었다.

"히히, 그렇네요. 하아, 그때 기분은 정말 좋았었죠."

뭉클한 가슴, 솜사탕 같은 입술이 다시금 떠올랐다.

'그녀는 지금 집에 도착했을까?'

송겸의 이야기는 계속 이어져 어느덧 삼대흉공에 이르렀고, 세 권의 비급의 뒷장에 적힌 내용에 대해 설명했다. 염도는 고개만 끄덕일 뿐 그다지 심각해지진 않았다.

그가 그다지 놀라지 않은 것은 이미 빙안미성에게 그 내용을 들었기 때문이다. 물론 빙안미성은 오는 길에 송겸에게 들었던 것이고, 두 사람은 삼대흉공에 대해 어제 많은 이야기를 나눈 터였다.

결론은 그다지 심각한 문제가 아니라는 쪽으로 났다.

당시 종횡마걸이 상황을 완전히 장악했던 것이 일단 안심이 되는 부분이었고, 그 후 종횡마걸이 다른 칠성들에게 연락을 하지 않은 것은 특별한 문제가 없기 때문이라고 생각한 것이다.

더군다나 단천자가 감금된 학운곡에는 헌비가 굳건히 버티고 있고, 염도와 빙안미성은 그를 깊이 신뢰하였기에 일회성의 논란이 인 것뿐이라고 정리한 것이다.

점심때가 되자 염도와 송겸은 간단히 식사를 끝내고, 이어서 의로운 길을 걸어야 했던 내용들에 이르렀고, 염도는 오해로 인해 바람을 피운 것으로 오해한 남편에게 화분으로 머리를 얻어맞고 쓰러졌다는 부분에 이르자 눈물이 쏙 나도록 웃어 젖혔다.

그렇게 한 사람은 이야기하고 또 한 사람은 웃느라 정신을 못 차릴 때 저만치서 빙안미성이 걸어왔다.

빙안미성은 가까이 다가와 예의 그 차가운 얼굴로 말했다.

"내가 괜히 방해를 한 것 아닌가 모르겠구려."

"노선배님, 오셨습니까."

송겸이 자리에서 일어나 반겼고, 염도가 손을 들어 맞이했다.

"어서 오시구려. 그대가 오기를 얼마나 기다렸는지 모른다오. 새벽부터 이 녀석이 잠을 깨우고는 강호에서 있었던 일들을 이야기해 준답시고 불러내서 여지껏 말하고 있던 중이었소. 어찌나 짜증이 나던지, 제자만 아니라면 머리통을 부숴 버렸을 것이라오."

염도는 말을 끝내고 길게 하품을 늘어놓았다.

송겸은 눈을 가늘게 뜨고 염도의 얼굴과 배 부위를 번갈아 바라봤다. 방금 전까지 배꼽이 달아날까 봐 손으로 움켜쥔 사람이 누군데, 라고 말하는 모양새였다.

염도는 애써 송겸의 눈을 회피하고 자리에서 일어났다.

"어찌나 시끄럽던지 귓구멍에서 귓밥들이 아주 잘게 부서져 버렸네 그려. 그럼 난 이제 낮잠이나 자러 가야겠다."

염도가 느린 걸음으로 걸어가자 송겸은 이를 악물고 손을 부들거렸다. 빙안미성은 이 두 사제지간의 어처구니없는 행태를 보며 가볍게 고개를 저었다.

송겸은 아랫입술을 윗입술로 한 번 감싸고서는 염도의 뒷모습에서 시선을 거두고 빙안미성에게 걸어갔다.

"가시죠."

"어딜?"

"거기요."

"거기? 후후."

두 사람이 불곰의 굴에 이르렀을 때, 불곰은 굴 앞을 어슬렁거리고 있었다. 불곰은 문득 인기척을 느끼고 송겸과 함께 온 빙안미성을 보더니 그대로 굳어버렸다. 야수의 초자연적 감각은 빙안미성의 몸에 숨겨진 기운을 감지했고, 조심하라는 경보를 발하고 있었다.

"뭐 하고 있었어?"

송겸의 반가운 말에도 불곰은 몸이 굳어버려 곰 인형처럼 전혀 움직이지도 못했다.

"이 녀석인 게냐?"

빙안미성이 다가가 불곰의 머리를 쓰다듬자 불곰은 목을 움츠렸다. 그저 손을 댄 것뿐인데도 온몸이 서늘해지는 것만 같았다.

"인사드려. 이분은 세상에서 가장 아름다운 빙안미성님이셔."

빙안미성이 옅게 미소 지으면서 송겸을 바라봤다.

"내가 네게 줄 건 특별히 없는데?"

"아부라고 생각하세요? 아이쿠, 이건 엄연한 진실이랍니다."

불곰은 그사이 깜박이지 못하고 있던 눈을 두세 번 빠르게 깜박였다.

"불곰아, 잠깐만."

송겸은 불곰의 머리털을 파헤치고서 불곰대전 당시 짱돌로 찍어버린 부위를 찾아냈다.

"하하하, 여기 있네요. 여기 보십시오. 확연히 흉터가 남아 있죠? 제가 찍어버린 거예요."

불곰도 대충 무슨 말을 하고 있는지 눈치를 챈 듯, 시선을 송겸의 배로 향했다. 그건 마치 '내가 그 후에 네 복부를 강타했잖아. 그래서 너 언덕 아래로 굴러 버린 것은 기억 안 나냐?' 라고 말하는 것 같았다.

찔끔한 송겸이 머리를 긁고 말했다.

"저기 보이시죠. 그 뒤에 제가 언덕 아래로 굴러 떨어졌어요."

"불곰, 네가 아주 고생이 많았구나."

빙안미성은 다시금 불곰의 머리를 쓰다듬어 주었고, 그제야 불곰은 약간 긴장을 풀 수 있었다.

"어디 가서 이야기 좀 하자꾸나."

빙안미성의 말에 송겸은 어디가 좋을까를 생각하다 한곳을 떠올렸다.

"멋진 폭포가 있는데 그쪽으로 가시죠. 풍광이 끝내준답니다."

송겸은 과거 도사 흉내로 뭇 여인들의 뽀얀 살들을 구경했던 곳이라 조금 찔리긴 했지만 경치가 좋기로는 그곳만한 곳이 없기에 선뜻 앞서 걸었다.

잠시 후 두 사람은 폭포의 물살을 정면으로 볼 수 있는 곳에 이르러 자리를 잡고 앉았다.

쏴아아, 하는 폭포 소리가 온몸을 경쾌하게 씻어내는 느낌이었다.

불곰은 약간 거리를 두고 뒤따라와서는 뒤쪽에 자리를 잡았다. 불곰이 따라온 것은 애써 자신의 굴까지 찾아온 손님에 대한 동물적 예의 같은 것이었다.

빙안미성과 송겸은 주위의 풍광을 말없이 바라보았다.

침묵은 길게 이어졌다. 하지만 두 사람은 어쩐지 침묵이라는 생각이 들지 않았다. 어떤 때는 말을 하지 않음이 말을 하고 있는 것보다 더 많은 말을 주고받는 것이 될 수도 있다는 것을 송겸은 느낄 수 있었다.

아무 말도 없이 너무도 고요한 까닭에 안절부절못한 것은 도리어 불곰이었다.

불곰은 물가로 달려가 노니는 물고기를 잡고자 앞발로 물을 연신 움켜쥐었다.

다섯 번의 발짓에 어린아이의 팔뚝만한 물고기가 솟구쳤고, 불곰은 놓치지 않고 입으로 물었다.

그 광경을 물끄러미 바라보며 빙안미성이 입을 열었다.

"어제 네 사부와 많은 이야기를 나누었다. 그도 네 안에 내재하고 있을지 모르는 무상심법을 끄집어낼 방도를 생각하고 있었더구나."

"방법이 있는 건가요?"

"너는 독괴의 섬환공의 운용법을 배우지 못했지?"

"네."

"네게 운용법을 가르치지 않은 것은 혹여 후에 네게서 성숙노괴의 무공을 발견하게 되었을 때 무공 간의 충돌을 우려했기 때문이란다."

그제야 송겸은 사부의 뜻을 헤아릴 수 있었다.

"만일 네게 성숙노괴가 아무것도 남기지 않았다면 그때는 전수받을 수 있을 것이다."

"심어져 있다면요?"

"그럼 너는 성숙노괴의 무공을 따라가야 할 것이다. 독괴의 제자라는 입장보다는 성숙노괴의 아들이라는 입장이 클 테니까 말이다."

빙안미성은 가만히 있다가 말을 이었다.

"급할 건 없다. 때가 되었다 싶으면 그때 네 사부가 그에 대해 이야기를 해줄 테니 느긋하게 기다리면 된다."

송겸은 그녀의 음성에서 작별의 냄새를 맡고 물었다.

"오늘 가실 건가요?"

"더 있은들 달라질 것이 뭐겠느냐?"

"또 만날 수 있겠죠?"

"물론. 무상심법을 찾거든 날 찾아오려무나."

"네."

저만치 불곰이 앞발에 한 마리씩 물고기를 들고 흔들고 있었다.

빙안미성이 떠나고 난 뒤, 송겸은 허전한 마음으로 멍한 하루를 보냈다. 추백과 조후, 교청은과 헤어질 때도 이렇게 허전하진 않았었다.

그렇기에 그 차디찬 얼굴의 빙안미성이 떠났다고 가슴이 막막해지는 것은 도무지 이해할 수 없는 일이었다.

송겸은 나름대로 그 이유를 생각해 보았다. 그러자 가장 납득할 만한 한 가지 사실이 떠올랐다.

'그래. 빙안미성을 끝으로 강호에서 만났던 이들이 모두 떠나갔기 때문일 거야. 만약 교 낭자가 마지막에 남았다면 그녀가 떠났다 해도 허전하긴 마찬가지였을 것이다.'

송겸은 넋을 놓고 하루를 보낸 뒤 무엇이라도 해야겠다고 생각했다. 그러자 지난 강호행에서 전음을 몰라 난처했던 상황이 떠올랐고, 곧바로 사부에게 당시 이야기를 들려주고 전음을 알려줄 것을 강력히 요구했다.

염도는 송겸이 들려준 이야기가 머리에 그림처럼 떠오르자 낄낄거리며 웃었다. 전음이 들려왔다면 마땅히 상대에게도 전음으로 답해야 할 상황이었을 것이다. 그 순간 전음을 몰라 끙끙거렸을 모습을 생각하니 어처구니가 없을 지경이었다.

염도는 곧바로 회음공명의 이치 중 전음에 관한 수법을 알려주었다.

이미 송겸은 일 년 전 회음공명의 대략적인 이치를 들은 적이 있었기에 어렵지 않게 전음을 익힐 수 있었다.

송겸은 입을 열지 않고도 말을 전할 수 있다는 것이 그저 신기하게만 여겨져 취망산의 여러 그림자들에게 전음을 시험하며 점점 익숙해졌다.

사흘 정도 지나자 입술을 거의 움직이지 않고도 뜻을 전할 수 있게 되자 송겸은 불곰에게 달려갔다.

"불곰아, 불곰아~"

불곰의 얼굴에 당황한 기색이 역력히 드러났다. 그리고 어디에서 소리가 난 것인지 연신 빠르게 주변을 두리번거렸다.

"어딜 보는 거냐? 여기야. 바로 나라구."

불곰은 생긋거리는 송겸을 보며 놀란 눈으로 바라보다가 갑자기 머리를 쥐어뜯었다.

"뭐 하는 거야. 머리가 가려운 거냐?"

그 말에 불곰은 머리를 두드리기 시작했다. 그건 영락없이 머리 속이 헝클어진 것을 똑바로 해놓으려는 것처럼 보였다.

"정신 차려! 그러다 머리 깨지겠다, 이 녀석아."

송겸이 주의를 주었지만 그건 도리어 불곰을 자극할 뿐이라 불곰은 머리를 마구 흔들더니 허겁지겁 달려가 암벽에 머리를 들이박았다.

크아악, 크악~

송겸은 저러다 곰 하나 잡겠다는 생각에 얼른 제대로 말했다.

"이봐, 이봐. 그만 해, 그만 하라구. 미안. 미안해."

한참 머리를 박아대던 불곰이 그제야 송겸의 입술이 달싹거리는 것을 보고 멍한 눈으로 송겸을 바라봤다.

송겸은 씨익 웃고는 말했다.

"미안, 미안, 조금만 한다는 것이 그만……."

"헉!"

송겸은 요 며칠 계속해서 전음을 시전하다 보니 거의 습관이 돼버려서 의식도 못하고 전음을 날리고 만 것이었다.

잠시 진정했던 불곰이 머리 속에서 공명되어진 소리에 크아악, 하고 괴성을 질렀다. 불곰은 거기에서 그치지 않고 땅바닥을 데굴데굴 구르는가 하면, 다시 벌떡 일어나 암벽에 머리를 다섯 번 찧고, 이어 나무에 기어올라 가 훌쩍 뛰어내렸다가 어디론가 마구 달려가 버렸다.

송겸은 무섭게 달려가는 불곰의 뒷모습을 지켜보며 미안한 마음에 어색하게 손을 들어 흔들었다.

"잘 가, 조심하구."

불곰 발광 사건이 있은 뒤 나흘째가 되어 잠시 피난을 떠났던 유번이 돌아왔다. 유번은 빙안미성의 눈을 피해 그녀가 떠날 때까지 어디 숨어 있다가 온다고 말했지만 꼭 그 이유인 것만은 아닌 것 같았다.

유번은 돌아오자마자 염도와 긴밀히 속닥거렸고, 그 즉시 염도는 떠날 채비를 갖추었다.

"며칠 자리를 비워야겠다."

"저도 데려가 주십시오."

송겸은 늘 돌아다니다가 한적하게 있으려니 여간 몸이 근질거린 것이 아니었다. 지난 일 년 동안의 강호행에 얼마나 많은 바람이 코에 들어갔는지 하루를 보냄이 귀식대법을 펼치고 한 달 동안 있는 것만 같았다.

"열흘 정도면 되니 그동안 수련에 힘쓰고 있도록 해라."

일체 타협의 여지도 없는 말에 송겸은 그저 입만 쩝쩝거렸고, 염도와 유번은 혹시나 쫓아올 것을 염려했는지 다다닥거리며 쏜살같이 내려가 버렸다.

남겨진 송겸은 역시 예상했던 대로 따분한 하루하루를 보냈다.

불곰의 굴에 놀러 가거나 주변을 산책하는 것으로 소일하며 지내던 송겸에게 변화가 인 것은 엿새째가 되어서였다.

그날 아침 무심결에 사부의 처소를 바라보던 중 느닷없이 거대한 호기심이 머리를 강타한 것이다.

그건 이제껏 무심결에 넘겨오던 사부의 방에 대한 궁금증이었다.

처음 취망산에 이르렀을 때 사부는 절대로 방에 들어가서는 안 된다고 했었다. 그때는 노인네의 방구석에 대해 별 관심도 없었지만, 지금은 달랐다.

가장 궁금한 것은 아버지의 유품에 관한 것이었다.

분명히 빙안미성은 사부가 아버지의 유품을 거두었다고 말했었다.

또 다른 내용도 떠올랐다.

도망치던 사부가 빙안미성의 거처를 부숴 버리겠다는 말에 허겁지겁 돌아온 것이다.

송겸은 호기심을 억누르고 조심스럽게 계획을 세웠다.

사부의 방을 염탐하기 위해서는 무엇보다 취망산 뭇 고수들의 눈을 피해야 했다.

송겸은 그날로 면밀히 주변 상황을 점검하기 시작했다. 가장 경계가 느슨한 시간을 찾기 위해 매 시간마다 그림자들의 움직임을 조사했다. 그리하여 해질 무렵이 가장 적합하다는 결론을 얻어냈다.

드디어 사부가 돌아오겠다고 약속한 하루를 앞두고 송겸은 은밀히 사부의 거처로 접근했다. 심장이 뛰는 소리가 취망산 전체에 울려 퍼지는 것만 같아 한 손으로 가슴을 누르고 문을 열고 안으로 들어갔다.

등불이 없어도 사물을 분간할 수 있는 시간이었다. 처음 들어선 방은 그다지 특별한 것은 보이지 않았다. 송겸은 오른쪽에 자리한 문으로 접근해 소리없이 문을 열었다.

문이 열리고 순간 드러난 광경을 보며 송겸의 눈이 한순간 경악으로 물들었다.

'어, 어떻게… 이럴 수가……! 이건 도대체……!'

그때였다.

"뭐 하는 거냐?"

화들짝 놀라 급히 고개를 돌렸다.

"사, 사부님."

염도였다. 염도는 한쪽 입가를 살짝 올린 채 싸늘하게 노려보고 있었다.

"저, 저, 저는……."

"흐흐, 끝내 보고 말았구나."

송겸이 이제껏 단 한 번도 들어보지 못한 음침한 목소리였다.

"사, 사부님… 그게 아니라……."

"흐흐흐……."

제7장 설레임

“가자.”

“어딜 말입니까?”

“해치우러!”

“여기 오리 고기 가득!”

“네, 조금만 기다리십쇼.”

송겸은 음식을 호쾌한 목소리로 주문했고, 점소이도 기분 좋게 응수했다. 지금 송겸은 앉아 있음에도 거의 날아다니는 것과 같은 기분이었다.

이십여 일 전, 송겸은 몰래 사부의 방에 잠입했다.

비밀의 방을 열었을 때 송겸이 받은 충격은 거의 살인적이었다.

총 다섯이었다.

그렇다. 다섯 명의 미인. 눈이 부시다 못해 멀어버릴 것만 같은 미태를 뿜어내는 여인들로 인해 송겸은 머리부터 발끝까지 온전히 녹아버릴 지경이었다.

진실로 송겸은 처음 그 다섯 미인을 보았을 때 그들이 산 채로 방에 기거하고 있는 존재로 생각했었다.

이어 사부의 급습으로 인해 혼백이 날아가 버릴 것처럼 기겁하고 나서야 비로소 그들이 살아 있는 존재가 아니라 그림이라는 것을 알게 되었다.

염도에게 들킨 순간 송겸은 속으로 '죽었다' 를 복창했었다.

하지만 예상과 달리 염도는 송겸을 비밀에 동참한 자로 인정해 주었다.

그리고……

이렇게 말했다.

"가자."

"어딜 말입니까?"

"해치우러!"

그 이튿날 송겸은 사부의 뒤를 따라 장안에까지 이른 것이다.

처음 송겸은 해치우러 간다는 말뜻을 제대로 이해하지 못했었다. 하지만 성능 좋은 잔머리는 얼마 지나지 않아 곧바로 그 뜻을 잡아냈다.

해치운다!

다른 무슨 설명이 필요하겠는가. 그 아름다운 미녀들을 해치워 버린다는 것이다. 말 그대로 가서 해치워 버리는 것이다. 다른 말로는 먹어치워 버린다고도 할 수 있는 것이었다.

'그래, 해치우는 거야. 하하하!'

그러한 추측에 확신을 더한 것은 염도의 설명 때문이었다.

"이미 두 명은 해치웠다. 유번이 가져온 정보에 의하면 운이 좋게도 이번 길에는 나머지 세 명을 모두 해치울 수 있을 것 같구나. 음하하하!"

송겸은 유번이 자리를 비운 이유를 비로소 깨달았다.

그 순간 송겸은 즉시 사부의 발 아래 무릎을 꿇고 큰절을 올렸다.

"사부님, 세상에서 가장 존경하는 위대하신 사부님! 당신께서는 실로 흠모를 받아 마땅한 분이십니다!"

"하하하! 늦게나마 알았으니 다행이구나. 너의 삶에 있어 나를 만난 것이야말로 가장 큰 행운이었다는 것을 앞으로도 수없이 깨닫게 될 것이다."

"앞으로, 앞으로 계속해서 말입니까?"

"아무렴."

송겸은 감동의 도가니탕에 빠져 눈물을 주르르 흘렸다.

그러나 송겸이 받아야 할 충격은 아직 초저녁에 불과한 것이었다.

얼마 지나지 않아 그 다섯 명의 미녀가 그저 아름답기만 한 여인들이 아니라 세상에서 가장 아름답다는 천하오향(天下五香)이란 것을 알았기 때문이다.

천하오향! 도대체 그들이 어떠한 존재들인가.

태청옥녀(太靑玉女) 백야향(百夜香).

빙월옥녀(氷月玉女) 당금빙(唐錦氷).

옥예신미(玉睿神美) 설숙빈(雪淑彬).

천향신녀(天香神女) 신약란(伸若蘭).

하북일미(河北一美) 은설아(銀雪娥).

일반인들 중에 천하를 주름잡는 칠성사괴(七星四怪)를 모르는 이들은 많았지만 천하오향을 모르는 이들은 드물었다.

송겸 또한 예외가 아니어서 사부 염도를 만나기 전 건달 시절 때부터 그녀들의 명성을 들어 알고 있던 바였다.

그런 어마어마한 존재들을 사부가 이미 둘을 해치웠고 나머지 세 명을 해치우러 가는 것이다. 그것도 자신과 함께!

이번 길이 워낙 중대하고 뜻 깊은 일인만큼 가는 여정 중에 음식 선택도 그전과는 비교할 수 없었다.

만두 신봉자라고 해도 과언이 아니었던 사부가 끼니때마다 근사한 음식들을 주문하였기에 송겸은 감동 속에 엄청난 식성을 과시하며 음식들을 먹어치웠다.

그녀들을 만날 때까지는 어떻게 해서든지 강력하기 이를 데 없는 정력을 키워두어야 하는 것이었다.

송겸의 기대가 절정에 이른 것은 해치운 두 명이 누구이며, 그때 기분이 어떠했는가를 물었을 때였다.

염도는 달뜬 음성으로 황홀한 표정을 지으며 말해 주었다.

"너는 사람이 구름이 될 수 있다는 것을 믿을 수 있느냐? 그래, 나는 그때 구름이 되었단다."

그리고 갑자기 목소리가 높아지더니 한껏 소리쳤다.

"대단했지, 대단했어! 나는 아주 미치는 줄 알았단 말이다! 그 기분을 도대체 어떻게 설명해야 좋단 말이냐. 으아악~ 또 생각하니 미칠 것 같다~"

송겸은 더 이상의 설명을 들을 필요도 없었다. 온몸의 피가 부글부글 끓는 것 같아 용암에 들어간다고 해도 용암이 오히려 차갑게 느껴질 지경이었으니 말이다.

어느새 주문한 오리 고기가 따끈한 김을 모락거리며 나오자 염도와 송겸이 득달같이 달려들었다.

막 음식을 놓고 돌아서려던 점소이가 걸신들린 듯 오리 고기를 잡아뜯는 두 사람을 경악스럽게 바라보았다.

'뭐여, 이거. 개방 사람들이야?'

양손으로 고기를 쥐고 입으로 가져가던 송겸이 그런 점소이를 보고 손으로 가라는 시늉을 하자 그제야 점소이는 실례를 범했음을 깨닫고 돌아섰다.

"많이 드십쇼, 사부님."

송겸의 말에는 '힘쓰시려면 눈치 볼 것 없지 않겠습니까' 가 생략되어 있었다.

"그래, 너도 많이 먹어둬라."

"하하하."

오리 고기를 문 채로 웃음기를 가득 머금은 송겸을 보며 문득 염도가 동작을 멈추고 심각하게 노려봤다.

"왜, 왜 그러세요?"

"너 말이다."

"네."

"분명히 이 한 가지는 명심해라."

송겸이 불안스럽게 고개를 끄덕이자 염도가 말을 이었다.

"그녀들을 만나게 되면 내가 먼저란 것을 잊지 말아야 해. 알겠어? 먼저 달려들면 그땐 아주 죽여놓는다."

그제야 송겸이 손을 저으면서 웃었다.

"하하, 사부님도 참. 제가 아무리 막나가기로서니 어찌 사부님보다 앞서기를 원하겠습니까. 염려 붙들어매십시오. 저는 사부님이 끝내시기까지 얌전히 기다리고 있겠습니다."

"크크크. 녀석, 그래도 일말의 양심은 남아 있구나."

'양심!'

송겸은 이번 일에 있어서 양심을 운운한다는 것이 기가 막혔지만 곧바로 사악함에도 나름의 법칙이 있는 것이다라고 생각했다.

두 번째면 어떻고 세 번째면 어떠한가.

천하제일미녀들을 품에 안을 수만 있다면 그건 문제될 것이 없었다.

고이 간직한 동정을 천하제일미녀에게 바친다는 것만으로도 만족스러운 일이었다. 평범한 처녀에게 순결을 바치는 것보다는 처녀가 아니더라도 절세의 미녀에게 순결을 바치는 것이 백 번 나은 일이었다.

송겸은 또한 훗날 추백과 조후를 만나게 되었을 때 이 일련의 짜릿한 행보에 대해 자랑할 것을 생각하니 흐뭇하기 그지없었다.

그땐 먼저 곰방대 하나를 준비하리라. 그리곤 약간은 거드름을 피우면서 이렇게 말하는 것이다.

"지금도 바로 어제 일처럼 떠오르는 구나. 천향신녀, 옥예신미, 하북 일미, 그녀들은 내가 오기만을 손꼽아 기다리고 있었던 게야. 뭐라구? 어떻게 그런 일이 가능하냐구? 이 녀석들아, 내 사부님이 누구시냐? 이미 다 손을 써놓으신 게지."

여기까지만 말해도 녀석들의 얼굴엔 부러움에 지그시 눌려 숨을 쉬기도 힘들 정도가 될 것이다.

"처음 천향신녀를 보았을 때, 나는 이 세상에 있지만 또한 이 세상에 없는 것 같았다. 나는 그녀에게 강력히 외쳤다. 벗어라! 너희들이니까 하는 말인데, 솔직히 나는 그때 뺨이라도 한 대 맞을 각오를 하고 있었어. 그런데 그 즉시 그런 건 쓸데없는 걱정이었음이 드러났지. 그녀가 조금은 수줍은 듯 미소를 지으며 옷을 벗는 거야. 그때의 소리는 세상 천지 어떤 소리보다 황홀한 것이었다. 스르르르… 스르르르… 였단 말이다. 순간 나는 얼른 손으로 눈 주변을 막아야만 했다. 왜냐구? 흐흐흐, 생각해 봐라. 그저 보기만 해도 얼이 나갈 만큼 아름다운 천향신녀가 내 앞에서 그 모든 것을 다 드러냈는데 내 눈이 튀어나오려 하지 않았겠느냔 말이다. 아마 조금만 늦었더라도 안구는 땅바닥을 데구루루 구르고 말았을 거다. 그리고 하아, 그 다음에는… 흐흐흐… 아니야, 아니야. 여기까지만 이야기하마. 너희의 상상력도 키울 겸 말이다. 야, 추백, 침 좀 그만 흘릴 수 없냐? 그리고 조후! 너 왜 그래? 정신 차려? 뭐야, 이거. 기절한 거냐?"

녀석들은 너무나 큰 충격에 사로잡혀 뇌가 물처럼 진탕되어 버리고 말 것이 분명했다.

송겸은 생각이 거기에 미치자 다시금 그녀들의 얼굴이 보고 싶어졌다.

“저… 사부님, 한번 볼 수 없을까요?”

“뭘?”

송겸이 눈으로 염도의 등에 매달린 기다란 원통을 바라보았다. 거기에는 앞으로 해치우게 될 세 미녀의 그림이 둘둘 말려들어 가 있는 상태였다.

염도는 정색했다.

“안 돼!”

“아, 물론 여기서는 말고 말입니다. 그녀들의 아름다운 자태를 오리고기를 먹으면서 볼 수는 없는 노릇이죠.”

염도는 무참히 고개를 내저었다.

“이제 얼마 있지 않으면 직접 보게 될 텐데 그림이 무슨 소용이냐?”

“그게 아니라, 제 말은 혹시 그녀들을 만나더라도 제대로 알아보지 못할 수도 있으니 여러 번 봐두자는 것이죠.”

“네가 염려할 일이 아니다. 그녀들을 알아보는 것은 내가 할 일이니 너는 잠자코 따르기만 하면 돼.”

“헤헤헤, 그래도 딱 한 번만.”

“닥치지 못해!”

제8장 화청지의 불청객들

석양(夕陽)이 천지를 비췄다.

새하얀 양털구름이 주황빛으로 물들고, 대지(大地)가 그 기운을 받아 잔잔히 숨을 고르고 있었다.

석양의 찬란한 붉은빛은 끝없이 뻗어 나가 장안에서 그 빼어난 경치로 이름난 화청지(華淸池)에도 그 붉음을 드리웠다.

화청지가 명소로 이름을 날린 데에는 당(唐)의 현종과 양귀비의 사랑이 꽃핀 곳이기 때문이다.

春寒賜浴華淸池

춘한사욕화청지(봄 추위에 천자는 그녀에게 화청지 온천에 들기를 허락하셔)

장한가(長恨歌)에 등장하는 화청지에 대한 구절이다.

과거의 특별한 사연들은 오래된 것일수록 기묘하게 부풀어 올라 환상적으로 변해 후대로 갈수록 전설이나 신화처럼 여겨지게 되기 마련이다.

거기에 당대의 시인이나 문장가가 그에 관련된 글을 남기기라도 했다면 그곳은 모든 사람들이 생애 꼭 한 번 가보고 싶어하는 명소가 되는 것이다.

사내들은 양귀비의 자태가 드리웠을 화청지를 누비며 그녀의 체취를 느끼려 했고, 여인들은 이곳에서 제이(二)의 양귀비로의 꿈을 꾸었다.

그러나 그런 사람들과는 다르게 음침한 눈으로 외곽을 배회하고 있는 이들이 있었으니, 그들은 다름 아닌 염도와 송겸이었다.

"이제 슬슬 올 때가 되었다."

"가슴이 떨립니다, 사부님."

"진정해라. 무슨 일이든지 경솔히 행하는 곳엔 실패가 눈을 시퍼렇게 뜨고 달려오기 마련이니까."

"네, 명심하겠습니다."

송겸은 숨을 크게 들이쉬고 마음을 진정시켰다.

그렇게 일 식경 정도 지났을까. 염도의 눈이 빛을 발했다.

"왔다!"

송겸이 염도의 시선을 따라 살피니 저만치 가마 한 대가 움직이고 있었다.

한순간 송겸의 눈에 의문이 일었다.

"저 허름한 가마를 말씀하시는 겁니까?"

가마는 송겸의 표현대로 허름한 건 결코 아니었다. 그저 어디에서나 볼 수 있는, 누구나 타고 다닐 만한 그런 가마였다. 하지만 송겸이 허름하다고 말한 것은 천향신녀와 가마를 비교했을 때 격에 맞지 않아 보였기 때문이다.

이곳에 이르기 전 송겸은 염도로부터 천향신녀가 중원의 오대갑부 중 하나인 은하장주의 딸이라는 것을 들은 터였다.

보석을 주렁주렁 매달지는 않을망정 화려한 특색을 갖추어야 한다고 생각한 것이다.

"그래서 네가 아직 세상 물정을 모른다는 게다. 천향신녀가 사람들이 수없이 드나드는 화청지를 오게 될 때 내가 여기 있노라고 사방에 알리고 올 것이라고 생각한 게냐? 아무에게도 방해받지 않고 은밀히 주위를 둘러보고 싶은 것이 당연하지 않겠느냔 말이다."

"하아!"

그제야 송겸은 숨겨진 뜻을 이해하고 감탄사를 발했다.

염도의 말이 이어졌다.

"저 가마 주변을 자세히 살펴보아라. 가마를 메고 있는 네 사람 외에 그 주변을 걷는 사람들이 보이지?"

언뜻 보았을 때 그들은 우연히 가마와 함께 길을 걷는 유람객으로 보였다.

"그렇다면 저들도?"

"그래, 저들이 바로 천향신녀를 호위하는 무사들이다."

설명을 듣고 보니 그들은 불규칙하게 움직이는 것 같았지만 그 속에 나름의 정연한 규칙을 따라 걷고 있는 것이 보였다.

"놀랍습니다."

송겸은 천향신녀 무리들의 비밀스러운 움직임이 놀랍다기보다는 저들의 치밀함을 한눈에 꿰뚫는 사부의 안목이야말로 진정 경이롭게 보였다.

"자, 우리도 천천히 움직이도록 하자."

염도가 은밀히 걸음을 옮기자, 송겸이 염도의 그림자를 밟으며 뒤따랐다.

천향신녀를 태운 가마는 계속 외곽을 따라 이동했고, 시간이 지날수록 유람객들의 숫자는 서너 명으로 줄어들고 있었다.

송겸은 천향신녀가 화청지의 이름난 곳을 살피지 않고 외곽을 끼고 도는 이유를 이해할 수 없었지만 마음으로는 환영의 박수를 아낌없이 보냈다.

그녀를 해치우는 데 있어 외딴 곳은 최적의 장소가 될 것이었기 때문에 송겸은 그녀가 스스로는 전혀 의식하고 있지 않으나 무의식적으로 앞으로의 기쁨을 위해 달려가고 있다고 생각했다.

솔직히 두 발을 높이 솟구치고 환호성이라도 지르고 싶을 지경이었다.

가마는 어느덧 작은 언덕 두어 개를 넘어가고 있었다. 그때부터는 아예 인적이 뚝 끊긴 상황이라 철저히 천향신녀의 무리만이 남게 된 상황이었다.

조금 더 뒤를 밟았을 때 순간 송겸의 눈이 휘둥그레졌다.

외진 곳이기에 풍경이 보잘것없을 것이라는 예상이 산산조각나는 순간이었다.

그곳은 움푹 파인 작은 분지 형태를 띠고 있었다.

주변으로는 엄정한 기상의 소나무들이 불규칙적으로 보이는 가운데 묘한 정연함으로 늘어서 있고, 낮게 깔린 잔디는 그저 머무는 것만으로도 평온함을 안겨줄 듯 했다.

또한 가장자리 쪽으로는 난초가 수려한 선을 드러내고 있어 먼발치에서 바라보는 것임에도 난향이 전해져 오는 것 같았다.

여기까지 이르는 길이 제법 복잡하였을 뿐, 풍광만으로 치자면 화청지의 내로라하는 곳들보다 훌륭했다.

가마는 분지의 중앙으로 이동했고, 내려설 준비를 하고 있었다.

송겸의 가슴이 다시 쿵쾅거리기 시작했다. 이곳에서, 이 아름다운 장소에서 천향신녀를 품에 안을 수 있게 되는 것이다.

언덕에 몸을 숨기고 고개를 빠끔히 내밀고 넋을 놓고 있을 때 염도의 전음이 송겸의 귀청을 간지럽혔다.

"제자야, 침 닦아라."

"네?"

송겸은 흠칫하며 소맷자락으로 입가를 훔쳤다. 그리곤 염도를 바라보았다.

"흐흐… 사부님도요?"

"어? 크크크. 그래."

염도가 미소를 머금고 말했다.

"복면을 꺼내라."

“네.”

송겸이 등에 진 봇짐에서 검은 복면을 꺼내 하나는 사부에게 건네고 하나는 자신이 뒤집어썼다.

“너는 이곳에서 기다리고 있어라. 내가 손짓으로 신호를 보내면 그때는 만반의 준비를 하고 잽싸게 튀어와야 한다.”

“존명!”

송겸이 과장된 표정으로 답하는 것을 본 후, 염도는 순간 신형을 뽑아 올렸다.

거리는 이십 장(70미터) 정도. 허공을 산산이 부서뜨리며 염도의 신형이 가마를 향해 날아갔다.

송겸의 입이 경악으로 크게 벌어졌다.

단연코 이제까지 단 한 번도 본 적이 없는 빠름이었다. 눈이 부시다는 표현은 이럴 때 쓰는 것이리라. 그만큼 염도의 신형은 빛살과 같았다.

‘아주 사생결단을 내실 각오로구나.’

염도의 신형은 삽시간에 공간과 공간을 지나 어느새 가마 부근의 호위들에게 이르렀다. 송겸이 보니 그들은 그때까지도 전혀 침입자에 대해 눈치를 채지 못하고 있었다.

염도의 신형이 가장 가까이에 있던 호위의 눈앞에 이르렀고, 어떻게 손을 쓴 것인지 확인할 겨를도 없이 맥없이 쓰러졌다.

그제야 다른 호위들이 분분히 무기를 빼어 들고 ‘적이다!’, ‘조심해!’라는 말들을 늘어놓았지만 염도의 신형을 제대로 본 자는 드물었다.

염도의 신형은 나비와 같았다. 번개와 같은 움직임을 보이는 나비가 있다면 그것이 바로 염도였다.

나비가 꽃과 꽃 사이를 펄럭이며 날아다니는 것처럼 염도는 호위들을 향해 몸을 움직였고, 그때마다 꽃들은 바로 시들어 버려 고개를 떨구며 허물어졌다.

송겸은 두 눈을 부릅뜨고 어떤 신법을 구사하고 있는지 알아내려 했지만 너무도 빠른 움직임으로 구체적으로 파악할 수가 없었다.

단지 잔상보와 사념보, 천광조소, 유유행운 등이 몸의 움직임을 따라 복합적으로 조합되어 최적의 움직임을 만들어가고 있다는 것만 인식할 따름이었다.

그것은 송겸으로서는 흉내조차 낼 수 없는 일이었기에 잠시 천향신녀에 대한 생각을 잊고 그저 조용히 감탄사만 연발했다.

나비가 꽃들을 점령하는 데는 긴 시간이 걸리지 않았다. 호위들은 제대로 힘 한 번 써보지 못하고 누가 먼저 드러눕느냐는 시합이라도 하는 사람들처럼 바닥에 맥없이 나뒹굴었다.

호위들과 가마꾼들을 제압한 염도가 막 가마의 문을 열려고 할 때 안에서 불안에 휩싸인 음성이 새어 나왔다.

"밖에 무슨 일이 있나요?"

송겸은 거리가 거리인만큼 희미한 미성만을 들어 무슨 말인지 알 수 없었지만 충분히 상상할 수 있었다.

복면 사이로 두 눈을 빛내며 바라보니 사부가 가마의 문을 열고 거침없이 들어가는 것이 보였다.

'으윽… 미치겠네.'

가까이 다가가 교성이라도 들어보고 싶었지만 괜히 움직였다가 말을 따르지 않았다고 기회를 주지 않을까 싶어 꾹 눌러 참았다.

'사부님, 너무 오래 끌지 마십시오.'

송겸의 바람은 당연한 것이었다. 천하에서 손가락에 꼽히는 고수인 사부가 비록 나이가 들었다고 해서 힘이 모자랄 것이라고는 생각되지 않았기 때문이다.

한 시진 정도는 아주 우습다는 듯 질질 끌 수도 있는 문제였다. 생각이 거기에 미치자 괜히 화가 났다.

'확, 중간에 들어가서 엎어버려?'

찰나의 순간들이 무슨 일 년이라도 되는 듯 길게 느껴졌다.

송겸은 급기야 투시력을 사용하기 시작했다. 가마를 뚫어져라 쳐다보자 그 안에서 벌어지는 광경이 고스란히 보이기 시작했다.

'오, 대단해, 대단해! 진짜 죽이는구나!'

송겸의 투시가 끝을 맺은 것은 일각(15분)이 채 지나지 않아서였다. 가마의 문이 빠끔히 열린 것이다. 그리고 가마에서 나오는 사부 염도의 모습도 보였다.

"헉!"

송겸은 이 기막힌 상황 앞에 잠시 허탈해지고 말았다. 이건 뭐 거의 토끼 수준이 아닌가 말이다.

'크크, 그런 것이었군. 무공이 극강하다고 해서 정력과 비례하는 것은 아니라 이거로군. 미친다, 미쳐.'

그때 염도가 손짓하는 것이 보였다. 그것은 송겸의 눈에 깃발로 보였다. 적진을 뚫고 가까스로 탈출한 병사가 아군 진영의 깃발을 보고 기쁨에 겨워하듯 송겸은 내달렸다.

'갑니다, 사부님. 제가 멋지게 보여 드리겠습니다~'

송겸은 달리는 와중에 퍼뜩 만반의 준비를 하고 있으라는 사부의 말을 떠올리고 웃통을 벗어젖혔다. 그럼에도 불구하고 달리는 속도는 변함이 없었다.

그때 옷을 벗다가 한쪽 팔이 걸려 빠져나오지 않자 움찔하다가 신형이 어지러워지면서 그대로 땅에 곤두박질치고 말았다. 그러나 그것도 잠시, 송겸은 몸을 용수철처럼 튕기며 일어나 날듯이 이어 달렸다.

염도가 헤벌쭉 웃으며 반겨주었다.

"네 차례다."

"감사합니다, 사부님."

염도는 송겸의 벗어젖힌 상체를 보고 엄지를 치켜세웠다.

"대단하구나."

송겸은 복면 안에서 화사하게 눈으로 웃어준 후, 열린 가마의 문 쪽으로 향했다. 가까이에서 본 가마는 두 사람 정도가 충분히 누울 수 있을 만큼 컸다.

열려진 가마의 문 쪽에 송겸이 떨리는 가슴을 간신히 진정하며 섰다. 가마의 안쪽, 거기에는 선녀가 앉아 있었다. 아니, 선녀라고 말을 하는 것이 그녀를 모독하는 말처럼 느껴졌다.

새하얀 피부에, 맑은 호수를 머금은 눈빛, 섬세한 장인이 오랜 시간 정성을 들여 그려 넣은 듯한 이목구미는 진정 예술이었다.

그렇게 황홀경에 취해 있던 송겸은 문득 이상한 점을 발견했다.

'왜 옷을 입고 있지?

그랬다. 계획대로라면 그녀는 발가벗겨진 채 조금은 흐느끼고 있어야 정상이었다.

옷을 입고?

기쁜 마음으로?

그건 도저히 상상이 가질 않았다.

그때 더 큰 놀라움이 찾아왔다.

"어서 오세요."

옥구슬이 굴러가는 소리가 이러할까. 어쩌면 청초한 시냇물을 닮아 있는 천향신녀의 음색은 온몸의 더러운 것을 씻어 내리는 것 같았다.

그러나 송겸이 놀란 것은 그녀의 음성이 천상의 소리 같아서가 결코 아니었다. 어서 오세요, 라니……. 도대체 이게 무슨 말이나 될 법한 소린가! 웃음을 파는 기녀가 아닌 이상 이 상황에서 오서 오세요, 라는 말은 가당치도 않은 말이었다.

놀란 나머지 송겸이 사부 염도를 바라보았다. 염도는 저만치 쭈그리고 앉아 그림을 펼쳐 들고 연신 만족스러운 듯 고개를 끄덕이고 있었다.

순간 철퇴가 날아와 송겸의 머리를 강타했다.

모든 것이 일목요연하게 정리되면서 현 상황을 여실히 깨달아 버렸다. 송겸이 복면 안에서 우거지상을 쓰며 입술을 깨물 때 천향신녀가 화사한 미소를 머금고 말했다.

"옷에 서명을 하면 되는 건가요? 어서 주세요."

멍한 눈으로 송겸이 천향신녀를 바라볼 때 어느새 그녀의 손에는 붓 한 자루가 들려 있었다.

송겸은 힘없이 윗도리를 그녀에게 건넸다. 그리고 부탁의 말도 잊지 않았다.

“가… 감사합니다. 잘…… 부탁합니다.”

다리에서 힘이 쑥 빠져나갔다. 당장에라도 주저앉고 싶었다.

옷을 건네받은 천향신녀는 정성스럽게 옷 바깥쪽에 서명을 하면서 말했다.

“언젠가는 제게도 강호의 기인으로 알려진 탐서명객(貪書名客)님이 찾아오리라고 생각은 하고 있었답니다. 호호, 그러나 의외인걸요. 그는 늘 혼자 다닌다고 알고 있었으니까요.”

‘탐서명객?’

송겸은 힘없이 속으로 중얼거리며 사부의 뒤통수를 바라봤다.

‘그러니까 사부가 복면을 쓰면 탐서명객이 되는 거였구려. 허허허……’

“다 되었군요.”

서명을 마친 천향신녀가 윗도리를 건넸다.

송겸은 꾸벅 고개를 숙인 후 윗도리를 받았다.

일이 종료된 것을 본 염도가 어느새 다가와 천향신녀에게 포권을 취했다.

“평생 가보로 간직하겠소이다.”

염도의 음성은 평소의 목소리가 아니었다. 고음과 중음과 저음이 혼재된 음성이라 목소리만으로는 여자인지 남자인지, 나이 든 노인인지, 청년인지 구분이 안 갈 정도였다.

그는 이 순간만큼은 철두철미하게 탐서명객이었다.

‘아주 가지가지 하시는구려, 사부.’

송겸은 염도를 노려봤지만, 염도는 그저 만족스러운 듯 보였다.

그때 천향신녀가 의외의 질문을 던졌다.

"저… 실레인 줄은 압니다만 탐서명객님의 복면 안쪽의 진면목을 볼 수는 없을까요?"

"그건 규칙상 들어줄 수 없는 말이로군요."

"아쉽네요."

송겸은 힘껏 비명이라도 지르고 싶은 심정이었다. 도대체 무슨 규칙이고 또 뭐가 아쉽단 말인가. 사부야 원래 약간 돌아버린 존재라고 생각하고 있기에 그렇다 쳐도 천향신녀의 말은 도통 이해할 수 없는 일이었다.

다른 각도에서 보자면 지금 이 상황은 마음만 고쳐먹는다면 백 번이라도 위협적으로 변할 수 있음에도 그녀는 완전히 겁을 분실해 버린 것같이 행동하고 있었으니 말이다.

"그럼 우리는 이만."

염도가 작별을 고했지만 송겸은 이대로 결코 물러설 수는 없다고 생각했다.

그동안 얼마나 가슴이 두근거렸고, 얼마나 많은 설레는 밤을 보냈던가. 구름 위를 두둥실 떠다니는 기쁨의 나날들이었다.

그런데 지금은 참담함과 억울함과 안타까움과 함께 구름은 밑바닥이 찢어져 한없이 추락하고 있는 것과 같았다.

송겸은 한 걸음 나서며 말했다.

"저……."

"말씀하세요."

"악수라도……."

천향신녀는 싱그런 미소와 함께 손을 내밀었다. 송겸이 떨리는 손길로 그녀의 손을 마주 잡았다. 꿈결 같은 부드러움이 손길을 타고 온몸으로 퍼져 갔다. 송겸은 혹여 이대로 손이 녹아내리는 것은 아닌가 하는 착각이 들 정도였다.

막 자리를 뜨려던 염도가 그 광경을 보고 눈이 휘둥그레졌다.

송겸이 황금으로 변한 손을 조심스럽게 거두는 것을 보고 염도도 잽싸게 그녀 가까이 다가갔다.

"저도……."

악수를 마친 염도는 혹여 손에 다른 이물질이라도 묻을까 손을 쳐들고 작별을 고했다.

"호위들은 일각 안에 깨어날 터이니 너무 염려 마시오."

천향신녀가 물었다.

"또 다른 이들을 만나러 갈 작정이신가요?"

"그건 비밀이외다."

그 말을 끝으로 염도와 송겸은 신형을 날렸다.

그곳으로부터 언덕 서너 개를 넘어가며 염도가 탐서명객의 목소리로 중얼거렸다.

"이제 두 명만 더 해치우면 된다."

송겸은 이를 악물고 '이제 그 목소리는 그만 내세요!' 라고 말하려다 가까스로 씹어 삼켰다.

송겸과 천향신녀는 특급객실에 들었다.

휘장 너머 창밖으로는 아름다운 호수가 달빛을 머금고 찬란히 빛나고, 붉은 촛대는 방 안을 황홀하게 비추었다.

한껏 수줍음을 머금은 천향신녀는 침상 위 이불 속에 몸을 파묻은 채 밤의 정열을 준비하고 있었다.

송겸은 객실 안에 마련된 삼십 년을 묵힌 인삼주를 가볍게 들이켰다. 뜨거운 기운이 전신으로 퍼져 가는 느낌은 오늘 밤이 최고로 빛날 것임을 알려주었다.

송겸이 부드럽게 그녀의 옆으로 파고들자 그녀가 살짝 등을 돌렸다. 그것은 거부하는 듯 보였으나 사실은 더욱 강렬한 유혹을 머금고 있었다.

살짝 드러난 그녀의 새하얀 어깨는 등불을 받아 윤기 나는 붉음으로 변해 있었다. 송겸이 그녀의 어깨를 붙들고 작게 힘을 주었다.

"그대의 아름다움을 숨기지 마시오. 자, 어서."

그녀의 부드러운 속살을 부여잡은 손이 그대로 몸 안으로 빨려 들어가는 것만 같았다.

"부끄럽사와요."

그녀의 음성은 꿈결처럼 감미로웠다.

"허허, 세상에는 수많은 사람들이 있지만 그들은 우리를 볼 수가 없소. 어찌 이리 정인의 마음을 아프게 하는 게요."

"저기 저 달이 우리를 엿보고 있지 않사옵니까?"

"그럼 내 한 걸음으로 달려가 달에게 말하겠소. 우리가 사랑을 다 나누기까지 눈을 감고 있으라고 말이오. 만약 거절한다면 나는 구름을 불러 달의 눈을 가리리다."

천향신녀가 작게 웃음소리를 냈다.

"자, 어서."

송겸이 손에 힘을 주어 그녀의 몸을 돌려 세웠다. 보고 또 봐도 아름다운 그녀를 새삼 깊게 보고자 송겸이 잠깐 눈을 감았다 떴다.

바로 그 순간이었다.

"크아아악~"

송겸은 장력에 얻어맞고 피를 토할 듯 비명을 내질렀다.

그것은 정녕 거대한 장력에 얻어맞는 충격과 같았다.

그녀의 아름다운 모습은 온데간데없었다. 대신 그 빈자리를 구레나룻을 기른 우락부락한 산적이 차지하고 있었다. 눈은 붕어눈을 빼다

이식한 듯했고, 입술은 메기를 닮아 있었으며, 오른쪽 뺨에는 칼자국이
길게 그어져 있었다.

또한 이불이 젖혀지며 드러난 상체는 단단한 근육들이 그 큰 위용을
자랑스럽게 드러내고 있었다.

"이제 마음대로 하세요."

"커커컥!"

송겸은 너무 놀란 나머지 침상에서 굴러 떨어졌다. 송겸을 더욱 놀
라게 한 것은 얼굴이 바뀌었음에도 불구하고 목소리는 여전히 천향신
녀의 것이었다는 점이다.

송겸은 넘어졌다 일어나면서 바닥에 벗어놓은 옷가지들을 허겁지겁
챙겨 입느라 정신이 없었다. 상의를 바지로 입고 하의를 상의로 입어
엉망진창이었지만 지금 그런 것을 따질 겨를이 없었다.

능장을 부린다면 갑자기 달려들어 우람한 근육이 형성된 팔로 목을
휘어 감고 조여 버릴 것 같았다.

"왜, 왜 그러시나요? 제가 이제 싫어지신 건가요? 저를 천박하다고
생각하시는 건가요?"

산적으로 변한 천향신녀는 구슬픈 목소리로 읊조린 후 한 손으로 입
을 가리고선 당장이라도 울음을 터뜨릴 기세였다.

그녀가―과연 그녀라는 호칭이 정당한지는 알 수 없으나 최대한 그렇게 봐
준다고 했을 때―살짝 몸을 틀며 흐느꼈다.

"뭐, 뭐냐!"

어이없게도 몸의 전면은 근육투성이였으나 뒷부분은 보드라운 살결
을 유지하고 있었다.

송겸은 웃지도 울지도 못하는 표정이 되고 말았다.

그것은 마치 한 어부가 인어를 포획하여 살펴본즉, 머리통이 물고기고 그 아래가 사람의 형상인 것을 확인했을 때의 황당함과 일맥상통한 표정이었다.

"나를 찾지 마시오, 영원히."

송겸이 눈에 핏발을 세우고 작별을 고하고 막 문을 나서려 할 때였다.

"잠깐만요."

"왜, 왜 그러시오."

송겸은 자신이 왜 당장 나가지 않고 멈춰 섰는지는 스스로도 알 수 없었다.

천향신녀가 말했다.

"악수라도 하고 가야죠."

"아, 악수?"

"이렇게 가면 너무 섭섭하잖아요."

"아니, 저는 됐습니다만……."

송겸이 거절한 순간 놀랍게도 천향신녀가 귀신같이 코앞에 다가왔다. 산적 천향신녀는 바로 숨결이 느껴질 정도로 가까이에서 요염한 자세로 몸을 비비 꼬았다. 그것은 요염을 넘어 요망이랄 수 있는 동작이었다.

송겸의 부글거리던 위장이 더 이상 인내를 이어가지 못했다.

"우욱! 우욱!"

위장으로부터 시큼한 것들이 우르르 위로 밀고 올라와 순식간에 입

안에 가득 찼다. 입 밖으로 토해내고 싶었지만, 그랬다가는 분노에 찬 우람한 손이 머리를 작살내 버릴 것 같아 온갖 고통을 안고 참아냈다.

그녀가 악수를 위해 손을 내밀었다.

손의 관절은 울퉁불퉁했고, 손등에는 굵은 핏줄 수십 가닥이 산맥처럼 돋아 있었다.

송겸이 조심히 손을 내밀자 천향신녀가 손을 움켜쥐었다. 바위라도 살포시 으깨 버릴 만큼이나 대단한 힘이었다.

손 힘에 놀람도 잠시, 갑자기 그녀가 손을 잡아당겨서는 송겸을 와락 끌어당기고 입을 맞췄다.

"으읍, 으읍……."

끝끝내 입술을 열지 않으려고 송겸은 필사적으로 대항했다.

까칠까칠한 구레나룻 수염이 얼굴을 문지르는 것은 거의 지옥과도 같았지만, 그보다 입을 여는 순간 아직 다 삼키지 못한 토사물이 드러나는 것만은 막고 싶었다.

하지만 힘에는 장사가 없었다. 끝내 입은 열렸고, 구린내가 펄펄 나는 혀가 밀려들어 왔다.

그렇게 송겸은 곧바로 배를 타고 절망의 나라로 떠났다.

거의 혼절하다시피 한 송겸을 산적 천향신녀는 송겸의 발목을 붙들고 질질 끌며 다시 침상에 던지다시피 올려놓았다.

"우리 이제 천천히 사랑을 나눠요."

"으에에에웩~"

송겸은 자리에서 일어나지도 못하고 기괴한 신음을 내며 꿈에서 깨어났다.

'헉! 꿈이다! 그래, 꿈이었어. 아, 신이시여, 감사합니다!'

어둠에 싸인 객방 안에서 누운 채로 멍하니 눈을 뜨고 이것이 현실임을 느껴갈 때였다. 어째 등판이 조금 딱딱하다는 느낌과 함께 입 쪽으로 꿈속에서의 찜찜함이 그대로 느껴졌다.

그중 등판의 느낌은 곧바로 이해할 수 있었다. 객방에 침상이 하나뿐이어서 사부가 침상에 오르고, 그 아래쪽에 자신이 눕게 된 것을 상기한 것이다.

그러나 입 안의 찜찜함은 도무지 무슨 까닭인지 알 수 없었다.

송겸이 뭔가, 하고 손으로 입을 만지는데 무 한 덩이가 잡혔다.

그러나 그것이 무엇인지를 간파하는 데 걸리는 시간은 그리 길지 않았다.

"으악! 뭐 하는 거예요!"

무의 실체는 사부 염도의 발이었다. 그리고 그것은 기가 막히게도 송겸이 악몽을 헤매는 내내, 다리 하나를 늘어뜨리고 자던 염도의 발이 송겸의 입 안으로 침투한 것이었다.

발을 내팽개쳤지만 염도는 세상모르고 잠들어 있을 뿐이었다.

송겸은 자리에서 일어나 연신 침을 뱉은 후 객방의 창가 쪽으로 가길게 한숨을 내쉬었다.

이제껏 악몽이라면 남부럽지 않게 꾸어왔던 송겸이었지만, 이번 꿈은 그야말로 그동안의 악몽 중 최상위에 기록되기에 부족함이 없었다.

희망이 무너진 것은 물론이고, 추접함으로 개방 방주 자리를 차지하는 대회라도 열린다면 당장이라도 우승할 수 있을 만큼의 더러움을 경험한 송겸은 창밖이 만장절벽이라면 아무 미련 없이 몸을 던져 버리고 싶은 심정이었다.

이렇게 안 돼, 이렇게 살 수는 없어, 라고 속으로 중얼거린 송겸은 앞으로의 일정에 대해 생각해 보았다. 이렇게 허무하게 보내고 말 것인가.

송겸은 속으로 굳게 다짐했다.

'그래, 좋아. 그녀들을 만나거든 확실히 해두자. 악수할 때는 되도록 길게 움켜쥐는 거야. 얼굴도 절대 잊혀지지 않도록 샅샅이 뜯어보고. 잘하자, 겸아!'

아마 누군가가 이런 송겸의 마음을 알았다면 이렇게 중얼거렸으리라.

"역시 정상이 아니야."

시간은 참 많은 효용을 지니고 있었다.

천향신녀와 탐서명객의 황당무계한 존재, 그리고 악몽에서 영원히 헤어 나오지 못할 것 같던 송겸은 보름 정도가 지나자 심마를 극복하고 다시금 새로운 활력을 찾을 수 있게 되었다.

사부 염도의 말에 따르자면 두 번째 목표, 옥예신미 설숙빈은 자은사(慈恩寺)에 방문하기로 되어 있었다.

송겸으로서는 도대체 어디서 어떤 방법으로 그러한 정보를 얻어냈는지 희한할 따름이었다. 그러나 그것에 관해 구체적으로 묻지는 않았다.

그것은 어디까지나 독왕노괴로서가 아닌, 신비한 불청객 탐서명객의 일일 것이기에 물어도 제대로 된 답을 얻지 못할 것이라고 생각했기 때문이다.

자은사는 장안의 남쪽 교외에 위치해 있다. 자은사는 그 주변의 풍광과 유서 깊은 사찰로 이름난 곳이었다. 그러나 자은사보다 더 유명한 것은 자은사의 중앙에 자리한 대안탑(大雁塔)이었다.

언제부터인가 사람들 사이에서는 대안탑 앞에서 마음과 혼을 다해 염원을 올리면 그 소원이 반드시 이루어진다는 말이 전해졌다.

물론 그것은 대안탑이라는 건축물이 신비한 영험이 있어서는 결코 아닐 것이다. 어느 누군가가 대안탑에서 공을 들였고, 우연히 그 뒤에 불치병이 나았거나 일이 잘 풀렸을 것이고, 그 이야기는 한없이 부풀어 올라 지금에 와서는 신비의 탑이 되었을 것이다.

그것은 송나라 때 밭갈이를 하던 한 사람이 나무 그루터기를 냅다 들이받아 목이 부러져 죽은 토끼를 얻은 후 밭의 쟁기는 팽개치고 계속해서 또 다른 토끼가 그루터기를 받고 죽기를 기다리는 것과 같았고, 소가 뒷걸음치다가 쥐를 잡게 되었을 때 모든 소들이 쥐를 잡는 방법은 뒷걸음질이 최고라며 쥐만 나타나면 뒷걸음질을 하는 것과 다를 바 없는 일이라 할 수 있었다.

그러나 사람은 내일 무슨 일이 있을지 불안해하니, 보이는 어떤 물체에 의미를 부여하고 그 앞에 공을 들이는 것이리라.

자은사의 길목 주변을 어슬렁거리며 때가 오기만을 기다리던 중 한 줄기 변화가 찾아왔다.

사찰에서 대체로 젊어 보이는 스님들이 기다란 나무판을 들고 내려오는 것이 보였다. 나무판에는 한 문구가 기록되어 있었다.

급히 내부를 보수해야 할 일이 생겼으니 방문객들은 내일 다시 찾아주시길 바랍니다. 자은사.

스님들은 자은사로 올라오려는 사람들에게 연신 머리를 조아리며 사과의 말을 건넸다. 큰마음을 먹고 온 듯한 노파가 잠깐이면 된다고 사정했지만 스님들은 계속 어쩔 수 없는 일이 생겼다고 말하며 이해를 구했다.

시간이 이제 막 오시(午時:오전 11시경)를 넘기고 있던 참이라 꽤 많은 사람들이 올라오던 중에 이 같은 뜻밖의 상황에 깊은 아쉬움을 나타냈다.

그들 중에 사연이 없는 사람이 없을 것이고, 또 이 하루를 위해 먼 길을 달려온 사람도 있을 터였다. 하지만 그 누구도 역정을 내거나 억지를 쓰지는 않았다.

공을 드리러 온 입장들이었기에 마음가짐이 조심스러웠고, 화를 냈다가 도리어 재앙을 당할지도 모른다는 생각 때문이었다.

아침 일찍 자은사를 방문했던 이들이 군말없이 내려오고 있는 것을 보고서야 사람들은 하나둘 발걸음을 돌렸다.

그 광경을 유심히 바라보던 염도가 혼잣말처럼 중얼거렸다.

"이제 슬슬 올 때가 되었구나."

그 말을 듣자 송겸은 상황을 대충 이해할 수 있을 것 같았다.

"그럼 설마?"

"그래."

"제길 옥예신미 한 사람 때문에 이 많은 사람들을 돌려보내다니……."

송겸은 자신은 늘 사파인이고, 모든 생각의 근원이 사파스럽다는 것을 자랑스럽게 생각했지만 돌아서는 노파의 구부러진 허리를 보자 씁쓸함을 금할 수가 없었다.

명색이 불도를 닦는다는 사람들이 고귀한 자와 천한 자를 차별하여 받는 것은 이해할 수 없는 노릇이었다.

"그러니까…… 이 중놈들은 예쁘면 다 용서된다, 뭐 이런 생각을 하고 있다는 것이군요."

"그렇기도 하고 또 그렇지 않기도 하다."

"무슨 말씀이세요?"

"옥예신미의 아버지가 무위장군(武衛將軍)으로 있기 때문이다."

"무위장군이 그렇게 대단한 건가요?"

염도가 쓰윽, 송겸을 바라봤다.

"넌 좋겠다."

"뭐가요?"

"무식해서."

그 말과 함께 염도는 큭, 소리를 내어 웃고 말을 이었다.

"무관의 최고 관직인 대장군에 비할 바는 아니나 궁정의 경비를 주 임무로 하는 무위영(武衛營)의 대장이다. 그러니 권세가 결코 녹록치 않다는 말이다. 자은사에서 알아서 저렇게 유난을 떨지는 않았을 테고 어떤 압력이 있었겠지. 하지만 어찌 되었든 그들이 뜻을 굽히고 사람의 존귀와 천함을 따로 구별하는 것은 보는 바와 같이 사실이니 허물이 없다고도 볼 수 없을 것이다.”

“영양가없는 인간들이로군요.”

송겸이 쓰게 입맛을 다시는 것을 보고 염도가 태연히 말했다.

“잊지 마라. 이 사부는 사파인이다. 그런 것을 일일이 따져 묻지 않아. 또 서명도 꼭 받을 것이고.”

송겸은 기가 막혀 속으로 ‘허허’ 거릴 수밖에 없었다.

그로부터 일 식경이 지날 무렵, 한 대의 화려한 가마가 모습을 드러냈다. 보나마나 그 가마에는 옥예신미 설숙빈이 타고 있을 터였다.

이미 이때쯤에는 산 입구 쪽에서부터 젊은 스님들이 사람들에게 안내판을 내보이며 양해를 구한 상태였고, 가마는 사람들의 눈을 피해 소롯길로 산을 올라 중도에서부터 제대로 된 길로 접어들어 사찰로 향하고 있는 중이었다.

천향신녀 신약란은 다른 사람들에게 피해를 주지도 않고, 피해를 입기도 싫어 평범하기 그지없는 가마를 타고 화청지에 이르렀으나, 옥예신미는 아예 모든 사람을 다 쫓아내다시피 하고 자은사에 이르려 했으니 화려하게 치장한 가마는 자못 당당해 보이기까지 했다.

은밀히 지켜보던 송겸은 가마꾼과 그 주변을 에워싸며 진행하는 열두 명의 호위 무사에게 시선을 집중했다.

그들은 하나같이 건장한 체격이었고, 관자놀이 부근이 볼록해 보여 상당한 수련을 거친 것으로 보였으며, 그들의 몸가짐에서는 빈틈없는 절도가 드러났다.

그러한 절도는 강호무인의 것과는 달라 보였는데, 송겸은 사부의 설명을 들은 터라 그들이 군사 중 무공이 뛰어난 자를 추려내어 옥예신미의 호위로 발탁되었을 것이라고 추측했다.

옥예신미를 태운 가마가 자은사로 접어들자 염도가 몸을 움직이며 말했다.

"우리도 가자."

뒤를 따르며 송겸이 물었다.

"그럼 자은사에서 해치우시려구요?"

"상황에 따라서는."

염도는 자은사가 훤히 내려다보이는 지점에 자리를 잡고 상황을 예의 주시했다.

옥예신미가 도착하기도 전이건만 사찰의 정문 쪽으로 주지와 많은 승려들이 주군을 기다리는 부하들마냥 도열해 있었다.

그들 중에는 늙다리 승려들이 절반가량을 차지하고 있었는데 어딘지 전전긍긍하는 모습을 보였다.

가난하고 찌든 인생살이를 하는 많은 신도들에게는 단 한 번도 이런 영접을 하지 않았을 그들이, 이제는 서로 좋은 자리에서 옥예신미를 맞기 위해 기다리고 있는 것이다.

그 광경을 보고 있자니 송겸은 속이 울렁이며 넘어올 것만 같았다.

'왜일까, 왜 이렇게 기분이 더럽지?'

곰곰이 마음을 탐색해 보니 그럴싸한 답이 떠올랐다.

'그래, 나와 사부는 사파이고, 사파라는 것을 드러내 놓고 자랑스러워하고 있지만 저놈들은 자비의 가면을 쓰고 뒤로는 온갖 구란내를 풍겨내면서 사파보다 더 지독한 사파답게 굴지 않는가.'

송겸은 알 수 없는 마음의 흐름을 그런 식으로 단정 지었다.

감히 누구 앞이라고 더 사악해지려 하는가, 하는 식이었다.

그때 옥예신미의 가마가 정문 앞에 이르렀다.

그녀는 가마에서 조심스럽게 내렸고, 그녀가 땅에 발을 딛고 그 아름다운 모습을 드러내자, 순간 자은사의 풍광은 그녀를 위한 배경이 되고 말았다.

승려들은 일제히 머리를 조아렸고, 잿빛 승복들 중에서 유난스럽게 튀는 황색 승복을 걸친 주지로 보이는 늙은 승려가 그녀에게 다가가 안으로 인도했다.

옥예신미는 제일 먼저 중앙에 자리한 대안탑 앞에 서서 머리를 숙이고 두 손을 모아 마음의 기원을 올렸다.

이어 그녀의 발길은 대웅전으로 향했고, 염도와 송겸의 시야에서 사라졌다.

"이제 점심을 먹을 시간인데 우리도 뭘 먹어야 되지 않을까요?"

송겸이 배를 주무르며 하는 말에 염도가 고개를 끄덕였다.

"뭐 싸 온 것이라도 있는 게냐?"

송겸이 눈을 가늘게 뜨고 말했다.

"뭐가 있어야 싸 오죠. 옥예신미도 어차피 절밥을 먹을 모양인데, 그 시간에 우리도 마을로 내려가 식사를 하고 오죠."

"안 돼!"

염도는 단호했다.

"그럼 이렇게 죽치고 있자는 말씀이세요? 서명도 좋지만 일단 먹고 보자구요. 그녀가 도주할 우려는 없잖습니까."

송겸이 워낙 거세게 대항한지라 염도가 흠칫하며 바라보고는 턱을 어루만졌다.

"좋다. 하지만 마을로 내려갈 수는 없어. 그녀도 사찰에서는 어차피 채식을 할 것이니 우리도 점심은 채식으로 간다."

염도가 눈짓으로 따라오라고 하자, 송겸은 채식이든 뭐든 도대체 어디서 해결할 요량인지 알 수 없어 어쩐지 근심 어린 표정으로 뒤를 따랐다.

둘은 약 백 장가량 이동해 멈춰 섰다.

송겸의 얼굴에 의아함의 먹구름이 가득 번졌다. 객잔은 아니더라도 산의 움막집 정도를 생각했으나 펼쳐진 광경은 사부만큼이나 엉뚱했다.

그건 산비탈에 층층이 가꿔진 밭이었다.

"뭐, 뭔가요?"

염도는 아무것도 듣지 못한 사람처럼 밭으로 달려가서는 무 하나를 쏙 빼 들었다.

"하하하, 아주 싱싱한 놈이로구나. 어서 와라."

송겸은 멍하니 하늘을 올려다보았다.

'하늘이시여, 지금 이것이 정녕 현실이란 말입니까!'

점심을 무로 해결한 염도와 송겸은 다시금 아까 있었던 장소로 돌아왔다. 정문 쪽으로 옥예신미의 호위 무사 두 명이 석상처럼 버티고 서 있고, 안쪽으로도 다섯 명이 각기 담 쪽에 붙어 경계를 서고 있는 것이 보였다.

지금쯤 옥예신미는 식사를 하고 있거나 그 뒤에 차를 마시고 있으리라.

반 시진(한 시간) 정도 별다른 변화가 보이지 않아 염도와 송겸은 점점 따분해져 처음에는 눈에 불을 켜고 주시하다가 지금에 이르러선 거의 눕다시피 한 채 지켜보았다.

한순간 염도가 몸을 벌떡 일으키자 송겸도 덩달아 긴장했다.

드디어 옥예신미가 나온 것이다.

"어떻게 할 생각이십니까?"

"자은사를 빠져나간 뒤에 손을 쓰는 게 좋겠다."

옥예신미는 떠나기 전 기품 어린 몸짓으로 다시금 대안탑 앞으로 나아가 기원을 올렸고, 그 뒤로 자은사의 전 승려들이 도열했다.

기원을 마친 그녀가 머리를 숙이며 작별을 고하자, 주지를 비롯해 모든 승려들이 일제히 머리를 조아렸다. 그들의 동작은 한 치의 흐트러짐도 없어, 그녀가 이곳에 오기 삼 일 전부터 맹렬히 머리 숙이는 연습을 한 사람들 같았다.

"하는 꼬라질들 하고는……."

송겸은 비위가 뒤틀려 불쑥 내뱉었다. 염도는 그런 송겸의 반응에 옅은 미소를 지었다.

옥예신미와 그 호위들이 승려들의 지극 정성이 담긴 배웅을 받고 길을 나서자 염도와 송겸도 따라 움직였다.

옥예신미의 가마는 중간 정도 내려오다가 소로로 접어들었다.

그래도 일말의 양심은 갖추고 있어, 사람들의 눈에 자은사에서 내려오는 것처럼 보이지 않기 위함이었다.

그와 같은 행적은 염도와 송겸이 환영할 만한 일이었다.

산길은 좁고 협착해 속도를 내기 어려웠다. 그렇게 몇 개의 고개를 넘으며 일 식경가량 지났을 무렵이었다.

무슨 까닭인지 옥예신미의 가마가 멈추었다.

염도와 송겸은 혹시 무슨 변고가 생긴 것인가 싶어 정신을 바짝 차리고 예의 주시했다.

가마의 문이 열리고 옥예신미가 나오더니 청의무복을 입은 호위를 불렀다. 이때쯤 염도와 송겸은 안력을 최대한 돋운 상태였고 어느 정도는 그녀의 얼굴을 확인할 수 있는 위치에서 살피고 있는 중이라, 그녀의 안색에 근심이 어리고 어딘가 불안해하고 있음을 알아차렸다.

옥예신미가 작게 말하자 청의무복을 입은 호위가 가마꾼과 다른 호위들에게 손짓을 보냈다. 그가 호위들의 수석인 듯 다른 이들이 모두 그의 지시에 따라 저만치 물러났다.

옥예신미는 호위에게 귓속말로 무슨 말인가를 속삭였다.

이야기를 들은 호위는 자은사 쪽을 손으로 가리켰지만 그녀는 고개를 저었다. 그러는 동안 그녀의 몸짓도 불안하기 짝이 없게 변해갔다.

다시 그녀는 호위에게 몇 마디를 던지고는 맞은편 숲 속으로 종종걸음을 치며 사라졌다.

휭그러니 남은 호위는 잠시 난감한 듯 그녀가 사라진 쪽을 바라보다가 고개를 젓고는 다른 호위들이 있는 곳으로 걸음을 옮겼다.

"사부님, 무슨 일이……."

송겸이 전음을 다 보내기도 전에 염도의 신형은 흐릿해지는가 싶더니 어느새 호위들이 모인 쪽으로 날아가고 있었다. 또 어느새 꺼낸 것인지 염도는 복면을 쓴 상태였다.

빛살 같은 움직임으로 날아간 염도는 가장 먼저 청의무복의 수석 호위에게 쏟아져 갔다. 수석 호위의 무공 수준은 확실히 다른 데가 있었다. 그전 천향신녀의 호위들은 손 한 번 써보지 못하고 쓰러졌으나 수석 호위는 간발의 차이를 두고 염도를 향해 장력을 발출했다.

지켜보던 송겸이 흡, 하고 숨을 들이킬 정도로 날렵한 동작이었다. 그때 염도의 몸은 공중에 뜬 상태였기에 상황은 결코 좋아 보이지 않았던 것이다.

그러나 그것은 곧 기우에 불과한 것임이 명백히 드러났다.

염도는 왼손을 빙글 돌려 가볍게 장력을 와해시키고, 발끝으로 가슴을 찍어갔다. 수석 호위는 손을 들어 발을 막았지만 그것은 이미 염도가 예상하고 있던 수순에 불과했다.

염도의 발이 미세하게 수석 호위가 막은 손을 튕기고서 도저히 물리적으로 불가능해 보이는 동작으로 몸을 회전시키고 어느새 그의 등 뒤로 내려섰다. 그것은 너무도 신출귀몰한 터라 수석 호위는 눈앞에 어른거리던 불청객이 연기처럼 사라져 버린 줄로 착각할 정도였다.

그가 두려운 마음으로 눈동자를 두 번 빠르게 굴리는 순간, 염도는 손을 뻗어 그의 목에 혈도를 찍었고, 그것으로 수석 호위는 하얀 동공을 드러내면서 맥없이 허물어졌다.

여기까지의 과정은 설명은 길었으나 사실 거의 눈 깜짝할 사이에 이루어진 것이라 다른 호위들은 수석 호위가 쓰러질 때까지도 어! 어! 하고 있는 상황이었다.

염도가 머뭇거릴 이유는 없었다. 그의 신형이 바람처럼 호위들 사이를 종횡무진 누비는 사이 다른 호위들은 짚단이 쓰러지듯 하나씩 무너져 내렸다.

염도가 송겸을 향해 손짓하자, 복면을 갖춘 송겸이 한달음으로 달려갔다. 둘은 아주 천천히, 잔뜩 긴장한 채로 옥예신미가 달려간 숲으로 걸음을 옮겼다.

수풀이 젖혀지는 소리를 내지 않기 위해 거북 걸음으로 스무 걸음 정도 발을 내디뎠 때였다.

두 사람은 거의 동시에 서로를 바라봤다. 서로의 눈빛은 어지럽게 흔들리고 있었다. 그러나 두 사람은 어떤 말도, 전음도 발하지 않았다.

점점 가까이 갈수록 명확해지는 모종의 소음이 원인이었다.

빠지직.

익숙한, 누구라도 살면서 직접 경험했을 그런 음향이었다.

그리고 익숙한 냄새가 소리에 이어 바람결을 타고 술술 다가왔다.

그러나 염도와 송겸은 결코 그런 일은 아닐 것이라고 생각했다. 결코 그런 몰염치한 짓을 옥예신미가 할 리는 없다고 스스로를 위로했다.

한 걸음 한 걸음 옮길 때마다 간헐적으로 들리는 소리는 점점 커져갔고 냄새도 짙어졌다.

그리고……

끝내 두 사람은 못 볼 것을 보고 말았다.

중원 천하를 진동시키는 아름다움을 간직한 천하오향 중 한 명인 옥예신미 설숙빈이 수풀 속에서 머리를 내밀고 온갖 힘을 다 주며 용변을 보고 있었다.

비록 옆모습만 보였지만 그녀는 옥예신미가 확실했다.

송겸이 놀란 눈으로 옥예신미를 보고 다시 사부를 보았을 때, 염도의 얼굴은 이미 사람의 얼굴이 아니었다. 세상천지에 흩어져 있는 먹구름들이 모조리 몰려와 사부의 얼굴에 붙어버린 것만 같았다.

뿌지직… 빠지직, 빠작빠작.

음향은 실로 다양해, 자칫 여기서 좀 더 노력한다면 옥피리는 더 이상 세상에서 그 가치를 인정받기 힘들 것으로 보일 정도였다.

두 사람이 아픈 가슴을 부여잡고 있을 동안에도 옥예신미가 연주하는 천상의 소리는 계속되었다.

파식, 파지직. 뿌르르…….

물론 미녀도 용변을 볼 것이고, 볼 권리도 있다는 것을 인정하지 않는 건 아니었다. 미녀라고 눈곱이 끼지 않을 리 없고, 미녀라고 콧물을 흘리지 말라는 법은 없을 것이다. 또한 미녀라는 이유 하나만으로 비듬이 생기지 않는 특수한 혜택을 하늘로부터 부여받는 것도 아닐 것이다.

그러나, 정녕 그러나,

그 모든 것을 인정한다고 해도 지금 이 순간 이런 식으로 모습을 보여서는 안 되는 것이었다. 서명을 받기 위해 꿈에 부풀은 가련한 두 사내의 가슴에 대못을 박아버려서는 안 되는 것이다.

지금 이 순간 염도와 송겸 두 사람이 겪는 고초는 말로 다 하기 힘든 것이었다. 특히 두 사람의 공통점이라면 타의추종을 불허하는 상상력이었기에 두 사람이 받고 있는 충격은 태산과 같았다.

그 기발한 상상력은 염도와 송겸에겐 거의 재앙이었다.

변의 색깔이 어떠할지, 그 소리의 격렬함으로 미루어보았을 때 그 파편들이 그저 땅으로 떨어져 내리지만은 않았을 것이라는 의문, 그리고 그녀가 짓고 있을 그 난감한 표정들까지, 그리고 나중에 뒤처리는 도대체 어떻게 할 것인지, 풀을 뜯어서 할 것인지, 넓은 잎사귀라도 있다면 다행이겠지만 근처에는 뾰족하고 섬세하게 숫구친 풀들만 있고 주변 나무들도 거의 침엽수다.

절망이었다.

얼음이 되어버렸던 염도의 몸이 서서히 돌아섰다. 송겸은 사부의 등이 이렇게 말하는 것같이 보였다.

'이 와중에 서명이 무슨 소용이란 말인가. 오, 나의 꿈이여.'

송겸도 천천히 사부의 뒤를 따랐다.

짐작컨대, 그녀의 소화 불량은 사찰에서 먹은 채식이 주원인일 것이라는 생각이 들었고, 그러자 어쩌면 그녀가 이번 기회에 개종할지도 모르겠다고 생각했다.

삼십 보 정도 옮겼을까.

돌아서는 동안 잠잠하던 소리가 요란하게 들려왔다.

염도는 문득 걸음을 멈추고 송겸을 바라보았다.

"제자야, 우리는 누구지?"

송겸은 잠시의 머뭇거림도 없이 답했다.

"사파죠."

"그래, 맞다. 그러니 이대로 그냥 가면 안 되겠지?"

송겸의 입가에 옅은 미소가 번졌다.

"마무리를 해야겠죠."

두 사람은 서로를 향해 고개를 끄덕이고는 동시에 소리를 질렀다.

"뱀이다~"

숲 속은 고요하기 그지없어 뱀의 출현을 외치는 소리는 천둥 소리처럼 울려 퍼졌다. 그리고 바로 뒤를 이어 옥예신미가 비명을 내질렀다.

"캬아악, 엄마~"

털썩.

염도와 송겸은 보지 않고도 어떤 효과음인지 알 수 있었다. 너무 놀란 나머지 그녀가 주저앉은 소리, 그것이 아니라면 또 무엇이랴.

둘은 사파로서의 할 일을 마친 후 냅다 신형을 날려 그곳을 벗어났다.

벗어나는 와중에 그녀의 비명과 울음이 뒤섞인 소리가 점점 희미해졌다.

그리고 송겸은 속으로 가만히 중얼거렸다.

'자은사에서 돌아서던 할머니에게 드리는 선물입니다.'

제10장 지독한 악몽, 그리고 엉뚱한 복수

마을로 내려간 염도와 송겸은 객점으로 향했다.

식욕이 당기거나 배가 고파서가 아니었다.

술! 술이 필요했다. 그것도 아주 지독한 술!

마시고, 취하고, 소독해야 했다. 입술로부터 목구멍, 위장, 이어 가능하다면 온 내장을 두루두루 소독하고 싶었다.

자리를 잡고 앉자 점소이가 사근거리며 다가왔다.

염도는 어두운 음색으로 짧게 말했다.

"독한 술."

"네?"

염도가 약간 어리둥절해하는 점소이를 노려봤다. 점소이의 눈동자를 직선으로 꿰뚫어 버릴 기세였다.

"이곳에서 가장 독한 술을 가져와."

점소이는 너무 놀라 제대로 대답도 못하고 움찔거리면서 물러났다.

그 어느 때보다 신속하게 술이 탁자에 놓였고, 두 사람은 안주도 없이, 아무런 말도 없이 술을 마셨다.

비록 떠나기 전 그럴싸하게 그녀에게 원수(?)를 갚아주긴 했지만, 엄밀히 따져 볼 때 그것마저도 그다지 유쾌한 일은 아니었다. 아니, 도리어 뒤에 따라 들린 소리로 인해 한층 더 답답하기까지 했다.

그 독하다는 죽엽청을 각기 두 병씩 비웠다. 그러나 취기 따윈 없었다. 어이없게도 점점 더 정신이 또렷해졌다. 사물은 여전히 흔들림이 없었고, 옥예신미의 그 난처한 모습도 술잔을 들어 목에 털어 넣고 내려놓으면 그 순간 고스란히 떠올랐다.

이후 다시 두 병씩을 더 비웠을 때에야 약간의 취기가 올랐다. 그래도 여전히 그것은 말 그대로 약간뿐이었다.

염도가 말문을 열었다.

"세상사 모든 것은 하찮은 것처럼 보이나 사실은 어느 것 하나 심오한 가르침이 없는 것이 없다."

이 판국에 뜬금없이 가르침 운운하는 소리에 송겸이 술잔을 내려놓고 입을 쩝쩝거리며 바라봤고, 염도가 질문을 던졌다.

"너는 무엇을 깨달았느냐?"

송겸이 어깨를 으쓱해 보였다.

그건 '사부님, 취하셨군요' 정도의 뜻이었다.

"간단한 문제가 아니다. 아주 중요한 내용이 숨어 있어."

송겸이 잔을 채워 들이킨 후 답했다.

"뭐, 굳이 말씀드리자면 모든 것은 때가 있다, 정도랄까요. 그런 의미에서 옥예신미도 재수가 없었고, 우리도 재수가 없었던 거죠."

염도는 고개를 가로저었다.

"그게 아니다, 그게 아니야. 인간의 본질에 대해 생각해야 해."

"인간의 본질요? 사부님, 지금도 제 귀에는 아직도 그 '빠지직'이 들려오고 있습니다. 다른 것을 생각할 여유가 없단 말입니다."

"어리석은 녀석. 그렇게 약한 마음으로 어찌 험한 강호를 살아가려 한단 말이냐."

염도는 말은 그렇게 했지만 연거푸 두 잔을 들이키며 얼굴을 찡그리며 괴로움을 여실히 드러냈다. 그의 말이 이어졌다.

"옥예신미는 천하오향 중 한 명이자 중원의 뭇 사내들의 마음을 설레게 하는 여인이다. 어떤 이들은 그녀의 손을 한 번 잡아보는 것을 평생의 소원으로 간직하고 있기도 할 것이고, 또 어떤 이들은 먼발치에서나마 그녀를 볼 수 있었으면 하고 바라기도 한다."

거기까지 듣자 송겸은 속으로 중얼거렸다.

'사부님처럼 서명을 받겠다고 이 난리를 치는 사람도 있죠.'

"…그러나 그건 말이다, 사실 다 부질없는 짓에 불과하다는 것이다. 왜냐? 그건 그녀의 실체가 아니니까. 사람들은 껍질에 현혹되어 안쪽에 자리한 것을 보지 못하고 있다는 것이다. 무슨 말인지 알겠느냐?"

송겸이 고개를 끄덕였고, 염도도 만족한다는 듯 다시 말을 이어갔다.

"그럼 껍질의 안쪽에는 무엇이 있을까?"

"그야 뭐, 마음이겠죠. 마음이 중요하다 그 말씀인 거죠?"

염도가 검지를 들어 좌우로 흔들었다.

"대장(大腸)이다."

"네? 대장이라뇨?"

"똥을 담고 있는 대장 말이다."

송겸의 표정은 누군가 뒤에서 망치로 한 대 쳐버린 것처럼 변해 버렸다. 그러거나 말거나 염도의 말은 계속되었다.

"한마디로 말해서 그녀는 걸어다니는 변소인 게지. 그게 바로 옥예신미의 실체이자 모든 미녀들의 실체다. 그러니까 그저 미인이라고 현혹되어서는 안 된다는 거야. 험한 강호에서는 미인계로 함정을 파는 일도 있으니 너는 그럴 때마다 오늘 이 말을 명심하고 마음을 일깨워야 할 것이다. 저 여자는 변소야, 똥을 담고 걸어다니는 변소를 보고 설렌다면 그건 아주 웃기는 일이지, 라고 마음을 잡도록 해라."

단 한 번도 생각해 보지 못한 내용이라 송겸은 순간 상상의 나래를 활짝 펼쳤다.

황제가 고귀한 차림과 기품 어린 동작으로 걸어나온다. 그리고 맞은편에는 지저분한 거지가 마주 걸어와 두 사람이 가까워졌을 때 황제와 거지는 서로를 손가락으로 가리키며 말한다.

"너도 똥! 나도 똥!"

그리곤 갑자기 손을 마주치며 깔깔거리고 웃는다.

또 다른 광경이 떠올랐다.

학식이 뛰어난 대학자와 일생 동안 고기잡이만 해온 어부가 만났다.

"잘 지내지?"

"자네 똥도?"

“물론이지.”

송겸이 상상의 세계에서 벗어나 객점에 든 다른 사람들을 스윽, 둘러보았다.

‘헉! 어, 어떻게……!’

기이한 일이었다. 각기 탁자에 앉아 있는 그들의 옷과 뱃가죽이 투명하게 변했고, 그 안 대장 부위도 투명하게 변하더니 그 속에 똥 덩어리들이 갖가지 색상으로 굳어 있는 것이 보였다.

‘어어억!’

송겸은 자신의 머리가 돌아버린 것이 아닌가 싶어 머리를 거칠게 흔들었다. 그러자 다행스럽게도 모든 것이 정상으로 돌아왔다.

“휴우…….”

사부의 말은 옳았다. 참으로 인간은 보잘것없고, 인생은 태어나서 죽을 때까지 똥을 간직하고 살아간다. 자신만은 고결한 것처럼, 자신만은 언제나 성결한 사람인 양 더럽다고 손가락질하고 침을 뱉지만 그런 이들도 모두 예외는 아닌 것이다.

그러나, 그러나!

‘이게 과연 사부의 진심?

“사부님, 오늘은 충격에 충격이군요. 하지만 저는 아직 사부님의 깨달음을 따라가려면 한참 멀었나 봅니다. 그래서 드리는 말씀입니다만, 옥예신미의 그림 말입니다. 사부님은 이미 높은 깨달음에 이르셔서 그저 오물로 여기는 것 같으니 그냥 그 그림은 제가 갖도록 하겠습니다.”

염도는 어깨가 들썩일 정도로 흠칫했다.

염도는 송겸의 말에 답하지 않고 점소이를 향해 외쳤다.

"어이, 거기 점소이! 여기 맛난 음식 좀 가져와 봐! 갑자기 식욕이 당기네. 서둘러!"

송겸의 얼굴이 일그러졌다.

'그럼 그렇지. 깨달음은 무슨 개뼈다귀 같은 소리야.'

염도는 좀체 꿈을 꾸지 않았다. 게다가 악몽은 더 더욱이었다.

그런 염도가 꿈을 꾸었다.

옥예신미의 '빠지직'이 있던 날이었고, 죽엽청을 일곱 병 비운 날이었다.

염도는 시원스럽게 쏟아져 내리는 폭포가 보이는 곳에서 낚시를 하고 있었다. 한 시진이 넘도록 고작 피라미 세 마리를 잡은 터라 지루하기 짝이 없는 시간을 보내던 참이었다.

한순간 하늘이 어두워졌다.

고개를 들어 바라보니 먹구름 따위가 몰려온 것이 아니었다. 그냥, 말 그대로 그냥 어두워져 버린 것이었다. 그런데 희한하게도 하늘은 어두웠으나 지상은 사물을 분간하기에 전혀 어려움이 없었다.

"괴이한 날이로군."

낚싯대를 드리운 채 멍하니 하늘을 올려보고 있으려니 문득 어두운 하늘에 작은 균열이 일었다. 그것은 마치 흑암의 밀실에서 작게 난 구멍으로 빛이 쏟아지는 것처럼 보였다.

빛의 구멍은 점점 더 커져 갔고, 그 광경은 그야말로 장관이었다.

태초에 처음으로 빛이 세상을 비추었을 때가 바로 저렇지 않았을까 하는 생각이 들었다.

그러나 놀라기엔 아직 일렀다. 새하얀 빛 줄기 사이에 자줏빛 점 여덟 개가 떨어져 내렸다. 그리고 눈 깜짝할 사이에 자줏빛 점들은 염도 쪽으로 내려서더니 황홀한 빛을 요란스럽게 발산하면서 천천히 사람의 모습으로 바뀌었다.

"친구, 오랜만이군."

익숙한 목소리였다. 백 년이 지난다 해도 잊지 못할 목소리이기도 했다. 그는 다름 아닌 성숙노괴 홍자생이었다.

"홍가야, 이게 어찌 된 일이냐."

"자네가 울적한 것 같아 그냥 보고 있으려니 안타까워서 말이네."

"그래, 잘 왔어. 그리고 보니 뜻을 이룬 게로군."

홍자생이 작게 고개를 끄덕였다.

"잘된 일이야. 선계는 머물 만하고?"

"말 그대로 신선 놀음 아니겠나. 하하하."

어딘지 기고만장한 웃음소리라 염도는 기분이 언짢았지만 오랜만에 만난 친구에게 내색하고 싶진 않았다.

"그나저나 뒤에 있는 분들은 자네의 시녀들인가?"

"허허. 이 친구야, 그건 무례한 말이네. 이분들은 선녀님들일세."

"좋겠군. 나는 결코 선계에 이를 수 없을 거야."

"힘내게. 사실 오늘 내가 자네에게 온 것은 아들을 보살펴 주는 것에 대해 작으나마 사례를 하기 위함이라네."

풀 죽어 있던 염도의 눈이 휘둥그레졌다.

"사례? 그래, 어떤 건가? 크크, 선녀님이라도 소개시켜 줄 참인가?"

"그래, 맞네."

홍자생이 너무나 쉽게 인정한 까닭에 염도는 자신이 혹여 잘못 들은 것인가 싶었다.

"뭐, 뭐라고 했나?"

"제대로 들은 걸세."

"정말인가? 서, 설마 이거 꿈은 아니겠지?"

"허허, 이 친구. 내가 없는 동안 많이도 속고 산 모양이군. 이렇게 총 천연색으로 번쩍거리는 꿈을 꾸었다는 사람을 본 적 있나?"

"그래. 자네는 이생에 있을 때도 나를 놀라게 하더니 선계로 가서도 여전하군."

염도의 입은 이미 귀까지 찢어져 있었다.

"자네야말로 세상에서 둘도 없는 친구가 아니었나. 내가 선녀님들 중에서 자네와 가장 어울리는 분을 정해주겠네."

"아하하, 자네가 맺어준다면 그야말로 천상배필이지."

그때까지 칠 선녀들은 빛무리에 휩싸여 있어 제대로 그 모습을 알아보기 힘든 상태였다. 하늘거리는 옷자락과 여인의 모습이라는 것만 겨우 분별할 수 있을 정도였다.

홍자생은 선녀들 사이를 미끄러지듯 다니면서 약간 뒤쪽에 있던 한 선녀와 무슨 말인가를 주고받고는 그녀의 손을 이끌고 환한 표정으로 염도에게 말했다.

"정했네. 바로 이분일세."

"자세히 좀 볼 수 있을까?"

"그야 물론이지."

홍자생이 알아들을 수 없는 말을 건네자 그 선녀의 빛무리가 서서히 옅어지면서 그 모습이 확연히 드러났다.

바람이 불지 않음에도 저절로 나부끼는 선녀의 옷자락과 함께 얼굴과 몸매가 드러났다.

그 순간 염도의 얼굴은 만년설에 뒤덮인 얼음마냥 딱딱하게 굳어버렸다.

"으으……."

선녀라고 모두가 다 절세의 미녀이고 호리호리한 몸매를 지녀야 하는 법은 없겠으나 이건 정말 최악이었다. 머리는 둥그런 호박을 올려놓은 것 같았고 몸은 항아리 그 자체라 해도 과언이 아니었다.

이런 선녀라면 수천 명을 준대도 거들떠도 보지 않을 자신이 있었다.

"왜 그런가, 친구. 괜찮나?"

홍자생이 염려스럽게 물었지만 염도는 아무 말도 할 수가 없었다.

대강 뜻을 파악한 홍자생이 껄껄거리며 웃었다.

"염려 말게. 이 모습이 전부가 아니라네. 조금만 지나면 변신하실 게야. 그럼 나는 선계에서 할 일이 있어 이만 가볼 테니 즐거운 시간을 보내게. 그리고 아들 녀석 잘 부탁하네."

그 말을 끝으로 홍자생은 여섯 명의 선녀와 함께 하늘로 올라가 버렸다.

홍자생이 사라진 뒤에도 뻘쭘하게 하늘을 올려다보고 있는 염도에게 뚱뚱보 선녀가 다가와 다정하게 말했다.

"늘 흠모하고 있었답니다."

"아, 네… 감사합니다."

"홍 검선께서 어찌나 칭찬을 많이 하셨는지 모른답니다."

그 뚱뚱한 체구를 비비 꼬기까지 하며 달라붙으려 하자 염도는 뒷걸음질치며 말했다.

"저, 여기 앉아서 이야기하시죠."

염도가 앉기에 적합한 바위를 가리키자 선녀는 하늘거리는 옷을 잘 갈무리해 조심스럽게 앉았다.

"겨, 경치가 아주 좋지요?"

"그렇네요. 게다가 상냥하신 염도님과 함께하니 이곳이 또한 천상의 세계 같군요."

"하하, 과찬의 말씀을……."

그렇듯 두 사람이 다정스럽게 이야기를 한참 나눌 때였다.

갑자기 선녀가 배를 움켜쥐었다.

"아, 갑자기 배가… 이런, 신호가 오네요."

선녀는 자리에서 일어나 마구 숲으로 달려갔다.

"무슨 일입니까?"

"잠깐만 기다리세요. 용변이 급해서요. 이건 저의 변신법이랍니다."

염도의 물음에 선녀는 뒤도 돌아보지 않고 말하며 숲 속으로 사라졌다.

쿵한 상태로 선녀가 사라진 곳을 넋 놓고 바라보던 염도는 멍하니 '용변! 변신법!'을 중얼거렸다.

잠시 후 그의 귓가로 이루 형용키 힘든 소리가 들려왔다.

푸다다다닥. 푸득, 푸득, 푸다다닥…….

인간 세상의 어느 누구도 낼 수 없는 어마어마한 소리였다.

또한 시간도 상상을 초월했다. 그렇게 거의 반 시진이 지났을 때였다.

"짠! 저 돌아왔어요."

염도의 눈이 붕어마냥 튀어나왔다.

"어, 어떻게……."

완전히 다른 사람이었다. 팔등신의 몸매에 얼굴도 갸름해졌다.

"서, 설마……!"

상상하고 싶지 않았다. 그럼 도대체 아까의 그 뚱뚱함의 원인이 정녕!

그 많은 것을 담고 있었고, 또 그 많은 것을 빼내자 이렇게 날렵해진 것이란 말인가.

"으아아악! 안 돼~"

그 절규가 마지막이었다.

"헉!"

염도는 꿈에서 벗어나면서 벌떡 상체를 일으켜 세웠다. 온몸에서 식은땀이 물처럼 흘러내렸다.

'하아… 그래, 꿈이었구나. 아주 지독한 꿈이었어.'

두 번 다시 생각하고 싶지 않은 꿈이었다. 하지만 다른 꿈과는 달리 깨어난 뒤에도 너무도 생생하기만 했다.

달빛이 창문을 통해 옅은 빛을 비추었다. 그것만으로도 염도는 사물을 구별하는 데 어려움이 없었다. 맞은편 침상에 누운 제자의 얼굴을 보자 염도는 인상을 찡그렸다. 지독히도 닮은 얼굴, 꿈속의 홍자생이 생각났다.

"나는 선계에서 할 일이 있어 이만 가볼 테니 즐거운 시간을 보내게. 그리고 아들 녀석 잘 부탁하네."

'아들을 잘 부탁한다고? 그 따위 선녀를 내게 소개시켜 주고 그게 할 소리야? 그래, 그래, 좋아. 잘~ 봐달라 이거지?'
염도는 몸을 숫구쳐 송겸의 침상 위로 뛰어올라 가 세상모르고 잠들어 있는 송겸의 면상에 맹렬히 주먹을 가했다.
퍼퍼퍼퍽! 퍼퍼퍼퍽!
"내가 자네 아들 잘 봐줌세. 잘~ 봐준다니까. 크아아악~"
퍼퍼퍼퍼퍽!
송겸은 첫 번째 주먹이 꽂혔을 때 충격에 정신을 차렸지만 어떤 상황인지 깨닫기도 전에 곧바로 혼절해 버렸다.
그러나 염도의 잘 봐주기는 계속 이어졌다.
퍼퍼퍼퍼퍽……!

제11장 초대받지 않은 손님들

그녀가 세상에서 가장 좋아하는 것은 난초였다.

또한 세상에서 가장 좋아하는 향기는 난향이었다.

흔히 매화의 향기는 암향(暗香)이라 일컫고, 모란의 향기는 이향(異香), 난초의 향기는 유향(幽香)이라 했다.

하북일미(河北一美) 은설아(銀雪娥)는 누가 제일 먼저 난초의 향을 유향이라고 명했는지는 알 수 없었으나 그야말로 아주 탁월한 선택이었다고 생각했다.

그 그윽한 향은 난의 고고한 자태와 청초한 아름다움의 또 다른 모습이었고, 가만히 난향에 몸을 맡기고 있을 때는 세상 그 어느 것도 부럽지 않았다.

그녀는 지금 난화원(蘭花園)으로 가는 길이었다. 난화원의 방문은 일 년에 한 차례 허락되었다.

그녀의 아버지 은천절은 하북제일가로 불리는 은가장의 장주였고, 그는 무남독녀인 딸을 자신의 힘이 크게 작용하지 않는 지역으로 보내는 것을 가장 싫어했다.

그러나 딸이 세상의 그 어떤 진귀한 보물보다 난초를 더 사랑한다는 것을 알기에 일 년에 한 차례씩은 난화원에 가는 것을 허락하고 있었다.

난화원은 장안과 종남산의 중간 정도에 위치해 있었으며, 직경 오십 장(약 지름 170미터)에 달하는 동산에 수많은 종류의 난이 관리되고 있는, 난에 관한 모든 것을 보고 느낄 수 있는 곳이었다.

한 해 관광객만 십만 명을 상회하는 이름 높은 관광지였다.

"화 단주님, 지름길로 갈 수 없을까요?"

은설아는 난화원까지 이틀 길인 보계현(寶鷄縣)을 넘어갈 때쯤 밖을 향해 말했다. 소곤거리는 듯한 음성이었고, 가마 안에서 낸 목소리였지만 그녀의 호위를 책임지고 있는 사십 대 초반의 천리무영(千里無影) 화태명(華太明)은 그녀의 말을 한마디도 빠뜨리지 않고 들을 수 있었다.

그는 무공 중 경공술이 탁월한 경지에 이르러 천리무영이라고 불리며 은설아의 호위를 맡고 있는 은영단의 수장이었다.

"그러길 원하십니까?"

"네. 이제 이틀 후면 난화원에 도착한다고 생각하니 더욱 조바심이 이는군요."

"말씀은 무슨 뜻인지 알겠으나 지름길의 산세는 제법 험하고, 어떤 위험이 도사리고 있을지 모르는 일입니다. 고작 이틀밖에 남지 않았다고 스스로 위로하면서 여유있게 기다리심이 어떠할지.”

“호호, 언제나 화 단주님은 걱정이 많으시군요. 그러나 어떡하죠? 저는 화 단주님과 은영단 분들이 곁에 있다면 천하의 누구라도 마음을 졸이지 않을 자신이 있는데 말이죠. 제가 너무 태평한 건가요?”

화태명은 소리없이 웃음 지었다.

‘그녀는 사람의 기분을 좋게 만드는 방법을 완벽히 터득하고 있군. 이렇게 되면 지름길로 가지 않을 수 없지 않은가.’

“좋습니다. 지름길로 가도록 하죠. 결코 실망시켜 드리지 않겠습니다.”

화태명은 믿음직스럽게 말한 후 수하들에게 크게 외쳤다.

“그렇지 않느냐?”

“하북제일가, 천하무적!”

은영단원들이 모두 한목소리로 답했다. 의기와 자신감이 충만했다.

방향은 바뀌어, 일행은 홍문산을 가로질렀다. 험한 산 고개를 넘고 또 넘어도 은영단의 발걸음은 누구 하나 지친 기색이 없었다.

거칠 것 없이 달려가던 발길은 그로부터 한 시진이 지날 무렵에야 멈춰졌다.

“잠시 숨을 고른다.”

화태명은 수하들을 배려할 줄 아는 사람이었다. 은설아의 호위 책임을 맡고 있었지만 무작정 그녀에게 잘 보이기 위해서 수하들이 땀을 닦을 시간마저 빼앗진 않았다.

은영단원들이 각기 진형을 갖추고 자리에 앉았고, 그 틈에 은설아도 가마에서 나와 주변 경관을 구경했다.

그녀는 하북일미라는 칭호가 무색할 만큼 아름다웠다. 은영단원들은 그녀가 하북제일가의 여식만 아니었다면 단연코 중원일미로 불려야 한다고 늘 생각하고 있었다.

그리고 하북제일가에서 그녀를 호위하는 은영단원이 된 것을 자신들의 삶 중 가장 큰 행운으로 꼽았다. 그들은 세상 누구보다 더 가까이에서, 더 자주 은설아를 볼 수 있다는 것을 기쁨으로 여겼다.

지금도 주변의 경관에 취해 아련히 서 있는 그녀를 보노라니 자연의 신비는 그녀의 아름다움에 압도당한 듯 초라해 보이기까지 했다.

일각이 지나자 화태명이 은설아에게 출발을 알렸고, 다시금 일행은 빠르게 걸음을 옮겼다.

그렇게 두 개의 고개를 막 넘어설 때였다.

문득 화태명은 무언가 불안의 그림자가 마음 한구석으로부터 은은히 피어나는 것을 느꼈다. 그것은 말로는 설명하기 힘든 무인의 육감이었다. 그리고 화태명은 자신의 육감이 거의 대부분 위기를 정확히 감지했음을 상기했다.

물론 아무런 일도 일어나지 않을 수도 있었다. 그러나 그는 호위 책임을 맡은 이로서, 걱정이 지나친 자라는 비난을 받는 것을 두려워하는 사람이 아니었다.

위험이 없다면 그 자체로 만족했다. 위험이 없다면 그런 비난은 수십 번이라도 감당할 마음의 자세가 되어 있었다.

"멈춰라."

화태명의 지시에 은설아가 물었다.

“무슨 일이 있나요?”

“정확한 것은 아닙니다. 하지만 짚고 넘어갈 필요는 있습니다.”

화태명은 이어 앞쪽을 향해 말했다.

“막교, 이웅! 전면을 정찰하라!”

막교와 이웅이 몸을 날려 시야에서 사라졌다.

화태명은 아까보다 이제는 더 커진 불안의 그림자를 느끼고 있었다. 심지어는 막교와 이웅을 보낸 것조차 걱정되기 시작했다.

‘어쩐지 좋지 않아.’

그러나 곧바로 그러한 생각을 떨쳐 버리기라도 하듯이 고개를 가로저었다. 육감은 어디까지나 감(感)일 뿐 실체가 아니라고 자신을 다그쳤다. 거의 대부분 육감이 적중했다는 건 어디까지나 거의 일 뿐 전부는 아니라고 스스로를 달래갔다.

하나 그의 자위는 비명 소리와 함께 산산이 부서져 나갔다.

“크아악~”

“으윽.”

“섣불리 나서지 말고 자리를 지켜라!”

화태명은 막교와 이웅의 목숨을 구하러 갈 수가 없었다. 그의 임무는 목숨을 바쳐 은설아를 보호하는 것. 게다가 지금 서 있는 곳은 어느 정도 시야를 확보할 수 있는 곳이었으나 막교와 이웅이 달려간 곳은 수풀에 가려져 있다.

적의 숫자와 그 힘의 강약을 전혀 예측할 수 없는 이때, 섣불리 움직이는 것은 더 많은 희생을 나을 뿐이었다.

그나마 다행스러운 것은 은설아가 비명 소리를 들었음에도 불안하게 묻지 않고 조용히 기다려 준다는 점이었다. 그녀는 아름다웠고 또한 현명했다.

화태명은 눈 한 번 깜박이지 않고 온 감각을 일깨워 적을 기다렸다.

한순간 하얀 빛덩어리 세 개가 전면에서 쏟아져 나왔다.

화태명의 신형이 날았고, 은영단 여덟 명도 백의의 불청객을 맞아갔다. 수적으로 평균 삼 대 일! 수효로는 우위가 확실했지만 상대가 그것을 알고 있는 상태에서 기습을 한 것이라면 별로 기분 좋은 일은 아니었다.

몇 번의 부딪침이 있은 후 대결 구도는 자연히 힘의 균형을 따라 짜여졌다.

상충, 강우, 고천극이 한 명의 백의인과 엉켰고, 화태명과 표운이 다른 백의인을, 그리고 종무, 묘윤, 장웅, 모기혁이 또 다른 백의인에 맞섰다.

그중 초반부터 곤란한 지경에 처한 건 은영단 네 명이 합공하고 있는 쪽이었다. 맞서는 백의인은 다른 이들과는 달리 인피면구를 착용했고, 검술 또한 정교하고 쾌속해 종무 등은 매 순간 위험에 봉착하고 있었다.

그나마 여유롭게 맞서고 있던 화태명은 인피면구를 쓴 백의인을 보며 불안을 감추지 못했다. 강호에 알려진 대로 만약에 그라면 오늘의 결과는 최악으로 치닫게 될 것이기 때문이었다.

삼 년 전부터 강호에는 흉흉한 살인마에 대한 소식이 전해졌다. 고강한 무공에 인피면구를 착용하고 있는 것으로 알려진 그는 살인마이자 색마였다.

사람들은 그 잔인한 수법에 무정색마라는 이름을 붙여주었고, 그를 잡으려 노력했지만 그는 신출귀몰하여 종적조차 찾기 힘들었다.

이십여 명의 여인이 그에게 유린된 후 처참한 시신으로 발견되었고, 추정되는 사건만도 십여 건이나 되었다.

'부디…….'

부디 그만은 아니길 바라는 마음에 불안해하던 화태명은 마음이 분산되며 잠시 위기를 맞았다. 어렵사리 상대의 공격을 무산시키며 반격을 가해보았지만 여전히 우위를 점하는 건 수월치 않았다.

화태명은 자신이 지금 모든 절예를 동원해 전심전력하고 있음에도 한 명도 제압하지 못하는 현실 앞에 답답함을 금할 수 없었다.

그의 염려가 현실로 나타난 것은 백여 초가 지날 무렵이었다.

인피면구의 백의인이 더욱 맹렬히 몰아쳐 끝내 종무를 쓰러뜨렸고, 그때부터 묘운, 장웅, 모기혁이 연쇄적으로 검에 찔려 무너졌다.

"크악~"

"커억!"

"아악~"

"크윽."

네 줄기 비명이 울렸지만 화태명은 그들을 구할 수도, 또한 몸을 빼내 복수할 수도 없음에 침음성을 발했다. 그리고 이제 상황은 종료되었음도 깨달았다.

"이제 그만들 하지."

몸이 자유로워진 인피면구인이 무방비 상태로 놓인 은설아를 가마에서 끌어내 가만히 목에 검을 들이댔다.

화태명을 비롯한 남은 은영단원들이 검을 거두고 물러섰다.

"백주대낮에 이 무슨 해괴한 짓이냐! 대체 너희들은 누구며, 무슨 용건이냐?"

은영단의 표운이었다. 그는 불의를 그냥 지나치는 것을 목숨을 잃는 것보다 더 두려워하는 이였다.

"크하하하하하! 크하하하하하!"

인피면구인이 몸이 들썩거릴 정도로 크게 웃음을 터뜨렸다. 그 소리가 어찌나 컸던지 주변 나무 위에 머물던 새들이 놀라 하늘로 날아올랐다.

그는 이때까지만 해도 커다랗게 울려 퍼진 이 웃음소리가 엉뚱한 결과를 초래하게 될 것이라고는 전혀 생각지 못한 상태였다. 단지 곧 죽어갈 놈이 의기를 드러낸답시고 으르렁거리는 것이 그저 우스울 따름이었다.

"기백이 살아 있구나. 나는 그런 용기를 가진 자를 좋아하지."

인피면구인은 다른 백의인에게 은설아를 맡기고 천천히 표운에게 걸어갔다.

"하지만 말이야, 그 용기가 나를 겨눈다면 그건 좀 참기 곤란하거든."

그가 검을 들어 표운의 목을 찔러갔다. 가히 빛살처럼 빠른 움직임으로 검끝은 표운의 목젖에 닿아 멈춰 섰다. 목젖이 지그시 눌려 살짝 들어갔고 옅게 피가 맺혔다. 그럼에도 표운은 눈 하나 깜박이지 않았다.

"오호, 이거 제법인걸. 하지만 반항 따위는 하지 않는 게 좋아. 아무래도 네놈들의 목숨은 하북일미의 목숨과 비교할 순 없는 것일 테니까."

지켜보고 있던 하북일미 은설아가 지그시 입술을 깨물었다.

"그럼 일단 정해진 것으로 하지. 사실 나는 사람을 죽일 때면 늘 곤혹스러움을 느낀단 말씀이야. 도대체 그 애달픈 눈망울을 볼 때면 누구부터 죽여야 할지 망설이지 않을 수 없거든. 그런데 지금처럼 저부터 먼저 죽여주십쇼, 하고 나서면 얼마나 고마운지 몰라."

쑤욱.

"읍!"

표운의 목젖에 닿아 있던 검이 그대로 목을 뚫고 목뒤로 삐져 나왔다.

"안 돼~"

은설아가 눈물을 흘리며 부르짖었지만 이미 목을 뚫고 지나간 검을 아무것도 아닌 것처럼 되돌릴 수는 없었다.

"섭섭하게 그런 말 하면 쓰나. 원래 강호의 법칙 중 하나가 호기심이 많은 놈은 일찍 죽는다, 거든. 이럴 땐 입을 나불거리지 말고 얌전한 고양이처럼 눈만 끔벅거리고 있는 게 제일 좋아. 그러면 이 맑고 싱그러운 공기를 조금 더 마실 수 있게 되니까."

목이 뚫린 표운은 이미 숨어 끊어졌음에도 그의 눈은 마치 살아 있는 듯 부릅뜬 채로 정면을 응시하고 있었다.

"어, 이거 보기가 그리 좋진 않군. 어디서 눈을 시퍼렇게 뜨는 거야. 죽은 자답게 굴라구. 내가 제일 싫어하는 게 뭔지 알아? 누가 빤히 바라보는 거야. 아주 짜증나거든."

인피면구인은 발로 표운의 가슴을 밀면서 검을 빼냈다. 검이 나오면서 표운의 몸이 뒤로 무너져 내렸고, 그 와중에 피분수가 솟구쳤다.

"오호, 멋지군. 역시 피는 솟구칠 때가 최고야. 아주 짜릿하단 말씀이야. 그래서 이런 말이 있지. 분수 중에는 피분수가 최고다. 하하하하! 아무렴. 피분수가 최고지. 크하하하하!"

그는 다시 그 광오한 웃음을 터뜨리고는 화태명을 비롯한 남은 은영단원 네 명의 무장을 해제시켰다. 한쪽에 나란히 무릎을 꿇린 후 마혈을 점해 아예 반항의 싹을 잘라냈다.

"나는 시끄러운 것은 질색이니까 입도 벙긋하지 않는 것이 좋을 거야. 나는 하북일미와 이야기를 하러 온 것이지, 네놈들하고 이야기를 하러 온 것은 아니거든. 게다가 조금만 인내심을 갖고 기다리면 저절로 궁금증도 해결될 게야."

그는 자신의 말에 만족한 듯 고개를 끄덕였다.

"아참, 이거이거 중요한 것을 잊을 뻔했군. 노파심에서 하는 말인데, 혹여 살아남을 수 있다고 생각하는 건 좋지 않아. 내가 이 말을 하는 건 내가 누구보다 자비롭기 때문이지. 괜히 희망을 주고 죽여 버리는 일은 없을 것이라는 거야. 무슨 일이든 자고로 마음의 준비를 한다는 건 대단히 중요한 것이거든."

화태명은 이젠 거의 무정색마라고 확신했다. 강호에서 만나지 말아야 할 사람은 여럿이지만, 그중 무정색마는 최악의 인물이다.

그는 쓸데없이 상대를 격동시켜서는 안 된다고 생각했다. 아직은 은설아가 남아 있고, 그가 알고 있는 은설아는 무공을 배우진 않았으나 매우 슬기로운 여인이었다. 그녀를 믿어보는 수밖에 없었다.

“그럼 무슨 사연인지 한번 들어나 볼까요?”

은설아였다.

그녀의 눈에는 표운의 죽음으로 인한 눈물이 아직 다 마르지 않았지만 두려워하거나 비굴해하는 모습은 어디에서도 찾아볼 수 없었다. 조용히 서 있는 모습은 그야말로 난초와 같아, 고고한 자태를 뿜어내고 있었다.

“가서 토끼 한 마리를 잡아오도록.”

인피면구인이 흘깃 은설아를 노려본 후 다른 백의인에게 명령했다.

백의인이 살짝 고개를 숙여 보인 후 수풀 쪽으로 사라지자 인피면구인이 은설아에게 다가갔다.

“그래, 아무래도 내가 누구인지가 제일 궁금하겠지. 못생기고 뚱뚱한 년이 물었다면 팔다리가 잘려 나갔겠지만 미녀가 물으니 나도 대답해 주지 않을 수 없군. 그래, 내가 누굴까? 근데 사실 나도 가끔 묻고 싶을 때가 있어. 나는 누구지? 하고 말이야. 여러 가지 이름으로 불려지니 어쩔 땐 나조차 헛갈리기도 하거든. 지금의 나는 일단 무정색마지. 하지만……”

그의 손이 천천히 인피면구를 걷어냈다. 드러난 얼굴을 보는 순간 은설아는 당혹감을 금치 못했다.

“당신은……”

“하하하, 이거 예상 밖인걸. 나는 비명을 지를 것이라고 생각했거든.”

은설아는 그를 알고 있었다. 지금 그의 얼굴은 절반이 참혹하게 일그러졌지만 나머지 절반은 예전과 다를 바 없이 준수했다. 그가 확실했다. 그녀는 그를 사 년 전에 보았으며, 그가 부상을 당해 얼굴이 보기 흉하게 변했다는 이야기를 들은 적이 있었다. 하지만 이렇게까지 심할 줄은 생각지도 못했었다.

"그래도 알아봐 주니 이거 고맙기 그지없군. 사실 속으로는 혹시 몰라보면 어쩌나 노심초사했었거든."

그는 부상을 입기 전 송반의협으로 불렸다.

고금 이래 가장 빼어난 미남자들이라는 송옥과 반안에 견주어 강호인들은 그를 송반의협이라 했고, 얼굴이 흉하게 변한 후에는 그에게 새롭게 무면신협이라는 칭호를 주었다.

무면신협 숙야염!

그는 비단 용모의 빼어남뿐 아니라 무공에도 조예가 깊어 당대 명문정파의 장문인들과 버금가는 실력을 갖춘 것으로 알려졌다.

현 강호에는 세 명의 협객과 다섯 명의 미치광이를 일컬어 삼협오광이라고 칭했는데, 숙야염은 바로 그 삼협 중 한 명이었다.

"정녕 당신이 무정색마인가요?"

그녀는 믿을 수가 없었다.

그녀가 알고 있는 무면신협 숙야염은 얼굴이 상한 뒤에도 여전히 의를 행하기를 주저하지 않는 자였다. 사람들은 강호의 이야기 중 숙야염에 대해 말할 때면 칼이 사람의 얼굴을 흉하게 만들 수는 있지만 마음은 베어낼 수 없는 것 같다며 말하곤 했었다.

그런데 지금 눈앞의 숙야염은 미치광이에 살인마였다.

"허허, 이거 뒷말은 실망인걸. 마치 믿어지지 않는다는 표정을 짓고 있으니 말이야. 그런 식으로 혼자 고고한 척하는 것은 난초의 향이라

할 수가 없지.”

그의 말은 오늘의 이 사태가 결코 우연히 일어난 것이 아님을 암시하고 있었다. 난화원으로 가는 것을 알고 어느 시점부터 추적했으리라.

화태명은 경솔히 판단해 대로를 포기한 것에 생각이 미치자 가슴이 미어지는 것 같았다.

“무엇이 당신을 이렇게 만든 거죠?”

은설아의 물음에 숙야염은 하늘을 올려다봤다.

“무엇? 무엇일까? 나는 무엇 때문에…….”

그의 눈이 아련히 지난날을 회상하는 듯 보였다.

해수파(海守派)와의 일전.

해수파는 소금의 이권을 빼앗기 위해 원래부터 기득권을 가지고 있던 해염파(海鹽派)를 공격했다. 대대적인 기습에 고전하던 해염파에서는 친분과 인맥을 총동원하여 송반의협 숙야염을 비롯해 여러 고수들에게 도움을 요청하기에 이르렀다.

대반격이 이루어졌고, 결과는 성공적이었다. 하지만 마지막 결전에서 숙야염은 해수파의 우두머리 독염수라 갈신옥이 죽음 직전 뿌린 염산에 얼굴 측면을 맞고 말았다.

결국 그의 얼굴 반쪽은 삽시간에 타 들어가 흉측하게 변해 버렸다. 그나마 시력을 잃지는 않았다는 것을 다행으로 삼아야 했다.

해염파는 숙야염을 위해 최고의 의원들을 동원해 그의 얼굴을 복원시키려 했지만 성공하지 못했다.

그의 얼굴은 정확히 두 개로 나누어졌다. 한쪽은 여전히 절세의 미남자였고, 또 다른 쪽은 세상에서 가장 추악한 사내였다.

아무리 반쪽이 훌륭하다고 해도 그것은 마치 눈이 하나 달린 사람이 그러하듯, 괴물과 다를 바가 없었다.

염산이 뿌려지기 전 그의 나이는 마흔 살이었으나 실제 사람들이 보기엔 고작 이십 대 중반 정도로 보였을 따름이었다.

그가 송반의협으로 불릴 때는 어떤 여인이라도 그의 눈을 똑바로 쳐다보는 이가 없었다. 하나같이 눈을 어디에 두어야 좋을지 몰라 안절부절못했고, 그저 겨우 한 번씩 흘낏거리며 바라볼 뿐이었다.

염산 공격을 받은 후 그가 무면신협이 되었을 때, 모든 여인들은 그 전과 마찬가지로 그를 똑바로 쳐다보지 못했다. 그녀들은 여전히 흘낏거렸으나 그것은 선망이 아닌 두려움에 찬 눈빛이었다.

그건 진정 두려움일 뿐이었으나 숙야염은 그것을 멸시와 조롱으로 해석했다. 그리고 시간이 갈수록 그는 점점 위축되어 갔고, 어느 한순간 절대 디뎌서는 안 되는 영역으로, 그가 한 번도 걸어본 적이 없는 잔악한 영역에 발을 들여놓게 되고 말았다.

그는 얼굴이 망가졌어도 여전히 의협이라는 칭호를 받기에 부족함이 없이 행동하였으나, 은밀한 곳과 어두운 곳에 이르러서는 전혀 다른 사람으로 변해 강간과 살인을 일삼았다.

지난날을 회상하던 그의 눈빛이 사납게 변하더니 은설아를 향해 포효하듯 부르짖었다.

"네가 그 이유를 모른단 말이냐?"

거칠게 숨을 몰아쉰 그가 다시 쏘아붙였다.

"그렇게 아무것도 모르겠다는 듯 순진한 표정을 짓고 있으면 나를 속일 수 있을 것이라고 생각한 것이더냐! 너도 그저 속물에 불과해!"

숙야염이 벼락처럼 소리를 질렀지만 은설아의 눈빛은 어떤 흔들림도 없었다. 아무 말도 하지 않고 그저 바라보는 그녀의 눈빛은 여전히 이유를 모르겠다고 말하고 있었다.

"크크크. 대단하군, 대단해. 그럼 이건 기억하고 있나? 내 얼굴이 이렇게 되기 육 개월 전 너를 만나 다음에 꼭 다시 볼 수 있겠냐고 했던 말을 말이다."

"기억하고 있어요."

우연한 기회로 두 사람이 만났을 때 숙야염은 그녀에게 반했고, 그는 그녀 또한 자신에게 호감을 느꼈으리라 생각했기에 다음을 기약하였다. 그녀도 당시 그런 기회가 오면 좋겠다고 답했었다.

"그런데 왜 만남을 거절했느냐? 이 속물덩어리! 겉으로는 난초처럼 청아한 자태를 품고 있지만, 속은 썩어 문드러져 냄새가 천하에 진동할 따름이지. 그렇지 않나?"

"제가 만남을 거절했었다니, 금시초문이군요. 그 이후로 나는 당신에게서 어떤 제안도 들어본 적이 없어요."

은설아의 말에는 어떤 흔들림도 없었다.

"오, 그러셔. 아름답긴 하지만 머리는 텅텅 빈 모양이군. 그대의 기억 능력은 한 달인가? 아니면 보름? 크크, 개만도 못한 머리로군."

"그녀의 말은 틀리지 않소."

화태명이 끼어들었다.

숙야염이 돌아서서 무섭게 노려보는 것으로 물음을 대신했다.

"그녀에겐 그대의 면담 요청이 전해지지 않았소. 일곱 번 모두."

숙야염의 얼굴이 묘하게 일그러졌다. 그러자 그의 흉악하게 변한 얼굴이 더욱 흉측한 모습이 되었다.

그는 화태명에게 서서히 다가가며 말했다.

"그러니까, 네놈은 알고 있었다? 어디 보자. 입도 달려 있고, 눈도 달려 있고, 글을 쓸 수 있는 손도 달려 있군. 그런데 왜 그녀에게 전하지 않았지?"

"그건…… 크아악~"

머뭇거리며 말을 잇지 못하던 화태명의 오른팔이 삽시간에 떨어져 나갔다. 어깨 바로 아래 잘려진 곳으로부터 피가 샘솟듯 흘러나왔다.

"으윽… 으으윽……."

화태명이 이를 악물고 고통을 참아낼 때 숙야염의 음성이 고막에 파고들었다.

"아무짝에도 쓸모없는 팔을 왜 달고 다니시나. 윗대가리들이 입을 열지 말라고 했다면 손을 사용하면 되는 거야. 쓰지 않으려면 무겁기만 한 팔은 그저 거추장스러울 뿐이지 않겠어?"

그때 곁에 무릎 꿇고 있던 은영단원들이 끝내 참지 못하고 거칠게 소리 질렀다.

"너의 얼굴에 대한 책임을 왜 우리에게 묻는 것이냐!"

"이 미친 작자 같으니!"

"네가 의협이라고 불린 시간들이 아깝구나!"

그들은 일제히 소리를 토해낸 까닭에 온갖 욕이 난무하는 것처럼 들렸다.

"아이쿠, 이거 너무 시끄럽군. 죽여줄게. 죽여줄 테니 그렇게 너무

재촉하지 마. 나는 그래도 여전히 자비로운 사람이니까. 그 정도는 잊지 않고 있단 말씀이야.”

숙야염은 말을 하면서 아예 은영단원들의 아혈까지 찍어 잠잠케 만들었다.

그때 그의 수하가 토끼를 잡아왔다.

부들거리며 떠는 토끼를 받아 두 귀를 움켜쥔 숙야염은 은설아를 향해 치켜들었다.

“어때? 귀엽지 않나? 빠알간 눈에 보드라운 털, 누가 봐도 껴안아주고 싶겠지?”

“나는 당신을 혐오하지도 않고 경시하지도 않아요. 당신은 그저 자신이 만들어놓은 생각 속에 갇혀 스스로 무너지고 있을 뿐이에요. 지금이라도 늦지 않았으니 마음을 돌이키도록 하세요.”

은설아는 자신이 어떻게 하느냐에 따라 은영단의 생사가 달려 있음을 잘 알고 있었다.

“그래, 그대가 내 요청을 전혀 듣지 못했다는 것은 인정하도록 하지. 그렇다고 달라지는 것은 없어. 나는 여전히 무면신협이며 협객이지. 그러니 이런 모습을 고스란히 세상에 알려선 안 되지 않겠어? 게다가 말이야, 나는 그대와 백년해로를 하고 싶은데 그대 생각은 어떤지 묻고 싶군.”

“…….”

“하하하하! 난처한 표정이라니……. 그냥 물어본 것뿐이야. 미안한 말이지만 그대는 사실 선택권이 없어. 이런 몰골과 함께 사느니 차라리 죽는 편이 낫겠다 싶기도 하겠지.”

숙야염은 웃고는 있었지만 그의 눈은 싸늘하게 식은 채였다.

"그런 뜻이 아니에요. 강호에는 신체적인 약점을 지닌 고수들이 얼마든지 있어요. 옥면타배(玉面駝背)는 옥과 같은 얼굴에 곱사등으로 태어났고, 육지구혼은 손가락이 여섯 개지만 그것을 흉으로 생각하지 않아요. 독각비웅은 다리가 하나뿐이지만 그는 부단히 노력해 뛰어난 경공을 발휘할 수 있게 되었다고 들었어요. 당신의 무공은 그들에 비해 뒤처지지 않건만 무엇이 그리 원통한 거죠? 얼굴은 문제될 것이 없어요. 만약 당신이 모든 것을 속죄하고 온다면 그때는 거절하지 않겠어요."

숙야염이 가만히 고개를 끄덕이며 엄지를 치켜세웠다.

"역시 대단해. 내가 사랑할 만한 여자답군. 한데 말씀이야, 한 가지 짚고 넘어가야 할 게 있거든? 어쩐지 나는 자꾸 나쁜 인간이 되고, 그대는 자꾸만 선량해지는 것 같아서 말이야. 이 토끼를 봐. 이 토끼를 과거의 송반의협이라고 한번 가정해 볼까? 자세히 보니 닮은 것도 같군. 흐흐흐. 자, 한번 안아보도록 해."

숙야염이 불쑥 토끼를 던지자 은설아가 두 손으로 받아 가슴 쪽으로 안았다. 토끼는 불안한 눈동자를 굴리며 미세하게 떨고 있었다.

"어때, 사랑스럽나?"

숙야염은 토끼를 다시 뺏어 들고 천천히 거닐며 말했다.

"그럼 이제 이 토끼의 얼굴 가죽을 벗겨내면 어떻게 될까? 그래도… 과연 사랑스럽게 안을 수 있을까?"

"안 돼요! 제발 그런 짓은 하지 말아요."

"짓? 이거, 하북일미답지 않은 표현인걸. 그런 말은 삼가해 주길 바라."

그와 동시에 숙야염은 오른쪽 옆구리에 차고 있던 단도를 번개같이 꺼내 토끼의 얼굴 가죽을 벗겨냈다. 동작은 너무도 신속해 그만둬, 멈춰, 라는 식의 말을 할 여지조차 없었다.

토끼는 발광하듯 몸부림쳤고, 가죽이 벗겨진 얼굴에서 피가 사방으로 튀어, 숙야염의 얼굴과 옷자락에 붉은 피가 산발적으로 묻어났다.

"크하하하! 이젠 좀 달라졌군. 어때, 이 토끼는 여전히 토끼일 뿐이야. 다시 한 번 사랑스럽게 안아줄 수 있겠나?"

숙야염이 토끼를 던지는 시늉을 하자, 은설아는 기겁하여 몸을 움츠렸고, 동시에 하염없이 눈물을 흘렸다.

"크크크, 내 그럴 줄 알았지. 너는 고작 토끼가 얼굴이 이렇게 변했다고 해서 혐오스러운 거냐? 이 토끼의 모습이 지금 바로 나의 모습이다. 그러니 제발 혼자만 선량한 척하지 말란 말이다."

숙야염은 쏘아붙인 후 버둥거리는 토끼를 한없이 자애로운 표정으로 품에 꼭 끌어안았다.

"내가 사랑해 줄게. 힘들지? 다 알고 있어. 내가 안아주마."

은설아는 더 이상 어떤 희망도 품을 수 없었다. 미치광이를 설득시킬 순 없는 노릇이었다. 그녀는 천 길 낭떠러지에서 추락하는 심정이 되어 한없이 눈물만 흘렸다.

"그대가 나와 함께 사는 건 쉬운 일은 아닐 게야. 왜냐면 나는 괴물이고 그대는 세상 그 누구와도 견줄 수 없을 만큼 아름다운 미인이니까. 그렇지만 아무런 염려도 할 것 없어. 나는 이미 방법을 강구해 두었거든."

숙야염은 품에 안고 있던 토끼의 목을 분지른 후 숲 속으로 던졌다.

"방법은 간단해. 그대의 얼굴 가죽을 벗겨놓으면 그땐 우린 아무 문제도 없게 되는 거야. 서로를 더 깊이 이해할 수 있고, 서로를 위해줄 수 있겠지. 세상 사람들이 손가락질해도 둘이라면 훨씬 견디기 쉬울 거야. 그 다음엔 자식을 낳는 거지. 보란 듯이 나아서 세상에 보여주는 거야. 하아, 기대되는걸. 그대와 나 사이에 난 자식은 얼마나 아름다울까. 그때가 되면 사람들은 우리의 자식을 통해서 우리가 얼마나 미남미녀였는지 다시 기억할 수 있겠지? 하하하하하! 그것이야말로 세상을 향한 통쾌한 복수가 아니고 뭐겠나. 크하하하하!"

광오한 웃음을 터뜨리며 숙야염은 단도를 들고 은설아에게 다가갔다. 은설아는 뒷걸음질쳤지만 그건 아무 소용 없는 일이었다.

"아프지 않을 거야. 내가 아프지 않게 해줄게. 나는 제법 칼을 쓸 줄 알거든. 자, 이리 와."

공포에 질린 은설아는 부들부들 떨며 연신 물러났고, 그것을 즐기기라도 하듯 숙야염은 아주 천천히 다가왔다.

그에 손에 잡히는 순간 얼굴 가죽이 벗겨지고 흉측한 몰골로 남은 생애를 살아야 한다고 생각하니 하늘이 무너져 내리는 것만 같았다.

바로 그 순간이었다.

"이제 그만 해라."

별안간 들려온 소리에 숙야염을 비롯해 모두가 깜짝 놀라 고개를 돌렸다. 거기엔 한 복면인이 두 팔을 늘어뜨린 채 가만히 서 있었다.

복면인의 목소리는 고음과 중음과 저음을 동시에 쏟아내었기에 그 목소리만으로는 세상에 존재하지 않는 사람 같았다.

"나도 나름대로 독하다고 생각하고 살았는데 잘못 생각하고 있었군. 이제 보니 나는 아직 한참 부족한 게 많은걸."

복면인은 다름 아닌 염도였다.

염도는 장안을 벗어나 세 번째 목표인 하북일미 은설아를 찾아 홍문산을 가로질러 난화원으로 향하던 중이었다.

아마도 그때 숙야염이 산을 쩌렁거릴 정도로 웃지만 않았더라도 염도와 송겸은 그대로 지나쳐 난화원으로 향했을 테지만 광오한 웃음소리는 염도와 송겸의 호기심을 자극했고 지금의 사태에 이르고 만 것이었다.

염도는 빠르면서도 은밀히 움직이기 위해 송겸에게 귀식대법을 펼치라고 명해 옆구리에 끼고 접근해 염탐하기 좋은 장소에 이르렀을 때에도 숙야염 등은 전혀 눈치를 채지 못했다.

그때는 막 숙야염이 인피면구를 벗으려 하던 순간이었다.

그 뒤 이어지는 상황을 지켜보며 송겸은 물론이고 염도마저 이맛살을 찌푸려야 했다. 장면은 점점 도를 지나쳐 일반적인 사악함이나 광기를 넘어서 완전히 미친 짓으로 치닫게 되자, 염도는 인내심의 한계를 느끼고 나서게 된 것이었다.

"이건 또 누구신가? 복면이라… 어디 켕기는 구석이라도 있나 보지?"

숙야염의 목소리엔 조롱이 가득 실려 있었지만 마음까지 조롱으로 물든 건 아니었다. 그는 분명 정상적인 사고에서 벗어나 미친 자와 같이 되었으나 여전히 자신의 생명을 소중히 여겼기에, 복면인이 섣불리 상대하기 힘든 고수라는 것을 마음에 새기고 있었다.

비록 은영단원들을 제압하고 하북일미를 몰아붙이느라 주변 경계를 소홀히 했다곤 해도, 적이 버젓이 등 뒤에서 나타나 목소리를 낼 때까지 전혀 눈치 채지 못했다는 것은 심각한 문제였다.

"형식적인 질문을 하도록 하마. 너는 살고 싶으냐?"

염도가 그 예의 고음과 중음과 저음이 섞인 음성으로 물었다.

"살고 싶다면 살려주시려고? 하하하, 기분이 묘해지는걸. 이거, 어쩐지 감동적이라 눈물이 나오려고 하네."

숙야염은 배꼽을 움켜쥐며 과장된 몸짓으로 웃어 젖혔다.

"그럼 죽기로 한 것으로 받아들이마."

그 말과 함께 염도의 신형이 움직였다. 하지만 그건 어디까지나 염도의 입장에서 움직였다, 일 뿐 숙야염을 비롯한 지켜보는 모두의 눈에는 여전히 그 자리에 서 있는 것으로 보일 따름이었다.

어느새 귀식대법을 풀고 고개만 내밀고 바라보던 송겸은 사부의 몸이 얼핏 흐릿해지는 것을 보고 그것이 극상에 이른 잔상보임을 알아봤다.

염도의 모습이 원래 있던 자리에서 사라진 것은 숙야염의 두 수하의 면전에 이르렀을 때였다. 그건 마치 순간 이동이라도 한 듯 불쑥 눈앞에 나타난 것과 다를 바 없어서 그들은 화들짝 놀란 채로 검을 날렸다.

염도는 다가오는 검을 장력을 뻗어 밀어냈다. 강력한 장세가 쭉 뻗어가자 두 수하는 견뎌내지 못하고 뒤로 물러났다. 장력의 기운이 워낙 거대하였기에 두 사람의 신형은 일시 흔들렸고, 바로 그때 염도가 손을 뻗어 격공섭물의 묘를 발휘해 그중 한 명을 끌어당겼다.

균형을 잃었던 몸인지라 끌어당기는 힘에 맥없이 빨려갔고, 염도는 가벼운 손짓으로 그의 가슴 쪽을 가격했다.

그러나 그의 몸은 장력에 맞았음에도 불구하고 팅겨 나가질 않았다. 일반적으로 장력에 맞은 자는 그 충격에 의해 피를 토하며 날아가게 마련이었지만 염도의 공격은 장력의 힘이 한곳에 집중되지 않고, 맞는 순간 몸 전체로 퍼져 모든 혈맥을 끊어놓는 수법을 사용하였기에 그는 얼굴이 순식간에 백지장처럼 하얗게 변하면서 그대로 흐물거리며 무너져 내렸다.

단 삼 초식 만에 벌어진 일이라 놀랍기 그지없었지만 한가하게 입이나 벌리고 있을 여지는 없었다. 이미 염도의 신형이 물러나 있던 다른 수하를 향해 독수리처럼 달려들었기 때문이다.

숙야염의 수하는 동료의 죽음을 보고 자신이 펼칠 수 있는 최고의 내력과 기량을 다해 자령검법의 절초인 신풍퇴파를 펼쳤다.

그는 언젠가 최악의 위기 상황이 닥칠 때 펼치겠노라고 스스로 다짐한 이 검초식을 이번 길에 펼치게 되리라고는 생각지도 못했었다. 하지만 지금이 아니면 도대체 언제 발휘할 것인가.

검이 떨쳐지자 서른여섯 번의 변화를 내포한 한줄기 광휘가 피어나며 염도를 갈기갈기 찢어발길 태세로 허공을 갈랐다.

그러나 그의 상대는 하늘의 일곱 별과 네 괴물 중 한 명인 독왕노고다.

염도는 왼손으로 짧게 지풍을 날려 검끝을 떨쳐 울게 하여 변화를 모조리 봉쇄한 후, 그대로 광휘로 파고들어 목 아래 천돌혈에 일격을 가했다.

그것으로 끝이었다.

숙야염은 은설아의 곁에서 이 모든 광경을 눈 하나 깜박이지 않고 바라보며 침음성을 삼켜야 했다.

세상에서 자신의 두 수하를 십여 초도 되기 전에 죽일 수 있는 자는 그리 많지 않았다. 그러나 결과는 눈 깜짝할 사이였고 이것은 꿈이 아닌 현실이었다.

"흐흐, 놀랍군. 대단해. 탐서명객이 측량하기 힘든 실력자라는 말은 들었지만 설마 이 정도일 줄은 몰랐는걸."

그는 놀라는 와중에 가만히 정체를 유추해 보았으며, 복면을 쓴 것과 하북일미와의 연관성을 따라 미인들의 서명을 받으러 다닌다는 강호의 괴인 탐서명객일 것이라 단정한 상태였다.

그가 단도 대신 장검을 들어 은설아의 목에 대고 말을 이었다.

"여기까지 하도록 하지."

뜻은 뻔했다. 그는 제일 편한 길을 선택했다. 은설아의 목숨으로 지금의 험한 상황을 매듭지어보겠다는 것.

염도가 고개를 갸웃했다.

"너는 뭔가 착각을 하고 있는 모양이구나. 나는 그녀를 구하러 온 것이 아니라 너를 죽이러 온 게야. 그녀가 사라져도 세상에는 또 다른 미인이 그 자리를 차지하게 되어 있다. 어서 손을 써라. 여자 따윈 괜히 거치적거릴 뿐이니까."

감정이 철저히 배제된 음성이었다. 진정 그 누구를 인질로 삼아도 개의치 않을 것 같았기에 예상 밖의 말에 순간 숙야염은 흠칫했다.

바로 그 찰나였다. 먼지 알갱이보다 미세한 그 순간을 염도는 놓치지 않고 신형을 날렸다. 숙야염이 은설아를 벤다면 그 순간 목이 으스러질 정도로 강력한 기세와 빠름이 동반되었다.

수많은 사람을 가차없이 죽인 숙야염이었지만 그는 세상 그 무엇보다 자신의 생명을 소중히 여기고 또 사랑했다.

그가 비록 은설아를 차지하려고 했고 그녀를 흠모했었던 것은 사실이나 그녀와 함께 죽고 싶은 생각은 추호도 없었다.

태산 같은 기세를 일단 벗어나야 했기에 숙야염은 있는 힘껏 몸을 뒤로 빼내면서 여전히 짓쳐오는 염도를 향해 검을 날렸다.

검을 떨칠 때마다 뇌성벽력 같은 소리가 울려난다 하여 붙여진 벽력검법(霹靂劍法)이었다. 지금의 그를 절정고수의 반열에 올려놓은 그만의 독문무공이기도 했다.

모든 것을 잊고 오로지 검법을 펼치는 데만 힘을 쏟자 옅게나마 희망의 작은 싹을 볼 수 있었다. 숙야염은 단연코 이제껏 이만한 고수를 만나보지 못했었기에 사사로운 마음을 떨쳐 내고, 무인 본연의 마음으로 돌아가 거의 무아지경에 이르러 염도에게 맞서 나갔다.

이에 염도는 심은장을 유유행운의 경공을 바탕으로 몰아붙였다.

대결은 거칠고 파괴적인 숙야염의 공격에, 염도의 음유한 장력과 구름같이 부드러운 움직임으로 아주 대조적인 양상이어서, 얼핏 외부에서 본다면 숙야염이 우위를 점하고 있는 것처럼 보이기까지 했다.

그러나 변화는 곧 찾아왔다.

약 오십여 합이 지날 무렵, 숙야염의 공세가 눈에 띄게 느려지고, 그의 얼굴엔 당황하는 기색이 역력해졌다.

그 광경을 지켜보던 송겸을 비롯한 은영단은 무슨 까닭인지 알 수 없었지만 숙야염은 상황을 제대로 인식하고 있었다.

‘뭐냐! 나를 조롱하겠다는 것이냐.’

그는 상대가 힘을 다하지 않고 있다고 생각했다. 이것이 생포를 하겠다는 뜻인지 다른 의도가 숨어 있는지는 알 수 없었지만, 지금 죽일 생각이 아니라는 것은 분명했다.

처음 그의 출수는 거칠 것이 없었으며 우세한 것으로 보였고 또 자신도 그렇게 확신했었다. 그러나 어찌 된 일인지 상대가 장력을 날리고 움직이는 방향에 따라 보이지 않는 내력의 그물이 짜여지는 것 같았고, 그물은 점점 더 촘촘해지고 견고해지면서 자신을 포획하려 드는 것이었다.

만약 이런 추세대로 계속 이어진다면 그는 결국 내력의 그물에 갇혀 옴짝달싹 못하는 지경에 빠지고 말 것이 자명했다.

‘이대로 목을 내밀고 죽음을 기다릴 순 없다!’

“죽어라!”

위기를 자각한 숙야염이 한순간 내력을 집중해 일검을 떨쳐 냈다. 그야말로 필생의 힘을 기울인 터라 잠시 여유를 얻어냈고 그는 곧바로 신형을 뒤로 빼내 달아났다.

염도는 도망가는 숙야염을 물끄러미 바라보고는 송겸이 은신하고 있는 쪽으로 몸을 돌려 말했다.

“이 사람들을 돌봐주도록 해라.”

숙야염은 결코 자신의 경공으로 적을 따돌릴 수 있다고는 믿지 않았다. 하지만 그가 선택할 수 있는 방법은 도주 외에는 없었기에 그저 산길의 험악함을 의지하여 요행을 얻길 바랄 뿐이었다.

또한 무의식의 한 귀퉁이에서 발현된, 이제껏 조롱했던 은설아 앞에서 죽음을 맞이하고 싶지 않다는 생각도 도주 결정에 중요 요소가 되었다.

뒤쫓아오는 소리는 들리지 않았다. 어쩌면 은영단의 수장인 화태명의 잘려 나간 팔의 상세를 돌보고 있을지도 모르는 일이었다.

만약 그런 것이라면 나중에 보란 듯이 은설아의 목을 잘라내야겠다고 그는 다짐했다. 언제까지나 탐서명객이 은설아를 보호하고 있지는 않을 것이니까.

전심전력으로 험한 길만을 찾아가던 그의 눈에 앞쪽으로 어른 어깨 높이로 둘러쳐진 가시덩굴 숲이 보였다.

그는 발길을 돌리지도, 속도를 줄이지도 않은 채 그대로 도약해 뛰어넘었다. 솟구친 몸이 다시금 지면에 이르렀을 때 그는 끝없는 낭떠러지에라도 추락한 사람마냥 거친 숨을 들이켜야 했다.

"헉!"

귀신이었다. 아니, 분명히 귀신이다. 귀신이 아니라면 이건 불가능한 일이었다.

그의 앞에는 염도가 아주 오래전부터 기다리고 있었다는 듯이 서 있었고, 염도는 당황하는 숙야염을 향해 주저하지 않고 손을 뻗어 혈도를 점했다.

"꽤 오래 걸렸구나."

"다, 당신은 누구요?"

이젠 진정으로 숙야염은 두려워하고 있었다. 그는 비굴해지지 말아야 한다고 자신을 타이르고 있었지만 몸은 마음을 배반했다.

"그 물음을 기다렸다. 하지만 그 대답을 듣는 순간 너는 고통스럽게 죽을 텐데…… 정녕 듣고 싶으냐?"

숙야염은 두려운 듯 눈을 굴리며 갈등했다. 그는 방금 전의 격돌을 떠올렸다. 마치 조롱하듯 그물을 만들어가던 상황. 이제야 알 것 같았다. 도망치기를 바랐다는 것, 아무도 없는 곳에서 아주 처참하게 죽여 놓으려 했다는 것, 그리고…… 결국 자신이 호기심을 참지 못하고 묻게 될 것이라는 것을 상대는 이미 계산하고 있었던 것이다.

끝내 그의 호기심이 공포를 극복했다. 아직 그 고통이 몸에 다가오지 않은 까닭이었다.

"알고… 싶소."

염도는 잠시 숙야염을 말없이 바라봤다. 그것은 사형대에 오른 사형집행관이 사형수를 위해 잠시나마 지난 인생의 기억을 되돌아보며 삶을 마무리할 시간을 주려는 것 같았다.

이윽고 염도는 한 걸음 나서며 숙야염의 오른팔의 맥문을 말없이 틀어쥐었다.

숙야염은 두 눈을 끊임없이 흔들며 앞으로 닥쳐올 지옥의 광풍을 기다렸다. 한편으로 그는 또 다른 근심에 사로잡혔다.

어찌 보면 한심스러운 것이었으나, 혹시라도 아무런 답도 들려주지 않고 고통만을 주며 사라져 버리면 어쩌나 였다.

그의 이마에서 물처럼 땀이 흘러내렸다.

어느 순간 염도의 손에서 검붉은 안개 같은 것이 퍼져 나왔다. 그것은 매우 혼탁한 검은 기운이었고, 인간 세상에서는 결코 볼 수 없을 것 같은 색깔이었다.

검붉은 안개는 마치 생명이 있는 존재인 듯 스르르 숙야염의 맥문으로 파고들었다.

숙야염은 그 순간 맥문을 타고 개미 떼가 몰려들고 있는 것이라고 생각했다. 개미들은 수백 마리씩 한꺼번에 맥문을 뚫고 혈도를 따라 온몸으로 퍼져 갔으며 여전히 계속해서 밀려들었다. 장담하건대 족히 수백만 마리는 될 듯싶었다.

그제야 숙야염은 한 사람을 떠올렸다.

"다, 당신은 독왕노괴입니까?"

염도는 손을 놓고 미세하게 고개를 끄덕였다. 염도가 막 두 걸음 물러서자 그때부터 변화가 일었다.

수백만 마리의 개미 떼가 일제히 준동하며 혈도를 물어뜯고 벽을 허물며 온몸을 갉아먹기 시작한 것이다.

"으아아악!"

그는 원래 혈도를 점혈당해 몸이 마비된 상태였으나 몸 안의 고통은 능히 마비를 초월할 정도여서 그는 미친 듯이 몸을 꿈틀대며 고통에 몸부림쳤다.

발끝에서 머리끝까지, 온 내장과 혈관, 머리 속까지 개미 떼는 거침없이 물어뜯었고, 그 고통은 지옥의 가장 고통스러운 방도 이보다는 낫겠다 싶을 정도로 어마어마한 것이었다.

"으아아아악~ 으아아아악~"

숙야염은 손으로 머리카락을 쥐어뜯고, 온몸을 할퀴며, 펄쩍펄쩍 뛰고 나뒹굴었다. 그는 한 마리의 지렁이가 되어, 비 오는 날 몸에 소금이 뿌려진 지렁이가 미친 듯이 꿈틀거리는 것처럼 놀라운 속도로 요동쳤다.

그 광경을 차가운 눈빛으로 바라보던 염도는 조용히 걸음을 옮기며 중얼거렸다.

"마음의 연약함이 불행을 낳았구나."

염도가 떠난 뒤 일 식경(30분)이 지날 때까지 지옥은 계속 이어졌다.

"으아아아악! 으아아아악!"

이제 겨우 일 식경이 지났을 뿐이지만 숙야염에게는 처마 끝에서 한 방울 한 방울씩 떨어지는 물방울이 집채만한 바위에 구멍을 낼 만큼의 시간이 흐르는 것처럼 느껴졌다.

그러다 문득 고통이 한순간에 씻은 듯이 사라졌다.

숙야염은 엎드린 채 눈에서는 눈물과 입에서는 침을 끊임없이 흘리면서 거친 숨을 몰아쉬다 천천히 자리에 앉았다.

"헉, 헉, 이걸로 끝인가. 정녕 이것으로……."

그런 것 같았다. 어찌 된 일인지 몸 안을 물어뜯던 개미들은 모두 증발해 버린 것처럼 보였다. 고통이 너무도 컸기에 이 정도에서 목숨을 살려준 것인지도 모른다는 생각도 들었다.

하지만 그것도 잠시, 개미 떼가 느껴졌다. 개미 떼는 일제히 이동하기 시작했다.

"왜, 왜 그래… 가만있어. 제발……."

숙야염은 개미 떼가 빠른 속도로 발끝으로 이동하고 있음을 느낄 수 있었다. 그의 눈은 불안하게 흔들렸고, 몸은 다시 떨려왔다.

지옥의 문을 열고 나왔건만 더 거대하고 상상하기 힘든 또 다른 지옥의 방에 발을 들여놓는 것만 같아 숙야염은 온몸을 덜덜거렸다.

"어… 어……."

그의 눈은 그야말로 화등잔만해졌다. 이건 도저히 보고도 믿을 수가 없었다. 아니, 믿고 싶지 않았다.

"아, 안 돼… 안 돼……."

놀랍게도 발끝으로 이동했던 개미 떼는 그의 살을 먹어치우고 있는 중이었다. 발버둥 친 통에 신발은 저만치 날아간 상태라 고스란히 드러난 발가락이 먼지처럼 스러지고 있었다.

아까와 같은 아픔은 없었다. 그저 약간 따끔거린다는 정도.

하지만 신체가 먼지처럼 스러져 가는 광경을 보는 것은 그 어떤 두려움보다 더한 공포로 다가왔다.

"크아아악!! 안 돼! 안 돼~ 안 돼~"

그는 엉금엉금 기어 빠져나가려 했지만 어느샌가 무릎이 스러져 사라졌다. 그는 두 팔에 힘을 주어 땅을 짚고 기었다. 그것도 잠시 허벅지가 푸석거리며 사라지고, 허리 쪽도 흐물거리기 시작했다.

"으으으. 살려줘. 제발… 살려줘……."

그는 기어가는 중에 문득 사람들이 서 있는 것을 보았다. 모두 여인들이었고 낯이 익었다.

"살려줘… 나를 살려줘."

목숨이 경각에 달린 그가 보고 있는 건 자신이 무참히 살해했던 여인들이었지만 그는 정확히 기억해 내지 못한 채 그들을 향해 생명을 구걸했다.

그는 두 팔을 움직이며 그들에게 다가가려 했지만 여인들은 희미하게 미소를 지으면서 다가오는 그의 몸과 일정한 간격을 유지한 채 지

커볼 따름이었다.

이윽고 그의 몸통과 어깨조차 먼지처럼 스러졌을 때 그가 위치한 곳은 비탈길이었다. 그럼에도 불구하고 그는 여전히 정신이 멀쩡했고 사물을 인지할 수 있었다. 어떻게 그런 일이 가능한지를 곰곰이 생각할 겨를 따윈 없었다. 그러나 현실이었다.

그의 머리를 지탱하던 목이 스러져 가면서 그의 머리가 비탈 아래로 데구루루 굴러갔다.

세상천지가 빙빙 돌며 미칠 듯한 어지러움 속에서 그는 서서히 세상이 어두워지고 있음을 보았다. 그것은 어쩐지 또 다른 지옥의 문을 향해 달려가는 것 같았다.

그의 머리는 비탈 아래에 이르렀을 때쯤, 한 줌의 흙으로 사라졌다.

영원히…….

"사부님."

"왜?"

"…그냥요."

"자거라."

그날 밤, 염도와 송겸은 꿈을 꾸지 않았다.

제12장 무영신수의 월담

섬서성 남부에 위치한 유가장, 그곳으로부터 약 이십여 장 떨어진 나무 위에 순간 두 줄기 광채가 번쩍였다가 이내 사라졌다. 아무도 보는 이가 없었지만 만약 누군가 지나다 보았더라면 올빼미나 고양이가 감고 있던 눈을 떴다고 생각했을 광경이었다.

그러나 밤이라곤 해도 그 나무엔 올빼미나 고양이는 존재하지 않았다. 대신 머리부터 발끝까지 칠흑같이 검은 의복을 두른 한 사내가 나무의 어두운 그늘에 숨어 유가장을 노려보고 있을 뿐이었다.

복면을 두른 것만 보더라도 그가 결코 유가장에 좋은 뜻을 품고 있지 않음을 알 수 있었다.

'좋아, 무영신수! 너의 진가를 보여주는 거다.'

복면인은 스스로에게 다짐하듯 중얼거렸다.

무영신수(無影神手) 공초(孔憔).

그의 별호와 이름이다.

그는 강호에서 이름 높은 대도로 손꼽히는 자였다. 특히 경공술과 손의 빠름은 타의 추종을 불허하여 그 특징 그대로 무영신수로 불렸다.

공초는 자신의 진가를 보여주겠노라 속으로 외쳤지만 그 이면에는 사실 자기 최면 효과가 강하다는 것을 스스로도 잘 알고 있었다. 의지와는 달리 자꾸만 마음 한 편에서 이번 계획을 포기하라는 외침이 들려왔기 때문이다.

그만큼 유가장의 침입은 호락호락한 것이 아니었다. 그러나 지금 그는 포기하기엔 너무도 큰 오기로 똘똘 뭉친 상태였다.

그는 처음 유가장 잠입을 계획했을 때만 해도 대도무흔(大盜無痕) 초풍(招風)을 염두에 두고 있었다. 초풍 역시 강호에서 열 손가락에 드는 대도였으며 그와의 동업은 이제껏 실패해 본 적이 없었다.

그러나 결과적으로 초풍은 망설임없이 동업을 거절했다. 비록 절친한 사이라고 해도 사업은 사업일 뿐이라며 더 이상 말을 꺼내지 못하도록 못을 박아버린 것이다.

도대체 이유가 뭐냐고 역성을 부리는 공초에게 초풍이 밝힌 거절 이유는 두 가지였다.

첫째는 훔칠 물건이 구미에 당기지 않는다는 것이었다.

그 말도 아예 틀린 말은 아니었다.

본래 무영신수 공초는 옛 서화나 골동품 따위에 강한 집착을 보였고, 반면 대도무흔 초풍의 경우는 반짝거리는 귀금속류에 온 마음을 쏟았다.

그러니 책을 보관하는 서갑(書匣)이, 비록 북송(北宋) 태조(太祖) 때의 태사(太師) 황윤이 흑단목으로 직접 만들었다고는 해도, 그의 구미를 끌어당기지 못했던 것이다. 솔직히 흑단목이 희귀목이긴 해도 구하려고 마음만 먹는다면 충분히 구할 수 있다는 점도, 별로였다.

"뭐? 황제가 하사한 것도 아니고 그저 태사가 쓰던 서갑을 훔쳐? 그까짓 것 훔쳐 내봐야 무슨 돈이 된다고 난리야?"

대도무흔 초풍의 반응이었고,

"자넨 예술을 몰라도 너무 몰라. 아이쿠, 답답해."

무영신수 공초의 반박이었다.

하지만 진정으로 초풍이 거절한 원인은 두 번째 이유라 할 수 있었다.

당시 초풍은 어깨를 으쓱거리며 이렇게 말했다.

"자네가 옛 명품을 얼마나 소중히 여기는지는 익히 알고 있는 바이네. 하지만 말일세, 다른 데는 몰라도 유가장은 아니야. 자네는 혹시 내가 모르고 있다고 생각해서 은근슬쩍 말을 하지 않고 나를 끌어들이려한 것인지는 모르겠지만, 유가장에 대해서는 나도 알 만큼 알아. 유가장주 유석곤은 그리 무섭다고 보기 힘들지. 무섭긴, 도리어 사람이 너무좋아서 탈이지. 그러나 유가장에 머무는 사람들을 봐. 흑의수재(黑衣修才) 선우번(蘇于番), 태행이걸(太幸二傑), 취목서생(翠木西生) 천포곤(天圃琨), 하남오호(河南五虎), 거기에 운중일학(雲中一鶴) 황기(潢崎)까지. 그들 중에 만만한 자가 누굴까? 누가 제일 만만하지? 그래, 맞아. 없어. 그중 누구에게라도 걸리면 인생 종치는 것이란 말이야. 그중 제일 골칫덩어리가 누구인지 자네도 알고 있지? 그래, 흑의수재 선우번! 그의 비도는 이제껏 정한 목표를 놓친 적이 없었어. 그래서 나는 빠지겠다는 거야. 그 돈도 안 되는 나무 쪼가리를 집에다 모셔놓고 멍하니 바라보기엔 목숨이 너무 귀하거든. 뭐, 물론 자네는 경공이 나보다 우세하니 어쩌면 그의 비도에서 벗어날 수 있을지는 모르겠군. 하지만 친구로서 충고 한마디 하건대 이번 일은 그냥 포기해. 혹시 비밀 금고에 예비로 목숨을 또 하나 감춰놓은 것이 아니라면 말이야."

초풍이 이와 같이 말했을 때 공초는 아무 반박도 못했다.

그저 입만 쩝쩝거리고 있다가 손을 흔들며 떠나는 친구의 뒷모습을 지켜보는 것이 전부였다.

그러나 혼자 남은 공초는 괜한 오기가 발동하기 시작해 끝내 오기가 산처럼 부풀어 올랐을 때 분연히 자리에서 일어나 토해내듯 외쳤다.

"이 잡부스러기 같은 놈! 예술도 모르는 놈! 나가 뒈져라! 돈이 전부냐. 그 돈 모아다 뭐 하려고 그러냐, 이 미친놈아~"

이 외침과 함께 지금 무영신수 공초가 유가장 앞에 있는 것이다.

공초는 밤하늘을 올려다보았다.

구름 한 점 없는 밤하늘엔 보름달이 손에 잡힐 듯 커다랗고 가깝게 내려앉아 있었다.

'이것이 진정 전문가와 연습생의 차이지.'

그는 까다롭고 어려운 일일수록 상대의 의표를 찌르는 것이 맹점임을 잘 알고 있었다. 조심한다고 흐린 밤을 택한다면 마땅히 방비하는 자들 또한 다른 때보다 더 각별한 신경을 쓸 것이다. 그건 스스로 위험 수치를 높이는 하수의 선택인 것이다.

유가장 침투를 위한 준비는 완벽했다.

그는 한 달 전부터 유가장에 관련한 모든 정보를 모으기 시작했고, 거금을 투자해 가장 중요한 정보인 서갑의 위치를 알아내는 데 성공했다. 값으로만 따진다면 서갑의 값어치보다 도리어 정보를 빼온 화원의 주인에게 갖다 바친 돈이 더 많을지도 모를 일이었다.

장주의 부인 조혜랑은 언제나 신선한 꽃을 집 안 구석구석에 놓아두길 좋아했기에 화원의 주인은 어떤 의심도 받지 않고 서갑의 위치를 캐낼 수 있었다.

유가장은 크게 세 개의 전각으로 구성되어 있었다.

중앙으로 삼층 전각이, 그리고 좌우로 이층 전각이 모양 좋게 자리했다. 공초를 기쁘게 한 것은 서갑이 좌측 전각의 일층 서재에 놓여 있다는 점이었다.

그곳에는 장주 유석곤의 둘째 아들 유만이 침상을 들여놓고 늘 책을 보며 산다고 했다. 비록 그 바로 이층과 뒤쪽으로는 얇은 벽 하나를 사이에 두고 절정의 기량을 갖춘 고수들이 기거하고 있다고 해도 그 정도면 해낼 자신이 있었다.

공초는 호흡을 조절하며 마음을 가다듬었다.

잡념을 버리고 일체의 감정을 배제하며 신속히 처리한다면 내일 아침에나 돼서야 사람들은 서갑이 사라진 것을 알아차릴 것이다. 아니, 어쩌면 서갑이 사라진 것도 모르고 수개월, 수년을 지낼지도 모르는 일이었다. 화원 주인의 말에 의하면 서갑은 아무렇게나 책꽂이에 놓여 있었노라고 했다.

그는 귀신같은 움직임으로 나무에서 미끄러지듯 내려와 우측 담장의 그늘 아래로 숨어들었다. 본 목표물이 좌측 전각이나 그가 우측에

선 것은 일단 견공들을 처리하기 위해서였다.

견공들을 제압하는 건 일도 아니었다. 그의 나이 이제 오십 줄이다. 도둑질 경력 삼십 년에 개를 잠재우는 비법을 터득한 것은 도둑질을 시작한 후 오 년 뒤부터였다.

그는 담장에 기대어 선 채 미리 준비한 뼈다귀 하나를 연환수의 수법으로 던졌다. 손맛이 좋았다. 역시 늘 그랬던 것처럼 뼈다귀는 땅에 닿았으나 어떤 소음도 내지 않았다.

유가장의 우측 담장을 감시하던 개가 킁킁거리며 다가오는 소리가 들렸다.

대개 잘 훈련된 개들은 주인이 주는 음식 외에는 거들떠보지 않도록 교육을 받는다. 훈련 과정 중에 주인이 주는 음식은 정상적인 음식을 주고, 외부인을 통해서는 음식물 속에 고의로 쓰디쓴 약물을 첨가해 주인이 아닌 타인이 주는 음식은 결코 먹어봐야 손해만 날 뿐이라는 것을 육체적으로 기억시키기 때문이다.

그러나 공초가 던진 뼈다귀에는 그러한 훈련마저 일거에 무너뜨리는 유혹의 향이 첨가되어 있었다.

다가서던 개가 뼈다귀를 핥는 소리가 들렸다.

'걸렸어!'

뼈다귀에 묻어 있는 건 향만이 아니었다. 개는 세네 번 뼈다귀를 핥더니 그대로 수면에 빠져들었다.

'크크크……'

공초는 이어 담장의 그늘을 타고 소리없이 이동하여 두 마리의 개를 더 잠재우고, 좌측 담장에 이르러 마지막 견공도 소리없이 쓰러뜨렸다.

다시금 좌측 담장 쪽에 이르러서 마지막 견공이 쓰러지는 소리를 들었다. 세상 그 어떤 음악보다 더 홍겨운 소리였다.

견공이 사라진 유가장은 그야말로 허허벌판이나 다름없었다. 유가장주는 주변에도 인덕이 높기로 이름나 있어 따로 경비를 세우거나 하지 않았다. 게다가 유가장에 고수들이 기거한다는 것을 알 만한 사람은 다 알고 있는 형편이라 누가 침입을 한다는 것은 유가장 측에서도 전혀 염두해 두고 있지 않았다.

담을 넘은 그가 담장의 그림자를 따라 은밀히 움직이다 순식간에 좌측 전각의 벽에 달라붙었다. 그 움직임이 어찌나 신속했는지 달빛마저도 그의 자취를 파악하지 못했을 것 같았다.

특히 그의 움직임을 도운 것은 특수 제작한 의복도 단단히 한몫을 하고 있었다. 윤택은 전혀 없고, 도리어 빛을 받으면 모든 빛을 빨아들여 야행에 이보다 더 나은 복장은 없다고 자부했다.

유명한 대도들 사이에서도 그의 의복은 인기가 높아 대도무흔 초풍이나 섬광탈보 강열 등이 간절히 원해 비싼 돈을 받고서 한 벌씩 팔아넘겼을 정도였다.

벽에 찰싹 달라붙은 공초는 귀를 대고 안쪽의 기척을 살폈다. 미세하게 곤한 숨소리가 들렸다.

'그래, 쿨쿨 자는 거야. 나는 사람을 해치는 건 아주 질색이니까.'

그는 문 쪽으로 이동해 살짝 손에 힘을 주어보았다.

스륵.

'이런, 문도 잠그지 않은 건가? 하늘이 나를 돕는구나. 흐흐.'

아주 천천히 문을 열고 들어가 다시 천천히 문을 닫았다.

안으로 들어가 주변을 살피는 데는 아무런 문제도 없었다. 전혀 빛이 없다고 해도 고양이처럼 사물을 확인할 수 있는 그였다. 창을 통해 들어오는 달빛이 희미했지만 그에겐 그야말로 대낮과 다를 바 없었다.

벽면을 따라 빼곡히 책들이 놓여 있는 것이 보였다. 그야말로 책으로만 이루어진 곳이라 할 수 있었다. 유일하게 책이 없는 곳이 제일 안쪽에 자리한 침상이었다. 침상 위에는 뭉툭한 형체가 이불을 덮고 있었다.

'장주의 둘째 아들이렷다. 그래, 밤은 잠을 자라고 있는 거야. 아주 착한 아이로군.'

그는 곧바로 서재를 세밀하게 뒤지기 시작했다. 책은 천장 높이만큼 빼곡히 들어서 있었기에 서갑을 찾는 것은 생각했던 것만큼 쉽지 않았다.

'이거 정말 너무할 정도로 많군. 설마 이걸 다 읽은 건가?'

그는 점점 시간이 지날수록 난감해지기 시작했다. 거의 이 잡듯이 뒤지고 있는데도 서갑은 그림자조차 볼 수 없었다.

'이런 우라질! 화원 주인장, 그놈 혹시 구라친 거 아냐.'

책꽂이에 아무렇게나 놓여 있다는 말을 들었을 땐 그야말로 순식간에 훔쳐 낼 수 있을 것이라 생각하고 자세한 위치를 묻지 않았던 것이 후회되었지만, 여기까지 온 이상 다음으로 미룰 순 없는 일이었다.

은근히 불안해지기 시작했지만 그는 이제껏 침 삼키는 소리조차 내지 않았기에 조금 더 여유를 갖자고 스스로를 달랬다.

이윽고 모든 책꽂이를 샅샅이 뒤진 뒤, 그는 허탈해지고 말았다.

없었다. 어디에도 없었다. 다시 불안이 스멀거리면서 마음 한 귀퉁이에서 번져 나오더니 온몸으로 번져 가는 것이 느껴졌다.

'제길, 예감이 좋지 않아.'

그의 육감은 대체적으로 잘 들어맞는 편이었다. 육감대로라면 바로 지금이 가장 큰 위기였고, 탈출할 기회였다. 그러나 그는 탈출 대신 침상 쪽으로 눈길을 주었다.

순간 두 개의 육감이 충돌을 일으켰다.

하나는 지금 빠져나가라는 것이었고, 다른 하나는 침상 쪽에 물건이 있다 말하고 있었다.

기로에 선 그가 갈등하고 있을 바로 그때였다.

휘이익~

긴 휘파람 소리가 유가장을 휘감고 돌았다. 내력이 실린 듯 소리는 명료하고 길게 이어졌다. 발각되었다. 우연찮게 쓰러진 개를 보고 사태를 파악한 것이리라.

지금 달아나지 않으면 안 된다. 하지만……

'제길. 이대로 물러설 순 없어!'

그는 최후의 수단인 인질극까지 고려하고, 침상 쪽으로 몸을 날려 뒤지기 시작했다. 침상 옆 협탁과 그 아래, 침상 뒤편까지 뒤져도 서갑은 보이지 않았다.

그때 문득 초조한 그의 눈에 반쯤 드러난 서갑이 보였다. 어이없게도 자고 있던 장주의 둘째 아들 유만이 베개 머리맡에 놓아둔 것이었다.

그가 막 서갑을 손에 잡을 순간 벼락같이 문이 열렸다.

"웬 놈이냐!"

공초는 서갑을 품에 갈무리함과 동시에 자고 있던 유만을 거칠게 일
으켜 세우고 단도를 목에다 겨누었다.

"웬 놈이긴 도둑님이시지. 보고도 모르시나?"

그는 여유롭게 말하긴 했지만 문 앞에 선 이들의 면면을 확인하고
내심 적지 않게 긴장했다.

"아주 간이 부어올라 감당하기 힘든가 보구나."

"좋게 말로 할 때 공자를 이쪽으로 보내라."

"이미 너는 포위되었다. 순순히 무릎을 꿇어라."

그때 장주 유석곤과 그의 아내 조혜량이 당도했다.

"무슨 짓이냐!"

"아들아……."

공초는 단도를 더 바짝 유만에게 들이밀었다.

"경거망동하지 않는 게 좋을 것이오. 솔직히 말해서 나는 꽤 선량한
편에 속해 목이 따지고 피가 튀는 것은 아주 질색이라오."

유석곤이 목석같이 굳은 얼굴로 물었다.

"원하는 게 무엇이냐?"

"원하는 건 얻었수다. 이제 남은 건 무사히 빠져나가는 것뿐. 장주
께서 조금 도와주셔야 할 것 같구려. 호호호호."

공초는 심리적인 우위를 점하기 위해 고의로 잔인한 웃음을 자아냈다.

"도대체 알 수가 없군. 공자의 방에 훔쳐 갈 게 뭐가 있다고 도둑이
든 건지 원."

취목서생 천포곤의 말이었다. 그는 눈이 워낙 작아 눈을 뜨고 있는
지 감고 있는지 구분하기 힘들었고, 입 가장자리에 점 하나가 인상적이

었다.

"서갑이지."

공초는 퉁명스럽게 말했지만 반응은 대단했다. 놀라지 않는 자가 없
었다.

"서갑?"

"서갑이라니, 말도 안 돼!"

"서갑? 그런 게 있었어?"

"거짓말이겠지."

"서갑을 갖다가 뭐에 쓰려고?"

심지어 인질로 잡혀 있는 유만조차 곁눈질로 공초를 바라볼 정도였다.

예상 밖의 상황에 당황한 것은 공초였다.

"이런 엉터리들 같으니! 이 서갑이 얼마나 뜻 깊은 것인 줄도 모르다
니! 이건 북송 태조 때의 태사 황윤이 흑단목으로 직접 만든 것으
로……."

그러나 그의 말은 이어지지 못했다.

"도대체 기가 막힐 노릇이구나. 서갑이 필요하다면 정식으로 찾아와
달라고 하던지, 그게 미안하다면 값을 치르고 사 가면 될 것을 꼭 야밤
에 아이를 인질로 잡고 이 행패를 부려야 했단 말이냐!"

장주 유석곤의 호통이었다.

유석곤의 말에는 어떤 가식도 담겨 있지 않아 잠시 공초는 머리가
멍해지고 말았다.

그렇다! 그런 방법도 있는 것이다. 돈으로 사면 된다. 그러나 그는
단 한 번도 서갑을 사야겠다고 생각해 본 적이 없었다. 동업을 거절했

던 대도무흔 초풍도 별것 아닌 물건이라고 했으면서도 그것을 사라고 권하진 않았었다.

그제야 그는 유가장주 유석곤이 주변에 베풀기를 좋아하고 선뜻 귀한 선물도 아끼지 않고 건네는 자임을 떠올렸다.

그런 까닭에 강호의 고수들 중에서 그에게 호감을 품은 사람이 많고, 오늘날 절정의 기량을 갖춘 고수들이 식객으로 머물고 있는 것도 순전히 유 장주라는 한 인간의 인격 때문이 아니겠는가.

어쩌면 그가 느닷없이 나타나 서갑을 달라고 했어도 유석곤은 그게 대수겠냐며 가져가라고 불쑥 내밀었을지도 모른다.

하지만 그의 상식은 어디까지나 도둑의 일반적인 사고에서 벗어나지 못하였기에 원하는 물건은 자고로 훔쳐야 한다는 쪽으로만 생각하게 된 것이다.

'끙……. 제길… 당황스럽군.'

"하하하하하하하……."

일단 공초는 자신의 무지함과 어색함을 웃음으로 날려 버렸다.

"그대들은 몰래 먹는 사과가 얼마나 맛있는 줄 모르는군. 불쌍한 중생들 같으니……."

"아주 지랄을 하네."

흑의수재 선우번의 중얼거림이었다.

"말을 가려서 하시오. 상황이 제대로 이해 가지 않는 모양인데, 몰리고 있는 쪽은 내가 아니오."

공초는 의도적으로 단도를 깔딱깔딱거리며 미소 지었다. 그 광경은 대번에 안주인 조혜량의 마음을 아프게 했다.

"제발 그만두세요. 아이가 놀라게 무슨 짓이에요."

공초를 향해 말한 후 다시 그녀는 아들에게 말했다.

"만아, 조금만 참으렴. 아무 일 없을 거야. 알겠지?"

"어머니, 염려 마세요. 이분은 머리는 나빠도 그렇게 악한 분은 아닌 것 같아요."

이제 열여섯 살인 유만의 목소리는 평소와 전혀 다를 바 없어 인질이라고는 믿겨지지 않을 정도로 차분했다.

"뭐야? 내가 왜 머리가 나빠? 이걸 그냥 확!"

그때 유석곤이 진중하게 말했다.

"나는 이제껏 신의를 지켜온 사람이다. 지금 아들을 풀어주면 오늘 일은 없던 것으로 여기고 너를 무사히 보내줄 것을 약속하겠다."

"물론 저야 장주의 말을 믿소이다. 하지만 문제는 장주의 곁에 있는 사람들이지요. 그들은 결코 나를 보내주지 않을 것 같소이다."

"우리도 약속하겠다."

유석곤의 곁에 선 고수들도 일제히 한목소리로 답했다.

"오호, 이거 연습이라도 하셨나? 대단한 일치단결이구려. 하지만 또 하나 문제가 있소이다. 이제 여러분들은 분명히 약속을 했지만 어찌 된 게 내 이 밴댕이 소갈딱지는 오랫동안 사람들을 믿지 못하는 게 습관이 되어서 수긍할 수 없다는구려."

"그럼 어쩌겠다는 것이냐?"

유석곤이 결국 참지 못하고 버럭 소리를 질렀다.

"장주, 그리 격정적인 반응을 보일 필요는 없소이다. 나는 물건을 훔치는 건 좋아해도 사람을 죽이는 것은 그리 좋아하지 않으니까 말이오.

물론 필요하다면 손을 쓰는 결단력도 갖추고 있다는 것은 잊지 말았으면 좋겠구려. 이제부터 내가 하는 말대로 따라준다면 서로 손해 보는 일은 없을 것이오. 자, 그럼 먼저 각자 무기를 내려놓도록 하시오. 특히 당신, 흑의수재 선우번!"

선우번이 고개를 갸우뚱거렸다.

"나를 알고 있네? 나도 그대를 알고 있나?"

"그대는 나를 모르오. 잡소리 집어치우고 얼른 말대로 하시오."

각기 무기를 내려놓은 것을 확인하고 공초가 말을 이었다.

"아이는 이곳에서 이 리 밖 효립문 앞에 세워두겠소. 명심할 것은 한 시진 이내에는 결코 움직여서는 안 된다는 것이오."

유석곤의 표정이 준엄하게 바뀌었다.

"만약 아이에게 문제가 생긴다면 너의 모든 뼈를 다 추려내고 죽지도 살지도 못하게 만들고 말겠다."

유석곤의 음성은 나지막했으나 그 어떤 강렬한 외침보다 더욱 큰 공포를 안겨주었다. 순간 공초는 등줄기가 서늘해지고 말았다. 원래 순한 사람이 독하게 마음을 먹으면 그 누구보다 잔인해진다는 말도 떠올랐다.

'이거 앞으로는 유가장 근처엔 얼씬도 하지 말아야겠군.'

바로 그 순간이었다.

'헉! 누구지?'

공초는 소스라치게 놀라고 말았다. 복면을 쓰고 있어 표정이 노출되지 않은 것이 불행 중 다행이라면 다행이었다.

그는 등판이 뜨끔해지면서 삽시간에 온몸이 마비되는 것을 느꼈다.

점혈을 당한 것이다. 대체 누가? 어떤 수법으로? 분명한 건 등 뒤 격유혈이라는 사실이었다. 뒤에는 아무도 없었다. 그건 확실했다.

'설마… 그럴 리가……!'

그는 곁눈질로 유만을 바라보았다.

'그건 불가능해…….'

하지만 다른 답을 찾을 수가 없었다. 지금 그가 이해할 수 없는 건 그가 가진 정보에 의하자면 유만은 무공을 몰랐다. 만약 무공이 손톱 밑의 때만큼이라도 있는 것을 알았다면 자신이 미리 마혈을 점해놓았을 것이다.

즉시 등줄기로부터 식은땀이 비 오듯 흘러내렸다.

그나마 한줄기 희망이라면 내력이 약한 데다 점혈이 약간 빗나간 상태로 이루어져 약간의 시간만 주어진다면 운기행공으로 뚫을 수 있을 것 같다는 점이었다.

잠시 아무런 반응도 보이지 않고 가만히 서 있는 공초를, 장주를 비롯한 모두가 비장한 표정으로 바라보았다. 또 무슨 변덕을 부릴지 모른다는 염려도 섞여 있었다.

변화를 보인 것은 유만이었다. 유만은 목에 대진 칼을 피해 슬쩍 옆으로 빠져나왔다.

그러자 유석곤과 조혜량은 물론이고 모두가 거의 울부짖듯 소리쳤다.

"아들아, 안 돼!"

"만아, 멈춰라!"

"공자, 그대로 계시오!"

"움직이면 안 됩니다!"

“공자에게 손을 대지 마라!”

“침착하시오, 공자!”

“멈추시오, 멈춰!!”

거의 난리도 아니었다.

워낙 성화가 대단해 유만이 그대로 멈추자, 그제야 안도의 한숨들이 쏟아졌다.

유석곤을 비롯한 모두는 유만이 경거망동하였음에도 어떠한 위협도 가하지 않은 도둑에게 고마움을 느낄 정도였다.

공초는 속으로 ‘난리굿을 해라, 난리굿을 해’ 라고 중얼거리는 한편 시간 끌 방도를 생각했다.

그때 다시 유만이 천천히 움직였다. 이번에는 누구도 소리치지 않았다. 대신 입을 벌리고 ‘어, 어’ 거릴 뿐이었다.

유만이 한 걸음 한 걸음 옮기자 대치하고 있는 공간은 터질 듯한 긴장감으로 팽배해졌다.

한순간 긴장을 깨뜨린 것은 공초였다.

“하하하하! 이거이거 이러면 안 되는데, 내가 갑자기 자비로운 마음이 이는구려. 하아, 나는 왜 이렇게 항상 자비로울까. 소년들을 보면 내 마음도 해맑아지는 것 같아서 문제란 말씀이야.”

유석곤이 진중하게 고개를 끄덕였다.

“고맙다. 약속한 것은 지키도록 하마.”

유만은 중간 정도 걸어가다 온갖 걱정으로 가득한 어머니의 눈을 보았다. 애정이 듬뿍 담긴 사이사이로 불안이 일렁이고 있었다.

유만은 다시 걸음을 멈추더니 좌측에 있는 막대기를 집어 들었다.

높은 곳에 자리한 책을 꺼낼 때 사용하던 막대기였다.

유만은 막대기를 들고 성큼거리면서 공초에게 다가가더니 냅다 막대기로 공초의 머리를 후려갈겼다.

딱, 딱, 딱, 딱.

이 느닷없는 광경에 입을 여는 사람은 아무도 없었다. 그저 공초만이 허허거리며 마음씨 좋은 아저씨마냥 흐뭇한 웃음소리를 내고 있을 뿐이었다.

네 대를 후려갈긴 유만은 마지막으로 강하게 한 대 더 후려친 후 막대기를 팽개치고 어머니 품에 안겼다.

"내 아들아, 어디 다친 데는 없는 게냐?"

"…끄떡없어요, 어머니."

어딘가 한 박자 느린 유만의 대답이었다.

그때까지 공초의 손은 여전히 칼을 든 채로 있었지만 아직 그 누구도 그가 점혈당했다는 사실을 모르고 있었다. 유만이 점혈을 할 수 있다는 것은 공초만이 아니라 장주 내외나 다른 이들도 전혀 모르고 있었던 것이다.

"어서 떠나라."

유석곤은 여전히 어색한 동작으로 서 있는 공초가 꼴도 보기 싫어 떠나길 바랐지만, 공초로서는 그저 마음만 애탈 뿐이었다.

'이보우, 장주. 나도 가고야 싶지. 왜 그렇지 않겠어. 부디 조금만 기다려 주시게. 이제 얼마 남지 않았거든.'

"여러분들처럼 선량한 마음을 가진 분들을 보고 있자니 내 발길이 떨어지질 않는구려. 세상을 살다 이런 마음이 든 것은 참으로 드문 일이오. 하하하하……!"

크게 웃으므로 어색함을 면하려 했지만 웃음이 그치자 사방으로 온갖 어색함이 몰려들었다. 공기가 푸석거릴 정도로 공초와 유석곤 무리 사이에는 어정쩡한 기운이 감돌았다.

"저거, 유 공자에게 맞더니 머리가 어떻게 된 거 아냐?"

"그러게나. 완전히 돌아버린 것 같은데."

"요즘 도둑놈들은 뻔뻔스럽기가 무슨 악어 가죽 같구먼."

"아주 가지가지 한다, 가지가지 해."

"어이가 없네. 뭐, 저런 놈이 다 있어."

"계속 가지 않고 있으면 죽여달라는 것으로 간주할 수도 있어."

유석곤 곁에 선 하남오호를 비롯하여 모두가 한마디씩 조롱의 말을 던졌다. 그럼에도 공초는 예의 그 허허로운 웃음소리를 내며 담담히 서 있을 뿐이었다.

그때 어색함을 깬 것은 유만이었다.

"저분은 지금 움직이지 못해요."

"무슨 소리냐, 아가야."

유만은 나이가 열여섯이었지만 그의 어머니 조혜량에게는 아직 아가였다.

"…제가 움직이지 못하도록 했어요."

"공자, 그게 무슨 말씀이오?"

곁에 있던 취목서생 천포곤이 물었다. 모두가 묻고 싶은 말이기도 했다.

"…믿지 않으시겠지만 제가 점혈을 했거든요."

"하하하. 설마요."

비록 유만이 내일이면 칠성사괴 중 한 사람을 사부로 모시게 될 것이 틀림없었지만 그건 어디까지나 내일 일이었고, 지금은 그저 책벌레일 뿐이었다.

"네가?"

아버지 유석곤도 믿을 수 없다는 표정이었다.

"…책에서 보았거든요. 그런데 곧 있으면 움직일 거예요. 힘이 약하게 들어갔을 테니까요."

그 말에 공초는 너털거리며 말했다.

"하하하하하. 나이도 어린 분이 농담도 잘하시는구려."

이제 거의 혈이 풀려갔다. 아주 미세했기에 그는 자연스럽게 말한다고 했지만 그 속에 어색한 기운이 묻어나고 말았다.

그것으로 모든 상황은 역전되고 말았다. 흑의수재 선우번이 땅에 내려놓았던 비도를 들어 날렸고, 바로 그 순간 무영신수 공초의 신형이 빛살처럼 창을 뚫고 사라졌다.

비도는 공초 대신 공초의 그림자를 꿰뚫었다.

다른 말이 필요없었다. 흑의수재와 운중일학 황기, 그리고 하남오호가 신형을 날려 뒤를 쫓았다.

취목서생 천포곤과 태행이걸은 혹시 또 다른 침입자가 있을지 모르는지라 자리를 지켰다.

공초의 신법은 그의 별호 무영신수가 괜히 붙여진 것이 아님을 여실히 증명해 보였다. 야밤에 치달리는 그의 모습은 그야말로 날개 달린 고양이었다.

그는 처음에는 지붕을 타고 이동하다가 한순간 골목길로 내려서 빠르고 은밀하게 움직였다. 이미 이 지역의 골목의 구조와 길에 대해서는 충분한 사전답사를 해놓았기에 그의 움직임은 거칠 것이 없었다.

뒤쫓는 선우번 등의 경공도 결코 녹록한 것은 아니었으나 공초의 경공에 비하자면 조금 손색이 있었다. 만약 평야 지대를 끝없이 달리는 것이라면 내력의 우위로 언젠가는 붙잡을 수 있을 것이지만, 골목이 미로처럼 이어지고 갖가지 지형지물이 산재한 곳에서의 추격은 쉽지 않았다.

일각이 지날 때 행적을 놓친 일행은 흩어져 찾기 시작했지만 어디에서도 그의 흔적을 발견하지 못했다.

공초는 추격을 따돌린 것을 확인하고 안도의 한숨을 내쉬면서도 결코 신형을 멈추지 않았다. 지금 상황에선 그럴 리는 없겠지만, 다시 발견된다면 그때는 곤욕을 치를 것을 잘 알고 있었기 때문이다.

빠른 속도로 골목길을 따라 달려가던 중 공초는 한순간 불쑥 튀어나온 사람에 놀라 급히 몸을 한 바퀴 회전하여 피해냈다.

몸을 고정시키고 바라보니 노인 한 명과 청년 하나였다. 노인은 떨떠름한 표정으로 쳐다보며 욕을 뱉었다.

"이 쌍놈아, 깜짝 놀랐잖아!"

공초는 애써 피해 준 것에 고맙다는 말 대신 짜증 내는 소리를 듣자 화가 치밀어 올라 으르렁거렸다.

"이런 영감탱이야! 그러게 누가 야밤에 돌아다니라고 했어? 내가 피하지 않았으면 지금쯤 뻗어버렸을 것인데 뭐 잘났다고 큰소리야. 우라질, 집에 가서 잠이나 퍼자서!"

조롱을 듬뿍 실어 보낸 후 공초가 다시 몸을 날리려 하자 노인이 삿대질을 하며 외쳤다.

"야, 이 도둑놈아! 너 어디 가? 거기 못 서!"

"잡을 테면 잡아봐라, 이 영감탱이야."

"너, 나한테 잡히면 죽는다!"

"늙은이가 날 잡겠다고? 좋아, 잡으면 내가 죽어주지."

무영신수의 신형이 삽시간에 시야에서 사라졌다.

무영신수는 자신이 얼마나 큰 실수를 저질렀는지 이때까지는 전혀 깨닫지 못했다.

무영신수가 사라진 방향으로 노인의 신형이 흐릿해지면서 순식간에 사라졌다. 아마 그 광경을 무영신수가 보았다면 기절초풍하고 말았으리라.

곁에 서 이 광경을 물끄러미 보고 있던 청년이 중얼거렸다.

"저 양반 죽었구만. 불쌍하구나, 불쌍해."

그 청년의 이름은 송겸이었다.

부지런히 발걸음을 놀리던 공초가 소스라치게 놀란 것은 노인장을 실컷 조롱한 후 입가에 미소가 사라지기도 전이었다.

"야! 너, 거기 안 서!"

음성이 마치 바로 등 뒤에서 말하는 것처럼 들려 공초는 뒤를 돌아보고는 경기를 일으켰다.

'뭐, 뭐야, 저 노인장은! 대체 내가 누굴 건드린 거야!'

공초는 단연코 자신의 경공의 탁월함을 자부했다. 세상천지에 널린

고수들 중 칠성사괴를 제외한다면 경공으로는 누구에게라도 지지 않을 자신이 있었다.

그런데 지금 놀라운 일이 벌어지고 있는 것이다. 우연히 마주친 노인장이 태연히 소리까지 쳐가며 따라오고 있다. 이 일을 도대체 어떻게 설명할지 난감하기 그지없었다. 그야말로 마른하늘에 날벼락 같은 일이었다.

이미 염도는 공초와 오 장 정도의 거리를 두고 있었고, 그 거리조차 점차 줄어들고 있는 판국이었다.

그는 혼신의 힘을 다해 신형을 뽑아냈다. 하지만 그는 다시금 귓불에 입김이 느껴질 정도의 목소리를 듣고 말았다.

"잡을 테면 잡아보라며?"

염도는 공초의 뒷덜미를 붙들고는 신형을 멈추지도 않은 채 추월하면서 그대로 한 바퀴 돌려 버렸다.

"어… 어… 아아악~"

공초의 몸은 붕 뜨는가 싶더니 그대로 균형을 잃고 빠른 속도로 데굴데굴 굴러가다 쫘악 퍼져 버렸다.

염도는 가까스로 몸을 일으키려 애쓰는 공초에게 다가가 복면을 벗겨내고 머리를 후려갈겼다.

"이 도둑놈의 자식, 도대체 어른을 공경하는 법은 어디에다 팔아먹은 거냐? 그래, 네놈도 나이깨나 먹었다는 거냐? 엉, 그래?"

"죄, 죄송합니다."

그 말이 떨어지기 무섭게 공초가 기습적으로 장력을 날렸다. 그는 여전히 노인이 독왕노괴 염도라는 사실을 모르고 있었던지라 이 같은 무모한 짓을 벌이고 만 것이다.

장력을 날린 공초는 회심의 미소를 지으려고 생각까지 다 해놓은 상태였지만 그의 얼굴엔 미소 대신 경악과 공포가 떠올랐다.

장력은 소리도 없이, 어떤 기색도 없이 사라져 버린 것이다. 방금 자신이 장력을 날렸는지조차 의심스러울 지경이었다.

"헉!"

"이것 봐라, 이제 아주 사람을 죽이려 드네. 오냐, 해보자는 거지?"

그때부터 시작이었다.

염도는 인정사정없이, 거의 개 패듯이 공초를 패버렸다.

파파팍, 파팍, 파파파팍.

"죽어라, 죽어!"

"으악! 어억! 커억!"

공초는 각종 다양한 신음 소리로 응하며 염도의 손길과 발길을 부추겼다.

염도가 씩씩거리며 동작을 그친 것은 송겸이 대충 방향을 잡고 찾아와 그만 하시라고 말린 뒤였다. 만약 송겸이 오지 않았다면 염도는 날을 꼬박 새며 패버렸을 것이다.

"이놈 옷을 벗겨라."

"네?"

"그냥 두면 안 되겠어."

"뭐 하시려고요?"

"벗기기나 해, 이놈아."

“이거, 웬 아침부터 미친놈이야.”

“요즘 이런 놈들이 많더군. 나체가 좋아, 라는 모임도 있다지?”

“그래도 여기가 바닷가도 아닌데 여기서 이 지랄을 떨면 곤란하지.”

“하여튼 말세여, 말세.”

“아니, 젊은것들이 그러면 아직 철이 없어서 그런다지만 나이 먹어서 이 무슨 지랄이여!”

“여기 봐, 무슨 글자가 적혀 있는걸. 허허. 이것 참, 환장하겠군.”

“그래도 꼴에 회주라는군. 한마디로 솔선수범을 보이겠다는 것인 게냐?”

웅성웅성 소란스러운 소리에 공초가 정신을 차렸을 때, 그는 자신을 빤히 내려다보며 손가락질하는 뭇 사람들을 볼 수 있었다.

노인과 중년 남자들, 그리고 여자들도 보였다. 그들의 입이 쉬지 않고 말을 토해냈지만 워낙 많은 말들이 뒤섞여 도대체 무슨 소리를 하는지 정확히는 알아들을 수가 없었다. 하지만 거의 태반이 욕이라는 사실만큼은 이해할 수 있었다.

그는 상체를 일으키려 했지만 이내 팔에 힘이 빠지며 다시 무너졌다.

하지만 그것만으로도 그는 지금의 상황이 어떤 것인지 파악했다.

“아아아악~”

아무것도 입고 있지 않다는 것, 말 그대로 실오라기 하나 걸치지 않고 반듯하게 드러누워 있다는 것을 확인한 순간이었다. 그는 급한 마음에 애써 몸을 뒤집었다. 그나마 보일 바에야 엉덩이 쪽이 훨씬 낫다고 판단한 것이다.

정신을 차리자마자 공초가 소리를 지르는 통에 사람들이 잠시 물러났다가 몸을 뒤집는 것을 보고 저마다 한소리씩 해댔다.

"이보시오. 벌거벗은 벌레 양반! 그래도 부끄럽긴 한 게요?"

"부끄러워서 그러는 게 아녀. 앞을 실컷 보여줬으니 이젠 뒤를 보여주겠다는 뜻이겠지. 명색이 회주라는 작자가 이 상황을 부끄러워하겠나?"

"아주 징그러운 놈일세. 에라, 퉤!"

한 사람이 침을 뱉자 여러 사람이 따라서 침을 뱉었다.

공초는 부끄러워 어디 밧줄이라도 있다면 당장에라도 목을 매 죽고 싶은 심정이었다. 하지만 어디에도 밧줄이 보이지 않는 고로 일단 이곳을 벗어나는 것이 급선무였다.

그는 두 손으로 하체를 가리고는 겨우겨우 몸을 일으켜 절뚝거리면서 사람들 사이를 헤집고 빠져나왔다.

그는 걸음을 옮기는 와중에 사람들의 조롱 어린 말을 듣고 미칠 것 같았지만 진정으로 그를 슬프게 한 것은 가슴에서부터 배에 이르기까지 적힌 글자들이었다. 그 글을 읽고 나서야 그는 방금 전 벌거벗은 벌레며, 회주 운운하는 말이 무슨 뜻인지 이해할 수 있게 되었다.

나체의 즐거움을 만끽합시다.

여러분, 사랑합니다.

함께해요.

나체회(裸體會) 회주(會主) 전나충(全裸蟲).

그가 비틀거리면서 사람들이 없는 곳으로 이동하고 어디서 옷이라도 훔쳐야겠다고 생각할 때였다.

“자, 이것을 입게.”

공초가 약간 물기가 젖은 눈으로 바라보니 아까 조롱하던 무리 중에서 고래고래 소리치던 노인들 중 한 명이었다.

“고, 고맙습니다.”

겉으로는 비웃었지만 속마음은 따뜻한 사람인 듯 보였다.

“저… 말이네.”

“말씀하십시오.”

“거기 나체회에 나도 가입하면 안 될까?”

공초가 퀭한 눈으로 노인을 바라봤다.

“자네가 회주이니 자네만 승인하면 되는 것 아니겠나? 또 한 가지 묻고 싶은 것이 있는데… 나체회에는 여자들도 많나?”

“대체 무슨 소릴 하시는 겁니까!”

공초가 끝내 참지 못하고 버럭 화를 내자 노인장의 온화하던 얼굴도 일순간에 일그러졌다.

“안 되면 말지 왜 소리를 치고 난리야! 이 나쁜 새끼. 에라이, 변태 같은 놈아! 옷 내놔, 새끼야!”

공초의 눈에서 끝내 눈물이 흘러나왔다. 진정 어제와 오늘은 공초의 인생에서 가장 슬프고 또 충격적인 날이 아닐 수 없었다. 그는 진정 친구인 대도무흔 초풍의 만류를 듣지 않은 것을 절실히 후회했다.

제13장 감춰진 이야기

  유가장주 유석곤은 사람 사귀기를 좋아하여 강호에 많은 유명 인사들과 두터운 친분을 유지하고 있었다. 그는 인품과 덕망이 높아 그를 만난 자들은 그를 알게 된 것을 자신의 삶 중에 몇 안 되는 행운으로 여기는 사람이 많았다.

  그러한 유석곤에게 하늘이 묻길, 세상에서 가장 탄복하여 신뢰하는 자가 누구냐, 라고 묻는다면 그는 주저함없이 세 사람을 꼽을 것이었다.

  악성(樂聖) 고이연.

  대학사(大學士) 예도명.

  독안정수(獨眼正修) 고청.

악성 고이연은 칠현금의 달인이었고, 대학사 예도명은 그 학문의 깊이가 측량하기 힘들었으며, 독안정수 고청은 한쪽 눈을 실명한 대장장이로 이 시대 최고의 장인이었다.

하늘이 다시 묻길, 그 가운데 한 명을 꼽으라면 누구인가, 라고 한다면 그는 잠시 고개를 숙여 생각한 후 악성 고이연이라고 말할 것이었다.

그가 고이연을 처음 만나게 된 것은 팔 년 전이었다. 이미 여러 차례에 걸쳐 면담을 시도했으나 번번이 기회를 얻지 못하다가 급기야 천금 같은 행운을 부둥켜안을 수 있게 된 것이다.

그리고 그날, 그는 칠현금을 통해 새로운 세상을 보았다. 칠현금이 울리는 순간 공간이 물컹거리며 장소가 변하였고, 공기가 바뀌면서 의식은 전혀 다른 차원을 유영했다.

그러나 그가 탄복한 것이 비단 칠현금 때문만은 아니었다. 그의 말 한마디 한마디, 단어는 누구라도 흔히 사용하는 것들이었지만 그 단어들 속에 엄청난 압축비로 뭉쳐진 진실과 삶에 대한 이해와 초월이 그의 머리를 저절로 숙여들게 만들었다.

그 뒤 유석곤은 몇 번이고 다시 악성을 찾아가려 했지만 그때마다 행장을 다 꾸려놓고 주저앉기를 반복할 뿐 발길을 옮기지는 못했다.

일생에 악성 고이연을 두 번씩이나 마주한다는 것은 지나친 욕심이라는 생각이 들었고, 그에게 탄복함이 지나쳐 그를 번거롭게 하는 것은 아닌가라는 생각이 들었기 때문이다.

만약 다시 만나게 된다고 하더라도 악성 고이연이 ‘어찌하여 또 왔는가' 라고 말할 것만 같아 그는 힘없이 주저앉곤 했다.

그러나 세상사는 내일을 알 수 없고, 신비스럽기만 했다.

정확히 일 년 전, 그가 서재에서 책을 읽고 있을 때였다.

집사 부연강이 들어오는데 이미 그의 얼굴은 하얗게 질린 상태였고, 더듬거리며 간신히 입을 열었다.

"자, 장주님, 악성…… 고, 고이연 어르신께서 오셨습니다."

이미 집사 부연강은 유석곤으로부터 귀가 따갑도록 악성에 대해 들은 터라 한 번도 보지 못했지만 그도 주인을 따라 악성을 마음으로 경외하고 있었다.

처음 유석곤은 집사를 보며 그답지 않게 실실거리며 웃었다. 늘 꼼꼼히 일을 챙기고 농담이 없던 집사였기에 유석곤은 집사의 기발한 농담에 저절로 웃음을 짓게 된 것이다.

"부 집사, 오늘 기분 좋은 일이라도 있는 모양이……."

그는 거기까지 말하고 입을 다물 수밖에 없었다. 부연강의 안색이 워낙 창백하게 변해 그야말로 파랗게 보일 지경에 이르렀기 때문이다. 그는 그제야 사태의 심각성을 깨닫고 거의 서탁을 뒤집듯이 제치고 우당탕거리며 밖으로 뛰어나갔다.

악성 고이연이었다. 믿을 수가 없었다. 그는 예를 갖추는 것도 잊고 그저 얼음처럼 빳빳하게 선 채로 굳어버렸다. 그는 거의 혼절 직전에 이르렀고, 이게 꿈인지 생시인지 허벅지를 꼬집어볼 엄두도 내지 못했다.

그렇게 찾아온 악성과 함께 유석곤은 많은 대화를 나누었다. 그중

그를 다시 놀라게 한 것은 둘째 아들 유만에 대한 이야기를 하면서였
다.

책벌레인 유만은 어느 날 갑자기 무공에 관심을 보이기 시작했고,
그에 따라 유석곤은 좋은 스승을 찾아주려 했다.

이미 첫째 아들이 기재를 보여 아들이 원하는 대로 화산파에 입문시
킨 터라 그는 둘째에게 형이 있는 화산파로 가는 것이 어떻겠냐고 말
했다.

그러나 유만은 전혀 뜻밖의 선언을 했다. 그건 그야말로 선언이었
다.

"저는 칠성사괴 중 한 분의 제자가 되고 싶습니다."

유석곤은 잠시 눈을 휘둥그레 뜨다가 곧바로 허허, 거리며 아들의
어깨를 두드렸다.

"이젠 제법 농담도 하는구나."

"…만일 칠성사괴가 아니면 어떠한 무공도 익히지 않겠습니다."

원래 늘 조는 듯한 눈을 하고 있던 아들이 눈을 바로 뜨고 말하는 것
을 보고야 유석곤은 농담이 아니란 것을 깨달았다. 그러나 그건 있을
수 없는 일이었다.

"하하, 녀석. 그래, 생각을 좀 해보자꾸나."

괜히 기를 죽일 필요는 없다고 생각하여 생각해 보자고 했을 뿐, 그
는 속으로 다른 말을 중얼거리고 있었다.

'이 녀석아, 그럼 무공은 포기해라.'

유석곤은 비록 유만이 재능이 있다는 것은 알고 있었다. 하지만 그
재능이란 것이 그저 머리만 뛰어나다는 것이 문제였다. 머리로 이해한

다고 하여 무공을 수월히 익힐 수 있는 것은 아니기 때문이다.

그가 보아온 유만은 책벌레이자, 한 번 본 것을 잊지 않는 탁월한 기억력의 소유자였다. 그러나 행동은 굼벵이가 넙죽 절을 하고 갈 정도이며, 가끔 멍하니 있다가 돌부리에 걸려 넘어지거나 벽에 부딪치는 아이였다.

유석곤은 그 후 까마득히 이 일을 잊고 있다가 악성과 마주한 자리에서 어찌하다 아들들에 관한 이야기를 하던 중에 잠시 분위기를 돋우기 위해 우스갯소리로 지난날 아들과의 대화를 끄집어냈다.

그런데 문제는 거기에서부터 시작되었다. 듣고 있던 악성이 진중히 고개를 끄덕이더니 유만을 한번 보고 싶다는 것이었다.

유석곤은 뻔히 실망만 안겨 드릴 것이라 생각했지만 아들이 악성을 뵈는 것이 수백 수천 권의 책을 읽는 것보다 더 나을 것이라는 생각에 유만을 불렀다.

악성은 유만을 유심히 보고는 과거의 다짐에 대해 물었고, 유만은 여전히 확고부동하게 답했다.

유만이 물러간 뒤 유석곤은 괜히 자신이 민망해져 어르신의 마음을 어지럽힌 것은 아닌지 죄송스럽기 그지없었지만, 청천벽력이 바로 내리쳤다.

"그렇지 않네. 아주 좋아. 내 반드시 칠성사괴 중 한 명을 소개시켜 주도록 하겠네."

"네네, 그렇……!"

그는 악성이 좀 부족하군, 이라고 말할 것을 생각하고 겸손하게 '네네, 그렇지요. 마음 쓰지 마십시오' 라고 말하려 벼르고 있던 터라 생각하던 대로 내뱉다가 입을 쩍 벌리고 말았다.

악성 고이연이라면 가능한 일이었다.

악성 고이연이 머무는 우각산에는 칠성사괴의 표식이 새겨져 있는 것을 그는 알고 있었다.

어느 누구도 악성을 건드리는 날에는 칠성사괴의 보복을 감당해야 한다는 뜻이었다. 정사를 막론하고 그는 지켜져야 할 보물과도 같은 존재였다.

그런 그가 약속을 한 것이다.

악성 고이연은 떠나기 전 다시 찾을 기한을 정하였고, 그때 유만의 사부와 함께 오겠다고 말했다.

그리고 바로 그 기한이 이르렀다.

서갑을 둘러싼 소란스러운 밤이 지난 그날 아침, 악성 고이연이 먼저 유가장에 들어섰다.

염도가 유만을 만난 것은 지금으로부터 이 년이 조금 되지 않은 시점이었다. 그는 당시 무령노괴와 함께 송겸의 감춰진 행적을 찾아 보육원장을 만나고 돌아오던 길이었다.

원하던 정보를 얻지 못한 채 섬서성의 남쪽 임야호를 막 지나칠 무렵, 그는 호숫가에서 책을 읽고 있던 유만과 눈이 마주치게 되었다.

염도는 영혼이 흔들리는 충격에 사로잡혀 그대로 굳어버리고 말았다.

시간이 정지되고 공기마저 순식간에 사라져 버린 듯 텅 빈 충격이었다.

"이호!"

그는 이제 하늘에 있을 애제자의 이름을 자신도 모르게 중얼거렸다.

그러나 그가 원하던 답은 돌아오지 않았다.

"저는 유만이라고 해요."

유만이 빙긋 웃으며 하는 말에 염도는 울컥하며 눈물을 흘릴 뻔했다.

사랑하는 제자, 이호. 천지문에 의해 죽임을 당한 제자가 다시 살아 돌아올 수 없다는 것을 누구보다 잘 알고 있었다. 그러나 유만은 이호가 다시 태어나 자신 앞에 나타난 것만 같았다.

그는 환생 같은 것을 믿지 않았지만 이번만은 믿고 싶었다.

염도는 유만 곁에 앉아 여러 가지를 물어보았다.

집은 어디며, 아버지는 누구시며, 나이는 어떻게 되는지.

유만은 반 박자 느린 호흡으로 천천히 답하였고, 염도는 유만이 열네 살이라는 말을 듣고 의미심장한 눈으로 유만을 바라봤다. 이호가 세상을 떠난 지 14년째를 맞고 있었기 때문이다.

"어쩐지 할아버지는 낯설지가 않네요."

그러면서 유만은 고개를 왼쪽으로 삐딱하게 틀고 손으로 턱을 문질렀다. 그 모습에 염도는 가슴이 철렁 내려앉았다. 그건 이호가 뭔가를 골똘히 생각하거나 할 때 행하던 버릇이었다.

염도는 자신이 칠성사괴 중 독왕노괴임을 말했다.

"너는 무공을 익히지 않은 것 같구나."

"…할아버지를 기다렸어요."

염도가 놀란 표정을 지었다. 그건 비단 기다렸다는 말의 충격도 충격이었지만 한 박자나 느린 대답 때문이었다. 그랬다. 이호가 그랬다. 졸린 눈에 굼뜬 동작, 한 박자 느린 대답.

유만이 웃으며 말을 이었다.

"농담이에요. 하지만 할아버지가 진짜 제 사부님이 된다면 좋겠는걸요."

염도는 그렇게 하고 싶었다. 당장에라도 취망산으로 데려가고 싶었다.

하지만 그럴 수 없었다. 그는 유가장주가 어떤 사람인지 잘 알고 있었다. 그가 두려워서가 아니었다. 단지 정식으로 제자로 받고 싶었기 때문이다.

"너는 두렵지 않느냐?"

"…두렵다뇨? 뭐가요?"

"하하하하하!"

통쾌하게 웃은 염도가 말을 이었다.

"내 제자가 되는 법을 가르쳐 주마. 너는 집에 돌아가거든 기회를 보아 칠성사괴 중 한 명의 제자가 되고 싶다고 말하거라. 그것뿐이다. 그렇게 말하고 나면 시간은 좀 걸리겠으나 얼마 뒤에 우리는 다시 만날 수 있을 것이다."

"정말 그렇게만 말하면 되는 건가요?"

"그래."

그리고 염도는 틈날 때 익히도록 운기법을 알려주었다.

염도는 전혀 무공을 익힌 적이 없는 유만을 위해 큰 틀을 갖추도록 하기 위함이었지만, 훗날 이것으로 인해 약간의 내력을 갖춘 유만이 무영신수 공초를 당혹케 하리라고는 두 사람 다 생각지도 못한 일이었다.

"여유를 가지고 기다리면 다시 만날 수 있을 것이다."

"잊지 않을 거예요."

마치 유만의 말투가 이호가 다시 태어나 염도를 알아보고 하는 말처럼 들려 염도는 잠시 가슴이 뭉클해졌다.

유만과 헤어진 염도는 일단 유가장주 유석곤에 대한 정보를 수집했다.

그리고 얼마 후 그는 악성 고이연을 찾아 우각산으로 향했다.

악성 고이연은 염도의 첫 번째 제자였던 이호와도 면식이 있었고, 그의 죽음에 대해서도 잘 알고 있었기에 흔쾌히 염도의 부탁을 들어주었다.

그는 염도에 대해 제대로 이해하고 있는 몇 안 되는 사람 중 하나였다.

제14장 대사형이라 불러다오

유가장의 식객으로 머물고 있던 고수들에게 지난밤은 참으로 치욕
스러운, 기억하고 싶지 않은 시간이었다.

적을, 그것도 둘째 공자를 인질로 삼은 악랄한 도둑을 피 한 방울 빼
내지 못하고 놓쳤다는 사실에 분통이 터져 밤새 잠을 이룰 수가 없었
다.

게다가 오늘 오전에 유가장에 든 악성 고이연 어르신과 조금 후면
둘째 공자의 스승이 될 칠성사괴 중 한 분이 당도할 시점인지라 더욱
마음은 쓰라리기만 했다.

"대체 어떤 놈이었을까?"

운중일학 황기는 유가장의 대문 앞에 선 채 혼잣말처럼 중얼거렸다.

곁에 선 이들은 태행이걸 오웅과 구장서, 그리고 취목서생 천포곤이

었다.

"흑의수재의 비도가 놓친 것으로 보면 무영신수일 가능성이 높지 않겠나? 게다가 무영신수는 골동품 전문이니까."

취목서생 천포곤의 말이었다.

그러자 태행이걸 중 첫째 오웅이 인상을 찡그렸다.

"아무리 그래도 설마 무영신수가 별 값어치도 안 나가는 서갑을 훔치려고 유가장에 잠입했으려고."

오웅의 말은 설득력이 있었다. 무영신수라는 이름 값과 서갑은 아무리 봐도 어울리지가 않았던 것이다.

"아이쿠, 복잡해. 그냥 지난밤 일은 잊도록 하세. 또 생각하니 짜증이 나고 머리가 아파오는군."

취목서생 천포곤의 말에 어느새 화제는 둘째 공자의 스승이 누가 될 것인가로 옮겨졌다.

"역시 건곤도성이겠지?"

"아니올시다. 신기묘성 쪽이 훨씬 가능성이 높지요."

황기와 오웅이 한마디씩을 주고받자 우르르 달려들어 누구는 건곤도성에, 또 누구는 신기묘성이 될 것이라며 각각 의견을 개진했다.

그들은 악성 고이연이 약속을 하고 간 뒤로 이 이 문제를 가지고 거의 일 년여를 틈날 때마다 이야기 나누었다.

그들이 공통적인 의견 일치를 본 것은 칠성사괴 중 일단 칠성 중 한 명일 것이라는 점이었다. 사괴에 관해서는 그들은 애초에 가능성조차 거론하지 않은 것이다.

그럴 법도 한 것이 장주 유석곤은 늘 언행이 광명정대하여 대협이나 대인의 표본과 같은 인물이었기 때문이다. 그들은 그러한 점을 악성 어르신이 모를 리가 없으니 당연 칠성 중 한 명이 올 것이라고 추호의 의심도 하지 않았다.

그 다음으로 적합한 사람에 대해 논할 때 제일 먼저 탈락한 것은 빙안미성이었다. 아무래도 그녀가 남제자를 거두기는 결코 쉬운 일이 아닐 것이라고 생각했기 때문이다.

남은 칠성 중 다음 탈락자는 무상성승 굉정이었다. 그의 탈락 요인은 아들이 둘뿐인 유가장주가 결코 아들을 불도에 귀의시키는 일은 없을 것으로 보았기 때문이다.

거기까지는 대체적으로 이견이 없었다.

남은 사람은 종횡마걸과 건곤도성, 그리고 신기묘성이었다.

그들 중 흑의수재 선우번은 종횡마걸이 될 것이라고 강력히 주장했다.

"그 까닭은?"

모두가 의외라는 듯 일제히 물었고, 선우번은 논리정연하게 설명했다.

"일단 둘째 공자를 보게들. 빠르게 움직이는 것을 본 사람이 있나? 없지? 바로 그거야. 내가 볼 때 공자는 너무 게을러. 물론 책을 읽는 것으로 따지자면야 누구보다 부지런하다고 할 수 있지. 하지만 무공은 책을 많이 본다고 높아지는 것은 아니잖나. 게다가 늘 졸린 듯 눈을 뜬 것인지 감은 것인지 모르는 얼굴을 보라구. 이보다 더 개방에 어울릴 사람이 또 있을까? 그렇지 않나들?"

선우번의 말은 대번에 좌중을 사로잡았고, 종횡마걸이 틀림없다며 입을 모았다. 하지만 다음날 그러한 이야기를 접한 안방마님 조혜량이 선우번을 불러놓고, 아무리 그래도 그렇지 사람이 그런 악담을 할 수가 있는 것이냐며 호통을 치는 바람에 바로 그날로 종횡마걸은 예상 인물에서 탈락되고 말았다.

그리하여 남은 인물이 건곤도성과 신기묘성이었다. 이 두 사람에 대한 의견은 아주 팽팽히 맞섰고, 결론은 둘 중 누가 되든지 후회할 일은 없을 것이라는 쪽으로 내려졌다.

그들은 우스갯소리로 최악의 인물에 대해서도 이야기를 나누었는데 가장 많은 표를 얻은 것은 독왕노괴였고, 그 다음이 종횡마걸이었다. 종횡마걸은 장주의 부인이 워낙 대노한 까닭이 선정의 이유였다.

이제나저제나 칠성 중 한 명, 그것도 건곤도성과 신기묘성 중 한 명이 유가장을 찾을 것을 생각하며 소담을 나누던 중 운중일학 황기가 저만치 걸어오는 노인과 청년을 가리키며 입을 열었다.

"저기 좀 보게. 독왕노괴야."

그러자 모두의 시선이 쏠렸다.

"어이쿠, 무서워. 이거 어디로든 숨어야겠는걸."

"저 노인장이 독왕노괴면 나는 단천잘세."

"조금 속아주면 안 되나."

독왕노괴라고 말한 황기가 웃음을 터뜨렸다. 솔직히 그는 독왕노괴 염도를 한 번도 본 적이 없었다. 그것은 곁에 있는 이들도 마찬가지였는 데다 결코 독왕노괴가 올 리가 없다고 확신하고 있었기에 황기의 거짓말은 말이 떨어지기 무섭게 탄로가 난 것이었다.

"영감이나 옆에 있는 젊은 녀석이나 어째 상태가 좋아 보이지 않는군."

“영감은 염소수염을 휘날리고 젊은 놈은 건들거리고… 아주 그림이
좋구만.”

“어어, 저기 봐. 영감하고 젊은 녀석이 귀를 후비고 있어.”

“그래도 자기들 이야기를 하고 있는지 아나보군.”

“근데 좀 이상하군.”

“무슨 소린가.”

천포곤이 왼쪽 입술을 삐죽 올리며 말하자 황기가 물었다.

“방향을 봐. 이쪽으로 오고 있는 것 같은데?”

“에이, 설마.”

태행이걸이 손사래를 쳤다.

“아니야. 조금 건들거리긴 해도 이쪽이 분명하다니까.”

“뭐야. 이거 귀찮게. 설마 하루 묵어가자고 그러는 건 아니겠지?”

“그러는 거라면 장주의 성격상 거절하지 못할 텐데…….”

노인과 젊은이는 점점 더 가까이 다가왔고, 그때 안에서 흑의수재
선우번이 껄껄거리며 나왔다.

“뭘 그리 재밌게 이야기들 하시나.”

그러나 순간 선우번의 얼굴에서 웃음기가 싸악 사라져 버렸다.

“헉!”

“이보게. 왜 그래?”

“그야, 그!”

“누구?”

“최악의 인물!”

“어? 서, 설마…….”

"그럴 리가!"

그러나 그들의 소곤거리는 놀람은 곧바로 현실이 되어 나타났다.

너무 놀란 나머지 문 앞을 가로막고 있는 것조차 잊어버린 그들에게 어느새 다다른 송겸이 허리춤에 양손을 얹고는 크게 소리 지른 것이다.

"이것들은 뭐여! 뭔데 감히 나의 사제 집 앞에서 껄떡거리는 것이냐! 어서 꺼지지 못해!"

선우번을 비롯한 모두가 쭈뼛거리면서 양쪽으로 물러나자 송겸이 당당하게 안으로 들어섰고, 염도는 한 명씩 천천히 바라보다가 염소수염을 빠르게 쓰다듬으며 뒤따라 들어갔다.

그동안 숨을 참고 있던 식객들은 빠르게 전음을 교환하느라 난리가 아니었다.

"뭐야! 어떻게 된 거야, 이거!"

"어제오늘 이거 연속 재앙이군. 재앙이야, 재앙."

"저, 양아치가 둘째 공자의 사형이란 말인가."

"이건 말도 안 돼!"

"어떻게든 막아야 하지 않나?"

"무슨 수로 독왕을 막아. 머리가 어떻게 된 거 아냐? 아주 죽고 싶어서 환장했나?"

"그럼 어떻게 하나?"

"장주가 거절해야지."

"장주는 악성 어르신 때문에 거절하지 못할 걸세."

"당사자인 둘째 공자가 거절하면 되겠지."

"맞아! 그런 수가 있었군."

"둘째 공자는 아마 따라가려 하지 않을걸세."

"그래, 틀림없어!"

내전에 마련된 탁자에 장주 내외를 비롯하여 악성 고이연, 독왕노괴 염도, 그리고 송겸이 자리했다.

"천하에 명성이 자자하신 독왕노군님을 직접 뵐 수 있게 되어 그저 영광스러울 따름입니다."

이미 뜰에서 가벼운 인사를 나누긴 했으나, 유석곤은 다시 한 번 정식으로 환영 인사를 건넸다. 그러나 그의 마음까지 환영의 뜻이 담겨 있는 건 결코 아니었다. 그는 내색하지 않았으나 당혹스러움을 금할 수 없었고, 그런 마음은 부인 조혜랑도 마찬가지였다.

솔직히 유 장주 내외는 악성 고이연이 칠성사괴 중 한 분을 유만의 사부로 추천하겠노라 말했던 순간부터 오늘에 이르기까지, 칠성 중 과연 어떤 고인이 내정될 것인가를 두고 행복한 추측을 하며 지냈었다.

두 사람의 추측도 유가장에 머무는 고수들과 다르지 않아 예상 인물 중에 철저히 배제된 이들은 종횡마걸과 독왕노괴였고, 둘 중에 더욱 소외된 인물은 역시 독왕노괴였다.

그저 독왕노괴를 거론할 때면 언제나 손사래를 치며 있을 수 없는 일이라며 웃었고, 차라리 그가 올 바에는 종횡마걸을 따라 거지가 되는 것이 백 번 나을 것이라고 농담을 주고받았다.

그러나 농담은 뻔뻔스럽게도 엄연한 현실로 둔갑하여 눈앞에 당당히 나타났고, 악성의 뜻을 거스르기 힘든 기묘한 역학 관계에 유석곤과 조혜랑은 그저 난감할 따름이었다.

"유 장주의 명성은 내 익히 들은 바이외다. 나는 악성께서 유 장주의 아들인데 괜찮겠느냐고 물었을 때 어떤 망설임도 없었다오. 그건 내가 오직 유 장주의 인품을 철저히 신뢰해 왔기 때문이지요."

염도의 목소리는 전혀 염도스럽지 않았다. 그의 눈은 부드러웠고 어투는 정성과 예의가 듬뿍 담겨 있었다.

이런 그의 태도는 유 장주 내외를 갸우뚱거리게 만들기에 부족함이 없었다. 그들이 알고 있는 독왕노괴는 괴팍하기 짝이 없는 데다, 그 난폭함은 세상 누구도 말릴 수 없어, 사람의 목숨을 파리 목숨 다루듯 하고 그의 독에 절명한 자는 수를 헤아리기 힘들다고 했다.

혹시나 독왕노괴가 두 명인 것이어서 한 명은 사파의 길을 걷고 또 한 명은 정도의 길을 걷는 것은 아닌가 싶을 정도였다.

그런 느낌은 송겸도 마찬가지였다.

송겸은 곰곰이 지난밤을 떠올렸다. 간밤에 분명 천지개벽은 없었다. 버릇없는 도둑놈이 사부에게 걸려 뒈지게 맞고 나체 공연을 하게 된 것을 제외하고는 특별한 일이 없었다.

'그럼 아침 식사에 문제가 있었을까?

송겸은 어쩌면 밥이 위장으로 내려가지 않고 머리로 들어가 버린 것일지도 모른다고 생각했다.

자리에 앉은 사람 중 제대로 사정을 이해하고 있는 건 오직 악성 고이연뿐이었다. 그는 독왕노괴가 우각산으로 찾아와 머리를 숙여 부탁한 것을 떠올렸다. 천하에 독왕노괴가 머리를 숙일 만큼 유만을 얻는 것은 그에게 절실했던 것이다.

과거 독괴의 제자였던 이호 공자의 죽음에 대한 소식을 접하고 안타깝게 생각했던 악성이었기에 그는 결코 우각산을 벗어나지 않는다는 원칙을 깨고 유가장에 이르러 일을 성사시켜 준 것이었다.

독왕노괴의 뜻밖의 겸손에 적지 않게 당황한 유석곤은 잠시 멍해졌으나 다시금 정신을 가다듬고 답례로 겸양의 말을 쏟아냈다.

겸손과 신뢰, 예의가 어우러진 대화가 수차례 오갔고, 그러다 대화의 화살이 문득 송겸을 가리키게 되었다.

"젊은이가 우리 만이의 사형이 될 사람이로군. 앞으로 잘 부탁하겠네."

송겸은 줄곧 이 순간을 기다리고 있었다.

송겸에게 있어 사제를 맞는다는 것은 가족이 생기는 것이나 다름없었다. 지금껏 단 한 번도 피붙이를 접해보지 못한 송겸이었다. 사부가 송겸에게 있어 부모와 같다면, 이제 사제라는 형제가 생기는 셈이었다.

비록 강호행을 통해 추백과 조후라는 아우들을 두었지만 사제라는 입장과는 사뭇 다른 것이라 할 수 있었다.

송겸은 탁자에 앉아 따분해하던 중 드디어 자신이 입을 열 기회가 주어지자, 말아 쥔 주먹을 입에 대고 흠흠, 하는 소리를 내며 입을 열었다.

"아무 염려 마십시오. 비록 사형인 제가 있어 사제가 사파의 진정한 후계자가 되기는 힘들겠지만 사파의 이인자는 충분히 보장해 드리겠습니다. 저는 사제를 위해 최선의 노력을 기울일 것을 약속드립니다."

그 순간 화사하던 분위기는 급격히 얼어붙었다.

염도는 장도리로 뒤통수를 얻어맞은 듯 충격에 휩싸였고, 장주 내외는 경악을 금치 못했다. 자식을 보면 부모를 알 수 있고, 제자를 보면 사부를 알 수 있는 법. 이제껏 옅게나마 호감을 품었던 마음이 싸늘하게 식어버렸다.

그럼에도 불구하고 정작 송겸은 사태의 심각성을 깨닫지 못했다.

송겸은 사부가 자타가 공인하는 사파의 거두인지라 당연히 유가장주가 아들을 제자로 들인다고 생각했을 때는 그러한 점을 충분히 감안했으리라고 보았던 터라 같은 사파 식구들끼리의 공감대를 형성하고자 했던 것이다.

송겸이 눈치없이 말을 이어갔다.

"아마도 처음에는 꽤나 고생을 하게 될 것입니다. 하지만 그건 어디까지나 강해지기 위한 과정일 뿐이죠. 몇 번 칼침을 맞고 뼈가 부러지다 보면……."

거기까지 말하던 송겸은 획, 하니 연도를 바라봤다. 전음이 들려왔기 때문이다.

'이놈아, 닥치지 못해!'

전음이었지만 뭔가 살벌한 기운이 전해져 온 까닭에 송겸은 흠칫하여 말을 정리했다.

"아하하하… 뭐, 그렇다는 것이지요."

어정쩡하게 송겸이 마무리 지었을 때는 이미 공기의 흐름이 어색하고 우중충해지고 말았다.

그러나 그 자리엔 악성 고이연이 있었다.

"하하, 송 공자의 농담은 여전하군. 사람을 즐겁게 할 수 있는 것도 뛰어난 재능이랄 수 있지. 그래서 이 늙은이는 송 공자를 좋아한다네."

악성의 음성은 칠현금으로 부드러운 소리를 내는 것 같아서 이내 어색한 공기를 몰아내며 분위기를 반전시켰다.

　　장주 내외도 악성 고이연이 도리어 칭찬하는 말을 하자 헛갈리기 시작했다. 두 사람은 정원으로 들어서는 송겸을 보고 악성이 진정 반가워하던 모습과 송겸도 존경을 가득 담아 인사를 건네던 걸 상기하고 어쩌면 사형이라는 인간이 말과는 달리 마음은 따뜻한 사람일지도 모르겠다고 생각했다.

　　"악성 어르신의 칭찬에 소인은 몸 둘 바를 모르겠습니다."

　　송겸이 악성을 향해 공손히 말하자, 유석곤은 역시 사파 운운한 것은 우스갯소리였겠거니 하고 애써 불안한 마음을 추슬렀다.

　　유석곤은 조금 어색해진 탓에 마땅한 말이 떠오르지 않자 문간에 서 있던 집사를 향해 유만을 불러오라 명했다. 잠시 뒤 유만이 들어오자 인사를 올리도록 했다.

　　"만아, 인사 올려라. 이분은 칠성사괴 중 독왕노군님이시다."

　　유석곤은 유난히 독왕노군이라는 말에 힘을 실어 말했다.

　　독. 왕. 노. 군.

　　그가 지금 간절히 바라는 바는 아들의 경악이었다. 두려움에 떨며, 얼굴이 창백해지고, 거기에 덧붙여 어린아이처럼 운다면 그보다 더 좋을 수는 없을 것이라고 생각했다.

　　조금 소란스럽긴 해도 사람들은 철없는 녀석의 소동이라 여길 것이고, 그렇게 되면 독왕노괴는 실망하여 없던 일로 하자고 당장 자리에서 일어날 것이다.

　　사실 그가 독왕노괴가 사부로 내정되었다는 것을 미리 알았다면 철저히 유만에게 싫다 말하라고 시켰을 것이다. 하지만 염도가 도착할 때까지도 악성은 그저 웃음만 지을 뿐이어서 그는 염도의 얼굴을 대하고 나서야 그가 독왕노괴라는 것을 알게 되어 어떠한 대비책도 마련해 놓지 못한 상태였다.

'제발 싫다고 이야기하렴! 그게 너를 위하는 길이야.'

"아버님, 좋은 스승님을 모실 수 있게 해주서서 감사합니다."

유 장주의 눈동자 깊은 곳으로부터 믿을 수 없다는 절규가 작렬했다.

'이건 아녀! 이건 아녀! 이놈아, 정신 차려! 독왕노괴라니까. 독왕노군이 아니고 독왕노괴야!'

그건 어머니도 마찬가지여서 그녀는 애타는 눈빛으로 아들을 바라보며 속으로 부르짖었다.

'아들아, 왜 그러니! 이 엄마의 얼굴을 보렴. 그리고 제발 싫다고 말해! 아무 무공도 배울 마음이 없다고 말해!'

유만이 염도를 향해 말을 이었다.

"평소에 흠모하던 어르신을 스승님으로 모시게 되어 이 기쁨을 어떻게 표현해야 좋을지 모르겠습니다. 앞으로 스승님과 사형을 따라 성심성의껏 배움에 임하도록 하겠습니다."

유만은 부모의 속 타는 외침은 아랑곳하지 않고, 언제 이렇게 또박또박 말을 잘할 수 있었나 싶게 정중하게 예를 갖췄다.

장주 내외의 눈에 피곤이 몰려들었다.

'끝났다, 끝났어.'

"그래. 나도 너를 만나게 되어 기쁘구나. 너를 보아하니 자질이 훌륭해 앞으로 대성할 듯싶구나."

염도가 화답하자 악성 고이연이 마무리를 지었다.

"축하하네, 유 장주. 축하드리오, 노군."

“모든 것이 어르신 덕분입니다. 다시 한 번 감사드립니다.”

“좋은 제자를 만나게 해주어 악성께 고마울 따름이오.”

유석곤과 염도가 각기 화답한 후 속으로 동시에 중얼거렸다.

‘이제 진짜 끝났구나.’

중얼거림은 같았으나 그 속의 의미야말로 하늘과 땅의 차이라 할 수 있었다.

그때 송겸은 유만을 빤히 바라보면서 고개를 갸웃했다.

‘본 적이 있어. 어디서 봤지? 이~상하네.’

분명 낯이 익었다. 그것도 본 지 얼마 되지 않은 것 같았다. 이 년 전까지 거슬러 올라가 모든 상황을 떠올리고 삭제하고 또 추적해 보았다. 그러나 도무지 알아낼 수가 없었다.

‘뭐, 비슷한 사람은 많은 법이니까… 엇!’

포기하려는 순간 송겸은 한 사람의 목소리를 떠올렸다.

그제야 송겸은 자신이 유만을 본 것이 아니라 유만에 대해 들었다는 것을 깨달았다.

취망산의 그림자, 유번이 들려준 이야기였다.

“오래전 일이지. 벌써 십육 년 전이로군. 그의 이름은 이호였네. 송 공자 자네만큼이나 특이한 인물이었지. 눈은 당장이라도 감을 듯이 늘 게슴츠레했고 유난히 말이 없었다네. 행동은 굼벵이가 빠르게 느껴질 정도로 느렸지. 첫인상은 도무지 노군과 어울리지 않아 보였어.”

잠시 뒤 유번은 자리에서 일어나면서 혼자 이렇게 중얼거리기도 했었다.

“어쩌면 이호 공자를 다시 보게 될지도 모르지.”

당시 워낙 이야기가 충격적이었기에 송겸은 죽은 사형의 인상을 강하게 인식하게 되었고, 그것이 그대로 유만을 보면서 떠오른 것이었다.

더불어 다시 보게 될지도 모른다는 말을 상기해 볼 때, 이미 유만을 받아들이기로 내정된 상태였다는 것도 깨달을 수 있었다.

‘너무 닮았어. 이거 기막힌 인연인걸. 악성 어르신께서 소개한 녀석이 죽은 사형을 쏙 빼닮았다니……’

송겸은 뭐가 뭔지 정확하게 이해할 수는 없었지만 사부가 집착하는 것에는 틀림없이 죽은 사형의 그림자가 드리워진 까닭이라고 생각했다.

‘아무리 닮았어도 사형은 나야. 암, 그렇구말구.’

전혀 엉뚱하게도 송겸은 혹시나 사형의 지위가 흔들릴까 노심초사했다.

이미 확고부동하게 입장 정리가 끝나자, 유 장주는 앞으로 자신의 아들이 어디에서 어떤 환경에서 생활하게 될 것인지 등에 대해 묻고 싶었다.

조금은 진솔하게 이야기를 하고 싶었던 그는 아들을 보며 말했다.

“만아, 너는 사형을 모시고 장원을 안내해 드리도록 해라.”

“네, 아버님.”

송겸은 타인의 입에서 사형이라는 말을 듣게 되자 천하를 얻은 듯 뿌듯해져 흡족한 미소가 떠올랐다.

“가시죠, 사형.”

“허허허. 그래, 그러자꾸나.”

마치 다 늙은 노인처럼 허허거리며 하는 말에 유 장주 내외는 퀭한 눈으로 송겸을 바라봤다. 아무리 좋게 보려 해도 사형이란 자가 정상인처럼 보이지 않았다.

‘생각했던 것과 달리 독왕노괴는 괜찮아 보이는데 사형이란 녀석이 문제겠는걸.’

밖으로 나온 송겸은 유만이 졸린 듯한 눈으로 무슨 말인가를 하려할 때 빠르게 검지를 입에 대고 입을 다물라는 시늉을 했다.

유만의 졸린 눈이 약간 커졌고, 송겸은 회심의 미소를 지어 보였다.

“따라와.”

송겸이 성큼거리며 대문을 나서자 노복들이 고개를 숙여 보였다. 송겸은 마치 자신이 주인이라도 된 듯이 손을 들어 여유있게 흔들어주고 유만을 데리고 골목으로 접어들었다.

송겸이 외진 골목에 이르러 걸음을 멈추고 돌아보니 유만은 어정쩡하게 멀찍이 걸어오고 있었다.

“굼벵이를 삶아 먹었냐. 빨리 달려오지 못해.”

그래도 유만은 여전히 느린 걸음으로 걸었고, 거의 다 이르러서야 조금 달리는 시늉을 했다.

“이거이거, 아주 형편없구만.”

“…사형, 여기에는 왜 오자고 하셨습니까?”

“음, 일단 명칭부터 정리하도록 하자. 이제부터 나를 부를 때는 대사형이라고 불러라. 알겠지?”

"…아니, 그럼 또 다른 사형이 있는 것이로군요?"

졸린 눈에 빙긋이 웃는 표정이 결코 미워 보이지 않았지만 송겸은 탐탁지 않은 듯 고개를 가로저었다.

"아니, 미리 앞서 가지 마라. 사형은 나 한 사람뿐이다. 가타부타할 것 없이 그냥 대사형이라고 불러야 한다. 알겠지?"

"…네, 사형, 아니, 대사형."

송겸은 몇 마디뿐이었지만 유만과 대화를 나누면서 왜 자꾸 짜증이 나는지 몰랐다. 그러다 문득 그 이유를 알아차렸다. 유만은 대답할 때마다 반 박자나 한 박자 정도 느리게 말하고 있었던 것이다.

"너, 짜증나게 자꾸 느리게 말할래?"

"…잘할게요."

"으아악~ 이걸 그냥 확. 안 되겠다. 정신 교육부터 시작해야겠어. 똑바로 들어라! 너는 아직 잘 모르는 모양인데, 우리는 사파야. 사파인 거 알고 있기나 한 거냐?"

"…그럼요. 후후후."

"이게 감히 누구 앞이라고 쪼개고 지랄이야! 잘 들어! 사파는 아주 냉엄한 삶을 살아갈 수밖에 없다. 우리는 강해져야만 해. 알겠어? 정신적으로든 육체적으로든 강인해져야 한단 말이다!"

"…그렇죠."

또다시 반 박자 느린 대답에 송겸은 울화통이 터질 것 같아 가슴을 두드리며 말했다.

"그래서 지금부터 당장 정신 교육에 들어간다. 자, 내 구령에 따라 행동하는 것이다. 알겠지?"

"……네."

이번에는 거의 한 박자 느린 답에 급기야 송겸의 인내가 폭발하고 말았다. 송겸은 이를 악물고는 짐승처럼 주변을 씩씩거리더니 짱돌 하나를 발견하고 치켜들었다.

그러나 이내 짱돌을 한 번 보더니 이건 아니다 싶은 생각에 내려놓고 바닥에 아무렇게나 버려진 나무 막대기를 집어 들었다.

"너, 자꾸 대답 느리게 할래. 이게 착하디착한 사람 승~질 건드리네. 엎드려라!"

유번은 비록 행동이 느리고 말도 느렸지만 말은 잘 들었다.

"…사형, 살살 때려주세요."

그 말에 송겸은 하마터면 웃음을 터뜨릴 뻔했다. 가까스로 숨을 크게 들이쉬어 웃음을 삼킨 송겸은 몽둥이로 사정없이 엉덩이를 갈겨 버렸다.

팡! 팡! 팡!

"…아, 으, 으으……."

세 대를 내리 갈긴 후, 송겸은 잠시 멍해지고 말았다.

'이 녀석, 이거 병인가?

세상에 새로 출현한 신종 질환일지도 모른다는 생각이 들었다. 그렇지 않고서야 말은 그렇다 쳐도 신음 소리는 제때 나와야 정상이었다. 하지만 진짜 아플 텐데도 불구하고 한 박자 느리게 신음을 뱉은 것이다. 이건 아무리 봐도 중환자였다.

"…아파요."

"좋다. 일어서라."

유만이 느릿하게 일어나 엉덩이를 매만지자 송겸이 다시 험악하게 외쳤다.

"자, 이제 진짜로 훈련에 들어간다! 구령에 따라 행동한다! 알겠나?"

"…네."

'어휴, 이건 일단 포기하자.'

송겸은 속으로 한숨을 내쉬고 명령을 내리기 시작했다.

"앉아! 어, 어, 동작 봐라. 그래 가지고 이 험한 강호에서 살아남을 수 있겠나!"

유만이 엉거주춤 앉았다.

"일어서!"

"앉아!"

"일어서!"

이런 광경은 송겸 딴에는 사람들 몰래 한다고는 했지만 태행이걸을 비롯한 선우번 등에 의해 여실히 관찰되고 있었다. 그들은 대문을 나서는 두 사람을 보고는 어제 도둑 사건도 있고 해서 만약의 사태를 대비해 은밀히 뒤따라온 것이었다.

"이(二)공자가 제대로 걸렸구만."

"근데 저 친구 독왕노괴의 제자 맞나? 어째 전혀 무게감이 없는걸."

"어디 저런 돌아버린 녀석이 독왕노괴의 제자랍시고… 휴우."

"이제껏 한 대도 안 맞고 자란 공자가 오늘 욕보는군."

"저거 좀 말려야 하는 거 아냐?"

"무슨 수로 말려? 부 집사가 그러는데 이미 상황 종료라더군. 확정되었단 말씀이야. 이젠 유가장의 둘째 공자가 아니라 독왕노괴의 둘째 제자란 뜻이지."

"아니야. 다음에 또 이런 일이 생기지 않도록 예방 차원에서 조 부인에게 알려야겠어."

"이보게, 관두래두. 일을 키우지 마."

하지만 황기는 이미 자리를 뜬 상태였다.

송겸의 주문은 점점 더 과격해졌다.

누워, 엎드려, 좌로 굴러, 우로 굴러 등이 끊임없이 이어졌다.

그때마다 유만은 조금 동작이 느리긴 해도 싫은 내색 없이 끙끙거리며 동작을 완수했다. 책벌레인지라 아마 이 년 전만 했더라도 몇 번 하다가 지쳐 쓰러졌을 테지만 염도가 알려준 호흡법을 꾸준히 실행해 온 터라 그나마 버티고 있는 것이었다.

송겸이 어깨에 잔뜩 힘을 주고 신바람을 내며 명령을 내리고 있을 때, 골목 입구에는 어느새 황기의 말을 듣고 사람들이 우르르 몰려온 상태였다.

"좀 더 빨리! 그렇게 해서 살아남을 수 있을 것 같으냐? 오늘도 정파 놈들은 얼마나 열심히 수련하는 줄 알기나 하냔 말이다!"

지켜보는 어머니 조혜량의 눈에서 눈물이 글썽거렸다. 자신은 이제껏 불면 날아갈까 쥐면 터질까 애지중지 키워왔건만, 오늘 처음 만나자마자 사형이랍시고 굴려대니 속이 미어지는 것만 같았다.

유석곤도 조심스럽게 중얼거렸다.

"이거 어쩐지 염려스럽군요."

난처해진 건 염도였다.

"하하, 저 녀석이 평소엔 그렇지 않은데 오늘따라 이상하구려. 그래도 사부가 하는 말은 아주 잘 듣는다오."

염도는 이어 송겸을 향해 외쳤다.

등을 돌리고 있던 송겸이 그제야 뒤돌아보고서 사부와 사람들이 모여 있는 것을 보고 손을 흔들었다. 여전히 상황 파악이 안 된 기고만장한 손짓이었다.

"녀석아, 이제 그만 해두어라."

"아직 훈련 덜 끝났습니다."

"허허."

염도는 자신의 말이 멋지게 씹히자 멋쩍게 주위를 둘러보았다.

그는 허허거리며 다시 채근했다.

"이제 그만 하래두."

"사부님, 가만히 계세요. 초반에 잡아놔야 한다니까요."

송겸의 말에 유 장주 내외의 얼굴은 먹물을 바른 듯 어두워졌다.

"하하하하, 오늘따라 유난을 떠는구려. 염려 마시오들, 평소엔 얌전하니까 말이외다. 하하하하하."

염도의 얼굴엔 웃음이 가득했지만 송겸을 바라보는 눈만은 분노로 이글거렸다.

그날 밤 송겸은 단 한숨도 자지 못했고, 염도의 전음에 따라 앉아, 일어서, 누워, 엎드려, 좌로 굴러, 우로 굴러, 를 밤을 세워가며 따라야 했다.

제15장 사제를 위하여

악성 고이연은 다음날 일찍 길을 나섰다.

하지만 염도는 이틀을 더 머물며 석별의 정을 나누도록 배려했다.

십육 년간 한 번도 아들을 손에서 뗀 적이 없는 장주 내외는 애써 태연한 척하려 했지만 이별의 아픔이 불쑥 솟구칠 때마다 눈물을 막지 못했다.

그러한 모습을 지켜보던 송겸은 부러운 마음을 금할 수 없었다.

그동안 얼마나 사랑을 받으며 자랐는지, 어떤 관심 속에서 커왔는지를 생각하니 괜히 서럽고 우울해지기까지 했다.

천하제일고수 아버지 따윈 필요없었다. 천하의 악적을 물리치는 아버지도 원치 않았다. 그저 언제나 곁에 있어주고, 사랑스런 눈으로 지켜봐 주는 아버지라면 그것으로 만족하겠다 싶었다.

때가 되어 눈물의 환송 속에 염도 일행은 취망산으로 향했다.

송겸은 끝인사에서 사제를 잘 보살펴 주겠노라며 자기만 믿으라고 말했지만, 유가장이 시야에서 사라진 때부터 유만을 들들 볶아대기 시작했다.

너는 이제껏 편안한 길을 걸었으니 어디 고생 좀 해보라는 심보였다. 부러움이 시기와 질투로 변했고, 그것은 다시 폭력과 막말로 나타났다.

사부가 잠시 자리를 비우거나 조금이라도 틈이 보이면 별 시답지도 않은 일로 시비를 걸고 구박했다. 그때마다 뒤통수를 한 대 갈기는 것도 잊지 않음은 물론이었다.

그런 행위가 점점 더 노골적으로 변한 것은 사부에게 그런 광경을 들켰음에도 전혀 보지 못한 듯 신경을 쓰지 않는 것을 확인하고부터였다.

송겸은 그제야 이런 구박은 사형의 당연한 특권인 거구나, 라고 생각했다.

하지만 정작 염도가 송겸의 행패를 내버려 둔 데에는 유가장을 떠나기 전 뒤뜰에서 우두커니 슬픈 표정을 짓고 있는 송겸의 모습을 보았기 때문이다. 그는 성숙노괴를 떠올리며 송겸의 마음을 헤아렸고, 그래서 마음이 풀어질 때까지 그냥 지켜보아야겠다고 생각한 것이다.

하도 맞아 뒤통수가 깎여 나가는 것은 아닐까 싶은 유만은 송겸이 후려쳐도 그것을 당연한 업보인 양 받아들이는 것 같았다. 싫은 기색도 없었고 단 한 번도 왜 때리냐며 대들지도 않았다. 그저 늘 그러던 것처럼 졸린 눈에 씨익 미소만 지을 뿐이었다.

송겸은 유만의 미소는 새로운 반항의 표현이라 여기고 더욱 줄기차게 괴롭혔지만 유만은 변함이 없었다. 도리어 변화는 송겸에게 찾아왔다.

이십여 일이 지날 무렵, 송겸은 차츰 사제가 좋아지기 시작한다는 것을 부인할 수 없게 되고 말았다. 졸린 눈도, 반 박자 느린 말투도, 느릿한 걸음도 이제 적응이 되어 으레 그러려니 싶을 정도로 눈에 걸림이 없었다.

무엇보다 그런 마음이 든 것은 유만이 억지로 웃는다거나 억지로 느리게 행동하는 것이 아니라 진정 순수하고, 또 원래 동작이 느리다는 것을 절실히 깨달았기 때문이다.

그러자 이젠 괜히 미안해지기까지 했다. 자신이야 원래 고아로 자라나 사부를 따른 것이니 이별의 아픔을 겪지 않았지만, 부모의 보호를 받고 자라 이젠 사랑하는 가족들과 헤어진 것에 마음이 아플 텐데도 전혀 내색하지 않고 엄살도 부리지 않는 모습이 대견스러워 보였다.

그래도 곧바로 잘해주기엔 간지러운 구석이 있어 송겸은 차츰 구박하는 빈도수를 줄여갔고 거의 한 달이 되어갈 무렵부터는 이유없이 몰아붙이는 일은 그만두었다.

섬서성의 여산릉(驪山陵)을 지나 구자현(龜滋縣)을 지날 때였다.

"사부님, 이제 슬슬 출출해지는데요."

송겸이 배를 과장되게 주무르며 말하자 염도가 무슨 징그러운 괴물 보는 듯한 눈으로 바라봤다.

"밥 먹은 지가 언젠데 또 배고프다고 타령이냐."

"사부님, 저 빛나는 태양을 보십쇼. 머리 꼭대기에 올라서서 어서 밥 먹으라고 외치는 소리가 정녕 들리지 않는단 말입니까?"

염도는 하도 기가 막혀 허허거리며 하늘을 올려다봤다.

그러고 보니 때가 되긴 했다.

"유만, 너도 배고프냐?"

"…네, 사부님."

"허허, 이놈들이 뱃속에 기생충들을 엄청 길러대고 있는 모양이군. 좋다, 가자."

가까운 객점에 들자, 거의 자리가 보이지 않을 정도로 사람들이 우글거렸다. 다른 곳으로 발길을 돌리려 하자 점소이가 잽싸게 달려나와 굽실거렸다.

"어서 오십시오. 자리는 있습니다. 저기 저 안쪽으로 드시죠."

워낙 사근거리며 밉지 않게 말하는 점소이였기에 염도 일행이 자리에 앉았다. 간단히 음식을 주문하고 기다릴 때 유만이 엉거주춤 자리에서 일어났다.

"…저, 잠깐 볼일 좀 보고 오겠습니다."

"큰 건 아니지? 빨리 갖다 와라."

송겸이 어른스럽게 말하자, 유만이 여기저기 움직이는 사람들 사이를 헤쳐 나갔다. 점심때가 되다 보니 식사를 하러 온 사람과 식사를 마치고 나가는 사람들로 북적거려 유만은 특유의 느린 걸음으로 어설프게 빠져나가고 있었다.

유만이 중간 정도를 지날 때였다. 막 식사를 끝낸 손님이 느닷없이 자리에서 일어나는 바람에 그 사람을 피하려다 그만 중심을 잃어 오른쪽에 앉아 있던 덩치가 큰 장정의 어깨를 짚었다. 그는 막 국물을 들고

마시려던 참이라 하마터면 국물을 쏟을 뻔해 안색을 험하게 일그러뜨
렸다.

"뭐야, 이거. 너, 지금 시비 거는 거냐!"

그 탁자에는 그를 포함해 총 네 사람이 앉아 있었는데, 모두 삼십 대
중반 정도 되어 보였고 단단한 근육질의 팔뚝이 인상적이었다.

"…죄송합니다."

처음 유만을 만나는 사람들은 대개 그렇듯 장정 또한 졸린 눈과 함
께 거의 하루가 지난 뒤에야 죄송하다는 말을 하는 것처럼 느릿한 사
과의 말에 순간 열이 확 받아버렸다.

"이 자식, 이거 잠이 덜 깬 모양이로군. 잠이 오면 집에서 퍼질러 자
기나 할 것이지 왜 쏘다니며 사람을 건드리는 거냐! 국물이 넘쳤으면
어쩔 뻔했어! 옷을 다 버렸을 거 아니냐!"

그는 유만의 멱살을 틀어쥐고 유만의 몸이 살짝 들릴 정도로 치켜들
었다. 거의 고함을 지르고 있었기에 왁자지껄하던 객점 안이 순식간에
쥐 죽은 듯 고요해졌다.

객점 주인은 계산대에서 발을 동동 구르며 점소이들을 향해 입 모양
을 벙긋거리며 어떻게 말려보라고 했지만, 점소이들은 난처한 기색으
로 서 있을 뿐이었다.

그렇기도 한 것이 이들 네 사람은 이 고을을 휘어잡고 있는 겸도사
웅(鎌刀四雄)이었기 때문이다. 겸도는 낫을 가리키는 말이었고, 사웅은
그들 네 사람이 늘 몰려다니는 것을 의미했다. 물론 그들을 두려워 않
는 이들과 뒤에서 속닥거리는 사람들은 겸도사추(鎌刀四醜)라 하여 낫
을 든 네 명의 추한 군상들이라고 비꼬았다.

더 더욱 점소이들의 발걸음을 굳게 한 것은 겸도사추 중 현재 고함을 치는 자가 성정이 흉포하여 광구(狂狗:미친개)라고도 불리는 백구였기 때문이다.

당장에 주먹을 날릴 듯한 기세에 유만이 다시금 애써 머리를 조아렸다.

"…죄송합니다. 근데 지금 이렇게 하시면 안 되거든요."

"안 돼? 하하, 이 녀석 보게. 도대체 뭐가 안 된다는 것이냐?"

"…저기 저쪽에 제 사부님과 사형이 계세요. …두 분 다 화나면 무서우니까 그냥 저를 놔주세요. …다시 한 번 죄송하다는 말씀드립니다."

유만이 살짝 들린 채 손으로 염도와 송겸 쪽을 가리키자 겸도사추는 물론이고 모든 손님들의 시선이 쏠렸다.

미친개 백구는 웃지도 울지도 못하는 표정이 되어 기막히다는 듯 염도와 송겸을 바라봤다. 한 명은 염소마냥 수염을 기른 꾀죄죄한 늙은이였고 젊은 놈은 생양아치로밖에는 보이지 않았던 것이다.

염도는 송겸을 향해 어깨를 으쓱해 보이고는 탁자에 놓인 물을 홀짝거리며 들이켰다. 그건 영락없이 '쟤는 너의 사제가 아니냐? 난 몰라'라고 말하는 것 같았다.

송겸은 그렇지 않아도 유만에게 어느 정도 미안한 마음을 품고 있었던 차라 이번 기회에 뭔가 사형다운 면모를 보여주어야겠다고 생각했다.

"좋게 말할 때 그 손을 내려놔라. 덩치도 큰 놈이 머리에 피도 안 마른 어린애에게 힘을 과시하려 하다니, 한심하기 짝이 없구나."

송겸이 자리에서 벌떡 일어나자 거창한 한마디를 기대했던 사람들은 느닷없이 머리에 피 운운하는 말에, 정말 사형이 맞는지, 정말 같은 편이긴 한 것인지 의아한 시선으로 바라봤다. 심지어 둔한 유만마저도 어째 좀 말이 안 되는 것 같아 멀뚱하니 바라볼 정도였다.

그러나 더 심각한 인물은 백구였다.

"뭐, 내가 머리에 피도 마르지 않았다고? 내 이 자식을 그냥!"

그는 어쩐지 복잡한 말이라 제대로 이해하지 못하고 자신에게 한 말인 줄 알고 소리를 질러댔다.

'허허, 저놈 언어 이해력이 형편없군.'

"너희 네 놈 다 따라와."

송겸이 입을 쩝쩝거리면서 다가가 싸늘하게 외치고 객점 문을 나서자 겸도사추는 서로의 얼굴을 쳐다보았다. 과연 저 웃기지도 않는 놈을 네 사람이 동시에 나가 상대할 가치가 있느냐는 표정들이었다.

"백구, 자네가 처리하고 오라구."

백구는 유만을 내려놓고 씩씩거리며 객점을 나섰다.

어쩐지 싱겁게 끝날 것 같은 예감이 들었지만 그래도 싸움은 싸움인지라 객점 안에 있던 이들이 우르르 구경하러 일어서자 남은 겸도사추 중 장동악이 낫을 들어 탁자를 내리찍으며 싸늘한 말로 가로막았다.

"이봐들, 그냥 조용히 식사나 하고 있어. 시답지 않은 싸움에 무슨 구경이야!"

시퍼렇게 날이 선 낫은 매우 효과적이어서 사람들은 어색하게 자리에 앉아 그저 어떤 처참한 몰골로 젊은이가 돌아오게 될지를 상상으로 그려볼 따름이었다.

그러나 얼마 지나지 않아 사람들은 멀쩡한 몸으로 돌아온 송겸을 바라봐야 했다. 송겸은 팔짱을 낀 채 거만하게 서서 이기죽거렸다.

"내가 네 놈 다 따라오라고 했지? 왜 사람을 왔다 갔다 피곤하게 하는 거냐."

남은 겸도사추는 물론이고 객점에 있는 이들은 모두 놀란 눈이 되고 말았다. 도대체 무슨 수를 썼기에 터럭만큼의 흐트러짐도 없이 나타난 것인지 이해할 수 없다는 표정들이었다.

"이런 건방진 놈! 백구는 어떻게 된 거냐?"

그러나 송겸은 이미 몸을 돌려 나간 후였다.

"저 자식을 그냥!"

겸도사추는 식탁을 뒤엎고 우당탕, 씩씩거리면서 걸음을 옮겼다. 그들은 송겸이 객점 뒤로 꺾어 돌아가는 것을 보고 낫을 허공에 휘저으며 따라갔다. 그들이 막 꺾어 돈 뒤,

"헉!"

"뭐야?"

"백구, 너 어떻게 된 거냐?"

그들이 저마다 경악성을 터뜨린 건 백구의 모습 때문이었다.

백구는 벽 쪽에 바짝 붙어 무릎 꿇고 앉아 있었다.

그뿐인가. 백구의 상태는 참담했다. 눈은 푸르게 푸르게였고, 코에선 피가 줄줄 흘러나오고 있었으며, 낫은 곱게 옆에 놔두고, 두 손은 높이 쳐들어 아주 얌전한 자세로 벌을 서고 있었다. 그야말로 '얌전히'였다.

이건 평소 그들이 알고 있는 백구의 모습이 아니었다. 백구가 보여

준 지금까지의 삶은 무릎 꿇는 것을 잊어버린 사람 같았고, 얌전히 입을 오므리고 있는 건 더 더욱 그답지 않은 것이었다.

몇 번을 더 경악성을 토하며 백구에게 일어나라고 했지만 백구는 그저 고개만 절레절레 저을 뿐이었다.

"이 자식, 도대체 무슨 수작을 부린 거냐! 오늘 너의 뼈를 발라 배고픈 개에게 던져 주고 말겠다!"

장동악은 핏대를 세우며 낫을 쳐들었다.

"하하하, 내 뼈는 개들은 못 먹어. 먹으면 죽어버리거든. 괜히 소란 피우지 말고 네놈들도 백구인지 백견인지 하는 놈 곁에 얌전히 무릎을 꿇고 앉아라."

"이 버릇없는 놈의 자식을!"

장동악이 더 이상 참을 수 없었던지 낫을 쳐들며 달려들었다. 백구가 짧은 시간에 저 지경이 된 것으로 보아 상대가 강하다는 것은 인정하지 않을 수 없었으나 자신들은 셋이었다.

그러나 송겸은 일 년 전의 송겸이 아니었다. 삼 년 전의 송겸은 더더욱 아니었다. 송겸은 잔상보를 시전하며 그대로 밀고 들어가 장동악이 내리꽂는 낫 속으로 파고들었다.

그 움직임은 실로 빠르고 정확해, 왼손으로 낫을 내려치는 팔꿈치를 붙들고 오른손으로는 장동악의 목 맥문을 틀어쥐었다.

"컥!"

장동악은 외마디 비명을 지르며 버둥거렸지만 맥문이 잡힌 까닭에 더 이상 어떤 힘도 쓸 수 없었다. 그의 얼굴이 뻘겋게 달아오르고, 눈은 당장이라도 튀어나올 것처럼 되었으며, 흰자위에 가느다란 실핏줄이 쩌쩌쩍, 거리며 번져 갔다.

"놔라, 이 자식아! 나를 붙들어도 소용없다. 내 동료들이 너를⋯⋯!"

송겸이 고개를 저으며 말을 제지했다.

"누구? 쟤들?"

송겸이 목을 붙든 채 장동악의 몸을 살짝 돌려주었다.

장동악의 시야에 포유와 사칠이 백구 옆에 얌전히 무릎을 꿇고 손을 들고 있는 모습이 들어왔다.

포유와 사칠이 어색하게 말했다.

"우리 여기 있어."

"너, 너희들⋯ 뭐냐⋯⋯."

포유와 사칠이 알아서 찌그러진 것은 백구의 얌전한 모습을 보고 백구가 어떻게 당했을지를 훤히 내다봤기 때문이었다.

백구의 상태는 서로 공방을 오가며 투닥투닥 치고 받은 결과물이 아니라 애초에 시작부터 뒤지게 얻어맞은 것이었다. 그들은 늘 그러했듯 약자에게 강하고 강자에겐 약한 본능을 발동시킨 것뿐이었다.

포유와 사칠은 미안한 마음이 들어, 믿어지지 않는다는 표정으로 바라보는 장동악의 눈을 애써 외면했다.

백구가 우직하게 말하며 장동악에게 염장을 질렀다.

"동악아, 어서 이리 와서 꿇어."

장동악의 얼굴이 처참하게 일그러졌고, 송겸은 손을 떨쳐 백구의 옆자리로 던져 버렸다. 무슨 빨랫감처럼 장동악은 구겨지며 처박혔다.

그러나 장동악은 처박히자마자 곧바로 튕겨 일어나더니, 자세를 바로 하고 곧바로 백구 옆에서 얌전한 고양이가 되었다.

“너희들, 아주 가관이더구나. 네놈들은 정파냐, 사파냐?”

뜬금없는 질문에 겸도사추는 서로 곁눈질로 빠르게 의견을 교환한 후 장동악이 대표로 힘껏 외쳤다.

“저희는 정도를 걸으려 애쓰고 있습니다! 그러나 아직 부족한 것이 많습니다! 많은 가르침 바랍니다!”

“정파였어? 어? 정파였던 거야?”

송겸은 장동악을 시작으로 백구, 포유, 사칠의 머리를 연달아 후려 치며 말했다.

“내가 제일 싫어하는 게 정파다!”

내가, 를 말할 때는 장동악을, 제일은 백구, 싫어하는 게는 포유, 정파다, 를 읊을 때는 사칠의 머리를 후려갈겼다.

그제야 장동악은 답이 틀린 것을 알고 외쳤다.

“저희는 천성이 악해 정도는 도무지 따를 수 없었습니다! 앞으로도 쭈욱~ 사도의 길을 걷겠습니다! 사파의 고수를 보는 것이 저희들의 소원이었으나 오늘 이와 같이 뵙게 되니 안목이 열리는 듯합니다!”

송겸은 장동악 앞에 이르러 머리를 다섯 번이나 갈겨 버렸다.

팍팍팍팍~ 팍~

“너 같은 놈들 때문에 사파가 욕을 먹는 거야! 사파는 악하다는 그릇된 편견을 가지고 있으니 정파 놈들의 조롱을 받는 것이란 말이다. 아까 객점에서 그게 무슨 짓이냐! 이제 젖 뗀 지 얼마 되지도 않은 내 사제가 얼마나 놀랐겠어? 애들에게 눈을 부라려서 뭘 어쩌겠다는 거냔 말이다!”

“앞으로는 사파지만 나름대로 착하게 살겠습니다.”

옆에 있던 백구가 부은 입술을 실룩이며 조심스럽게 내뱉은 말이었다.

"이런 미련한 놈들을 봤나. 무조건 선하고 악밖에는 모르는구만. 사파는 말이다……."

팍~

송겸이 백구의 머리를 후려치며 말을 이었다.

"자유인이다! 어떤 구속도 거부하고 자유롭게 사고하고 자유롭게 행하는 거야. 뭐, 물론 기분이 나쁘면 몇 놈 쥐어 패버릴 수도 있겠지. 하지만 상대가 좀 그럴싸해야지 어린애나 여자들을 괴롭힌 데서야 그게 인간이냔 말이다. 내 말 무슨 뜻인지 알겠어?"

그러면서 또 돌아가면서 한 대씩 후려갈겼다.

"오늘에서야 진정 사파의 길을 알게 해주셔서 감사드립니다! 앞으로는 만만한 놈들은 건드리지 않겠습니다. 어제 할머니 한 분에게 막말을 퍼부었는데 오늘 내로 찾아뵙고 사과드리도록 하겠습니다."

제일 오른쪽에 앉은 사칠이 감격에 겨운 표정으로 하는 말에 장동악과 백구와 포유가 잔뜩 의아함을 품고 쳐다봤다.

'저거, 왜 작문을 하고 난리야.'

'어제는 아침부터 밤까지 마작 하느라고 밖에 나간 적도 없잖아.'

'잘 보이려고 아주 지랄을 하는구나.'

"힘없는 할머니에게 욕을 했다고?"

송겸이 한쪽 눈을 치켜떴다.

"네. 그러나 지금은 크게 후회하고 있습니다."

송겸이 달려들어 발로 밟아버렸다.

"나가 뒤져라, 나가 뒤져."

펵펵! 퍼퍼펵! 펵!

"으아악~"

자근자근 밟은 후 송겸은 이마의 땀을 소매로 훔쳐 내고 진중히 말했다.

"이제 끝으로 너희는 내 사제에게 사과를 해야겠다. 네놈들의 장기가 뭐냐?"

"장기라뇨?"

"잘하는 거 말야. 무슨 재주라도 있을 거 아냐?"

즉시 겸도사추는 고민에 빠졌다. 그들이 잘하는 것이라곤 낫을 휘두르는 것과 욕하는 것, 시비 거는 것 등이었으나 그 말을 꺼냈다간 또 얼마나 맞을지 모르는 일이었다.

그때였다.

"노래를 잘합니다."

백구였다. 곁에 있던 동료들이 의아한 시선으로 쳐다봤다. 그건 마치 '뜬금없이 무슨 노래를 잘한다고 난리야. 너 아직 덜 맞았구나' 정도의 뜻이 담겨 있었다.

백구가 이내 작게 중얼거렸다.

"나 정말 노래 잘해."

'너 죽었다, 시끼야.'

이것이 모두의 한결같은 생각이었다. 더 맞을 데도 없어 보이는 백구의 참담한 미래가 보이는 듯했다.

그러나 송겸은 씨익 미소 지었다.

"노래? 그거 좋네."

"네?"

장동악과 포유, 사칠의 놀람이었다.

"저, 자신있어요."

백구가 꼭 믿어달라는 투로 말했다.

"좋아. 그럼 지금 당장 객점으로 들어가 내 사제를 위로하는 노래를 부르는 거다. 나머지는 뒤에서 춤을 추고. 알겠지?"

겸도사추의 얼굴이 일제히 어두워졌다. 백구도 마찬가지였다.

백구도 뭘 잘하냐고 해서 노래라고 대답한 것뿐이지 그 많은 사람들 앞에서 노래를 하게 될 것이라고는 전혀 생각지 못한 터였다.

"왜 대답이 없냐?"

그때 장동악이 비장한 표정으로 말했다.

"전 못합니다!"

차라리 죽을지언정 춤을 출 수는 없는 일이었다. 방금 전에도 혼자 대들더니 역시 강단이 있는 사내였다.

"못해? 좋아. 그럼 넌 춤추지 마."

장동악의 눈에 희미하게 기쁨이 번졌고, 다른 이들은 부러움에 사로잡혔다. 이럴 줄 알았으면 못하겠다고 말하는 것인데, 지금 말하기엔 늦은 감이 있었다.

"대신, 너는 옷을 벗고 있어. 아까 보니 여자 손님도 꽤 되는 것 같더라."

장동악이 대왕 바퀴벌레보다 더 빨리 기어 송겸의 바짓가랑이를 붙들었다.

"춤출게요. 저 사실 잘 춰요!"

"좋았어! 모두 따라와."

송겸이 멀쩡한 모습으로 객점에 들어섰을 때만 해도 사람들은 놀라기보다는 운이 좋은 것쯤으로 생각했다. 하지만 곧 이어 들어선 겸도사추를 보고는 거의 경악에 이르고야 말았다.

겸도사추는 늑대와 같은 인간들이었다. 그런데 들어서고 있는 겸도사추는 순한 양들이었다.

"늦었구나."

태연히 송겸이 자리에 앉자, 염도가 대수롭지 않게 말했다.

"뭘 좀 준비하느라고요. 저 녀석들이 사제에게 사과하겠다고 해서 좋을 대로 하라고 했죠 뭐."

"사과?"

객점 안의 모든 사람들은 숨소리조차 내지 않고 있었기에 염도와 송겸이 나누는 대화를 듣지 못한 사람은 없었다.

겸도사추가 뒈지게 맞은 것에 이어 사과를 한다는 것에 이르자 모두의 눈이 겸도사추에게 고정되었다.

어느새 유만 앞쪽으로 백구가 나섰고 그 뒤로 세 명이 나란히 자리를 잡았다.

"아까는 죄송했습니다. 아직 머리에 피도 마르지 않은 분을……."

그 말이 떨어지기 무섭게 장동악, 포유, 사칠이 빠르게 백구의 등판을 찔러댔다.

"아니, 아니, 그게 아니고… 덩치가 큰 제가 마음도 크게 가졌어야 했는데 크게 소리를 지르고… 사파로서 걸어가야 할 길을… 그러니까… 자유인이 되어야 하는데… 그러니까 제 말은…… 여러모로 죄송하다는 말씀을 드리는 겁니다. 앞으로는 노약자에게 씨부렁거리거나…… 함부로 하지 않고, 깡다구가 좋거나 힘깨나 쓰는 사람들을 건드리는 데 힘을 다하겠습니다. 믿어주십시오!"

말이 갈팡질팡거려 도대체 무슨 말을 하는 것인지 알아듣기 힘들었지만 사과임에는 틀림이 없어 보였다.

염도는 어이가 없는지 낄낄거렸고, 약간 반응이 늦었지만 유만도 웃지 않을 수 없었다.

"사과의 뜻으로 노래 하나 하겠습니다. 부족하지만 귀를 씻고 들어주십시오."

귀를 씻고, 라는 식의 말을 할 때는 자신이 누군가의 말을 경청하겠다는 뜻으로 사용함에도 불구하고 백구는 아주 공손히 엉뚱한 소리를 해댔다.

백구의 노래가 시작되었다.

그대의 눈동자는 호수와 같군요.
너무나 아름다워 그 속에서 노닐고 싶어라.
사람들은 잠 오는 눈이라고 부르기도 하지만
그것은 모두 겉모습만 보고 판단하는 것.
진실은 다른 곳에 있지요.

백구가 노래를 잘한다고 한 것은 그냥 해본 소리가 아니었다. 그의 목소리나 창법은 수준급이었다. 그는 흔히 사람들이 알고 있는 노래에 살짝 가사를 바꿔 부르고 있는 중이었다.

노래가 시작되자 뒤쪽의 세 명도 사명에 따라 춤을 추었다.

엉덩이를 실룩거리고 손을 살랑거리는 것은 충분히 웃을 만했음에
도 불구하고 너무 충격적인 탓에 객점 안의 모든 사람은 눈을 부릅뜨
고 벌린 입을 다물지 못했다.

"좋아, 좋아."

웃고 있는 건 오로지 세 사람뿐이었다.

염도는 박수를 치며 박자를 맞췄고, 송겸은 고개를 흔들며 흥겨워했다.

유만도 이가 드러날 정도로 웃느라 어쩔 줄을 몰라 했다.

노래는 계속 이어졌다.

눈이 있다고 모든 것을 볼 수 있는 것은 아닙니다.

눈 뜬 소경이라는 말은 괜히 나온 것이 아니죠.

천하의 고인을 몰라보고 함부로 대한 결과

눈은 부어오르고 뼈는 욱신거립니다.

그래도 이제라도 알아보게 되었으니

얼마나 감사한지 모른답니다.

백구의 노래에 따라 춤을 추던 장동악은 이번 일이 끝나는 대로 멀
리, 아주 멀리 떠나야겠다고 생각했고, 포유는 향매에게 함께 떠나자고
해볼 판이었으며, 사칠은 흑룡강 쪽이 딱 좋겠다고 생각했다.

빛이라곤 먼지 알갱이조차 찾기 힘든 어두운 동혈을 따라 육환은 미끄러지듯 나아갔다.

동혈의 중간 철벽이 가로막힌 지점에 이르러 육환이 중얼거렸다.

"열어라."

"존명!"

소리는 있으되 사람의 흔적은 어디에도 없었다. 그저 어둠의 한 부분에서 묵직한 충성이 흘러나왔고, 곧바로 철벽이 스르르 열렸다.

그가 걸음을 옮기자 철벽이 다시금 입을 다물었고, 육환은 소리없이 미끄러져 나갔다. 그때부터 동혈의 좌우로 각각의 감방이 모습을 드러냈다.

감방의 문은 두꺼운 철판이었고 트여진 공간이라곤 아래쪽에 간신히 식탁 그릇을 넣을 정도와 눈 높이에 맞춰 감방 내부를 볼 수 있는 작은 틈만이 전부였다.

육환의 걸음이 멈춰진 건 감방의 마지막 방, 좌우측이 아닌 정면에 위치한 곳에 이르러서였다.

그는 품에서 열쇠를 꺼내 문을 열고 들어갔다.

내부는 창이라곤 없었지만 옅은 빛을 뿜어내는 하나의 야명주가 허덕이며 감방 내부를 비춰주고 있었다.

들어서자마자 무엇이 어떻게 썩었는지 지독한 냄새가 확 풍겨와 육환은 잠시 숨을 멈춰야 했다.

정면에는 벽에 박힌 쇠사슬에 묶인 사내가 거의 시체처럼 늘어져 있었고, 오른쪽 모서리에는 온몸을 웅크리고 죽은 듯 잠들어 있는 한 사내가 있었다.

웅크린 자 곁으로 쥐새끼 세 마리가 발가락을 물어뜯고 있었지만 그는 그것조차 느끼지 못하는 것 같았다.

그것을 바라보는 육환의 눈에 안도감이 번졌다.

자칫 역모가 실패로 돌아갔다면 벽에 걸릴 자가 자신이었을 것을 생각하니 아찔했기 때문이다.

"암흑단주 포승학."

그러나 아무 움직임도 없었다.

"크크크. 그래, 그렇지. 이제 암흑단주가 아니라 이거지? 내가 실수했군. 암흑단주는 바로 나니까 말이야."

그는 잔인한 웃음을 흘린 후 조금 소리를 높여 불렀다.

"일어나라, 포승학!"

여전히 응답이 없었다. 아니, 응답할 기력이 없다고 하는 편이 옳았다.

포승학은 육환이 주도한 역모로 뇌옥에 감금당한 후 비파골이 파괴되고, 심맥을 절단당했으며, 숱한 매질과 고문으로 아직 살아 있다는 것이 신기할 지경이었다.

"그래, 대답하기조차 귀찮아하는 인간을 깨우는 방법이 있지."

육환은 얼마 전까지 소단주였던 포승학의 아들, 포연목의 곁에서 발가락을 물어뜯고 있는 한 마리의 쥐를 잡아 들었다.

그는 포승학에게 다가가 억지로 입을 벌려 쥐를 산 채로 집어넣었다.

입 안에 들어간 쥐가 요동치자 그제야 포승학이 몸을 꿈틀거렸다. 그는 기력이 쇠해 곧바로 쥐를 뱉어내지 못했고, 그사이 놀란 쥐가 할퀴며 요동치는 바람에 입천장과 혀, 입술 등이 피로 범벅이 되고 말았다.

가까스로 입을 벌리자 타액이 가득 묻은 쥐가 튀어나왔고, 숨을 헐떡이며 포승학이 분노의 눈으로 집어삼킬 듯이 육환을 바라보았다.

정녕 보는 것만으로 살인을 할 수 있다면 육환을 천 번쯤은 너끈히 죽여 버렸을 만한 눈빛이었다.

"오호, 그런 눈빛을 보니 그대는 앞으로 백 년은 더 충분히 살겠구려."

요동치는 소리와 조롱 어린 말에 모서리에 구겨져 있던 포연목도 정신을 차렸다. 하지만 그의 눈빛은 살아 있는 사람의 것이 아니었다. 영혼이 빠져나가 그저 생명의 끈만 간신히 부여잡고 있는 듯 보였다.

포연목이 목숨을 부지한 채 아버지 포승학과 한 뇌옥에 갇힌 것은 순전히 음식을 받아 먹여줄 숟가락과 같은 역할 때문이었다.

그로서는 왜인지 알 수 없었지만 아직 살아야 할 이유가 있는 것이겠거니 생각했고, 실낱같은 희망으로 숟가락의 사명을 감당하고 있었다.

"공자도 고생이 많군. 날마다 호의호식하다가 이런 고생을 하니 적응하기 힘들지? 그러나 사람은 여러 가지 일을 해보는 게 중요해. 혹시나, 빠져나갈 수 있을지 말이야. 그때가 되면 지금의 경험은 소중한 것이 될 걸세. 그렇게만 된다면 아마 내게 고맙다고 큰절을 올릴걸. 하하하하! 그때가 되면 어떻게 고마운 인사에 답해야 할지 지금부터 고민이 되는군."

그는 시선을 돌려 포승학에게 말했다.

"포승학, 그대는 내가 왜 그댈 살려두는지 궁금하겠지?"

"무엇이냐?"

포승학이 피를 뚝뚝 흘려가며 희미하게 물었다.

"그래, 궁금할 것이라고 생각해서 온 거다. 사실 내 마음 같아서야 진작 목을 떼놓고 싶었다만, 그대의 처참한 몰골을 보고 싶어하는 사람이 있어서 말이야."

"ㅇㅇㅇㅇㅇㅇㅇ……."

꼭 우는 것 같았지만 그것은 분명 웃음소리였다.

"그가… 그가 네게 무공을 전수한 거냐?"

"역시 과거의 암흑단주는 보통 사람은 아니군. 전수라… 뭐, 그보다 좋은 단어들이 많지만 그 말도 아주 틀렸다고 보긴 힘들지. 그대는 꽤 능력있는 친구를 원수로 두었더군. 그래, 그와 난 거래를 했다. 그리고 지금 그 성과가 눈앞에 펼쳐져 있고. 하하하하!"

"멍청한 놈! 너의 이런 멍청함이 내가 너를 총애하지 않은 이유다. 그가 진정 나를 노린 것이라고 생각하느냐?"

"헛소리 집어쳐라! 네놈은 나를 시기하여 몰아붙였던 것이 아니냐. 게다가 그는 앞으로 나의 충실한 개가 될 것이다!"

"너의 운명도 가련하기 그지없구나. 과거의 안면을 보아 너의 미래를 말해 주마. 조만간 네놈이 그의 충실한 개가 될 게야. ㅇㅇㅇㅇㅇㅇ."

포승학의 웃음소리는 쇠 긁는 소리와 같아 일순간 육환은 모골이 송연해지고 말았다. 그는 더러운 기분을 떨쳐 내려 크게 외쳤다.

"닥쳐라! 곧 죽을 놈이 입은 여전하구나. 그래, 곧 죽여주마. 그러나 간단히 죽도록 하진 않겠다. 제발 죽여달라고 눈물을 보일 때까지 잘근잘근 썰어주마."

육환이 몸을 돌려 뇌옥의 문을 닫고 나올 때에 다시 들리기 시작한 포승학의 웃음소리는 그가 중간 지점의 철벽에 이를 때까지 계속되었다.

"ㅇㅇㅇㅇㅇㅇ… ㅇㅇㅇㅇㅇ……."

육환을 마주한 단천자는 불안한 모습을 감추지 못했다.

그의 동공은 미세하게 흔들렸고, 손은 의자의 팔걸이를 힘없게 움켜쥐어 몸이 덜덜 떨리도록 노력했다.

그러한 모습을 육환은 흐뭇하게 바라보았고, 다시 그 흐뭇한 모습을 단천자도 기쁘게 지켜보았다.

"너의 공로가 적지 않다."

"모든 것이… 단주님의 지혜와 용기로 이루어진 일입니다."

"포승학을 네 손에 맡기는 것은 물론이거니와 내 특별히 네가 원하는 것을 들어주도록 하겠다."

"감당하기 힘든 말씀입니다. 소인은 그저 원한을 갚는 것만으로도 편안히 눈을 감을 수 있게 된 것이 그저 감사할 따름입니다."

"그래? 그 정도였던가. 너는 내게 천금 같은 무공비급을 건네면서도 아직까지 어떤 원한이었는지 구체적으로 이야기하지 않았다. 나는 그 사연을 듣고 싶다."

육환의 눈이 예리하게 빛났다. 작은 허점이라도 놓치지 않겠다는 그의 다짐이 엿보였다.

"십여 년 전 암흑단에 의해 모든 가족을 잃었습니다. 저희 가족이 암흑단의 목표였던 것은 아닙니다. 그저 지나는 길에 거치적거린다는 이유만으로 모두 죽임을 당한 것입니다. 그 뒤로 지금의 복수를 다짐하게 되었습니다."

단천자는 비통함을 애써 참는 듯 보였다.

"그렇군."

육환은 고개를 끄덕이고는 말을 덧붙였다.

"그렇지만 나로선 이해하기 힘들구나. 어찌하여 그 책임을 암흑단주가 져야 한단 말이냐. 암흑단이 아예 사라져야만 너의 복수가 끝이 날 텐데?"

은근한 살기가 피어났다.

단천자는 흠칫 놀라며 급히 머리를 조아렸다.

"제가 생각한 복수는 그게 아니옵니다. 단주님께서 암흑단을 차지한다면 마땅히 그전의 지도층은 제거될 것이라고 보았기에 그것만으로도 충분히 보상받을 수 있다고 생각하였습니다."

"크하하하하! 그것도 일리가 있는 말이다. 하지만……."

육환이 머리를 쑥 내밀고 눈동자를 번들거리며 소곤거렸다.

"나는 너를 믿지 않는다. 사냥개는 토끼 사냥이 끝나면 어떻게 되는지 아느냐?"

그 순간 단천자가 흠칫했다.

"그, 그게 무슨 말씀이신지……."

"크크크, 말대로다. 이놈을 끌어내 가둬라!"

육환의 말이 떨어지기 무섭게 홀연히 다섯 인영이 나타나 단천자를 붙들었다.

"제가 왜……."

"너는 내일 포승학과 함께 처형될 것이다. 네가 죽이고자 하는 암흑단주와 함께 가는 것이니 서운하진 않을 게야."

돌이킬 어떤 여력도 없는 잔인함에 단천자는 항변해 보았지만 아무 소용 없는 짓이었다.

끌려가는 단천자를 보며 육환은 눈을 가늘게 뜨고 어떤 변화를 기다렸다. 그의 의문은 바다와 같은 지혜만 겸비하고 정녕 무공을 모르고 있을까에 대한 것이었다. 그건 뇌옥에 갇힌 포승학의 말이 아니었더라도 그의 마음에 꺼림칙하게 걸리는 부분이었다.

그러나 변화는 일어나지 않았다. 힘없는 늙은이의 요동조차 붙들린 팔로 인해 미약한 꿈틀거림도 힘들어 보였다.

잠시 뒤 수하 한 명이 들어와 보고를 올렸다.

"보고드립니다. 노인은 별 탈 없이 투옥되었습니다."

"특이한 점은?"

"그저 갇히고 난 뒤에도 계속 애원을 할 뿐이었습니다. 그는 죽더라도 암흑단주와 함께 죽을 수는 없다고도 말했습니다."

"되었다. 나가보아라."

수하를 보낸 후 육환이 지그시 눈을 감은 그 순간, 뇌옥에 갇힌 단천자는 회심의 미소를 짓고 있었다.

'네놈은 결코 그물에서 벗어날 수 없다. 너는 욕구에서 자유로울 수 없다. 더 강해지고 싶겠지? 더 높이 오르고 싶겠지? 크크크. 그게 바로 너의 한계다. 하긴 너뿐이겠느냐. 더 강해진다면 영혼까지 팔아치울 놈들이 허다하겠지. 흐흐흐흐.'

다음날.

단천자를 기다리는 건 사형대가 아니라 진수성찬이었다.

"너는 나의 시험을 통과했다."

육환은 화통하게 말했다.

"무슨 말씀이신지……."

"앞으로 내 곁에 있으면서 힘이 되어달라는 뜻이다."

그의 말투는 어제와는 사뭇 달라져 은근하기까지 했다.

"어찌 제가……."

"그대가 적과 맞서 싸운다면 허수아비나 다름없겠지만 싸움은 꼭 손을 써야 하는 건 아니다."

그러면서 육환은 손으로 머리를 가리켰다.

"나는 그대의 머리를 썩이고 싶지 않다."

"보잘것없는 능력이지만 힘을 다하겠습니다."

"하하. 좋아. 술을 받으라."

거나하게 식사를 마친 후 두 사람이 이른 곳은 전 암흑단주 포승학이 갇힌 뇌옥이었다.

철문 앞에서 육환은 단천자에게 단도를 내밀었다.

"이게 필요하겠지?"

단천자는 떨리는 손으로 단도를 받아 들었다.

안으로 들어가자 육환은 단천자의 뒤에서 팔짱을 끼고 살육을 기다렸다.

포승학은 하루가 다르게 쇠약해져 그저 흐릿한 눈을 간신히 뜨고 있을 뿐이었다.

칼을 움켜쥔 단천자의 입이 열렸다.

"일단……."

그 말과 함께 단천자가 돌아섰다.

그 순간 육환의 눈이 부릅떠졌다. 단천자의 눈이 혈광으로 타오르고 온 얼굴에 붉은 광채가 뿜어져 나온 것을 본 것이다.

"…네놈부터 차지해야겠다."

혈광은 짙은 안개와 같이 뿜어져 나오더니 순식간에 육환의 귀와 눈, 코, 그리고 벌려진 입으로 스며들었다.

"으아아아아아악—"

육환은 온몸을 사시나무 떨듯이 떨며 비명을 내질렀다. 그러나 그것

도 잠시, 희미한 붉은 안개마저 스멀거리며 사라지면서 육환의 몸이 잦
아들었다.

지그시 눈을 감았다 뜨며 육환은 통쾌하게 웃었다.

"크하하하하! 편안하구나. 바로 이런 몸을 원했던 거다. 크하하하
하!"

육환은 더 이상 육환이 아니었다. 그의 몸은 단천자의 것이 되었고,
그의 영혼은 몸 안의 가장 은밀한 곳에 단천자에 의해 봉인되었다.

육환의 몸을 얻은 단천자는 비로소 안식처를 찾은 셈이었다. 헌비의
몸이 가시방석에 앉아 있는 것 같았다면 육환의 몸은 완전히 본래 자
신의 몸처럼 느껴졌다.

헌비가 익힌 무공과 그의 정신 수양은 실로 깊고 놀라워 단천자는
그 속에서 헌비를 제압하는 것만으로도 힘겨운 입장이었다. 그 속에서
제대로 육신을 갈고닦을 수는 없는 노릇이었다.

하지만 육환의 몸은 멀고 긴 나그네 생활을 하다 집으로 돌아온 기
분을 안겨주었다. 그가 육환에게 익히라고 건넨 무공은 강한 힘을 부
여하는 한편 그가 편안히 거할 수 있는 터전을 닦아놓음이었다.

육환의 모든 것은 일체의 어색함없이 그대로 흡수되었다.

헌비의 경우엔 정종심법의 영향으로 부작용이 일어나 곧바로 육신
이 노쇠해지면서 기력을 발휘할 수 없었지만, 육환의 몸을 얻은 순간
육환의 모든 힘을 고스란히 이어받을 수 있었다.

"이제 천하는 나의 것이다. 하나씩 하나씩 밟아주마. 크하하하!"

바로 그때였다.

만족스러움에 방심하고 있던 단천자를 향해 헌비의 몸이 폭사했다.

그것은 단천자가 전혀 예상치 못한 상황이었다. 단천자는 헌비가 어떤 힘도 발휘하지 못할 것이라고 생각했지만 그건 칠성 중 한 명인 헌비를 과소평가한 것이었다.

헌비는 한 몸에 공존하는 까닭에 단천자의 의중을 온전히 파악하고 있었다. 그리고 그는 자신이 최후의 일격을 가할 시점이 올 것이라고 믿었고, 그가 몸을 바꿀 순간이야말로 가장 적기임을 염두해 두고 있었다.

마지막 숨결까지 모두 모아 단천자의 심장을 향해 단도를 찔러갔다.

푹!

"읍!"

일격필살의 기세에 단천자가 짧은 신음성을 발하고는 그대로 있는 힘껏 장력을 내질렀다.

퍽!

헌비는 비명도 지르지 못한 채 머리가 터져 죽었다.

하지만 움켜쥔 칼을 놓치지는 않았다.

단천자가 헌비를 밀어 쓰러뜨리고 비틀거리며 뇌옥을 빠져나갔다.

"누구 없느냐? 누구……."

치명적인 상처를 안고 비틀거리던 단천자는 흐릿한 가운데 사람의 목소리를 들을 수 있었다.

"단주님, 정신 차리십시오! 단주님!"

제17장 새로운 수련

취망산의 그림자들은 대대적으로 유만을 환영했다.

그림자들 중엔 이호 공자를 본 사람도 있었고, 전혀 보지 못한 사람도 있었다. 그러나 이호 공자에 관해 모르는 사람은 없었다.

이호 공자가 죽고 난 후, 상심한 독왕노군이 혼잣말처럼 중얼거린 말을 그들은 여전히 기억하고 있었다.

"다시는 이런 아픔을 겪고 싶지 않다."

그런데 뜻밖의 일이 벌어졌다.

가장 절친한 친구였던 성숙노괴의 혈육, 송겸을 찾게 되어 제자로 거둔 것이다. 송겸을 제자로 받기 전의 독왕노군은 표정없는 나날이었다.

봄이 지나 여름이 오고, 또 계절이 바뀌어도 좀처럼 웃는 얼굴을 볼 수 없었다. 어떤 날은 하루 종일 하늘만 올려다보기도 했다. 자연 그림자들의 마음도 늘 무겁게 가라앉을 수밖에 없었다.

그렇게 성숙노괴와 이호 공자를 잃은 후유증은 언제까지나 계속될 것처럼 보였다.

하지만 취망산에 송겸이 온 뒤 모든 것이 달라졌다.

잃어버린 웃음이 돌아왔고, 진정 과거의 독왕노군이 되었다.

그렇기에 그림자들은 한 번도 송겸에게 말하진 않았지만, 모두 송겸을 좋아했다.

그런 그들에게 두 번째 제자에 대한 소식은 가슴 뛰는 기쁨이었다.

어떤 사연, 어떤 경로인지는 중요하지 않았다. 그들에게 중요한 건 독왕노군이 기뻐할 것이라는 것이었다. 다른 건 필요없었다.

그러다 유번이 전달한 소식을 듣고 이내 그림자들은 숙연해지고 말았다.

"모르겠어. 너무 헛갈려. 유만 공자는, 유만 공자는 이호 공자 같더군. 거의 환생한 것만 같았어. 완전히 똑같아."

염도는 가끔 유만을 보러 갔고, 어느 날 염도와 동행하여 다녀온 유번이 전한 말이었다.

그런 유만이 취망산에 왔으니 그림자들이 기쁘게 맞이한 것은 당연한 일이었다.

유만은 그림자들의 환대와 함께 송겸의 인도로 취망산 이곳저곳을 구경했고, 오는 길에 귀가 닳도록 들은 불곰과도 인사를 나눴다.

밤이 되자 유만은 그동안의 피곤이 몰려와 일찍 잠이 들었다.

송겸은 유만이 잠든 것을 확인하고 슬그머니 자리에서 일어났다.

등잔불을 밝힌 후, 누님들에게 부탁하여 얻은 지필묵을 펼쳐 놓고 송겸은 회심의 미소를 지었다.

'흐흐흐. 녀석, 세상모르고 잠에 빠졌구나. 그래, 많이 자둬라. 내일부터는 이 사형이 지옥 훈련을 시켜줄 테니…….'

날이 밝자마자 송겸은 사부의 거처로 달려갔다.

손에는 종이가 한 움큼 쥐어진 상태였다.

"사부님, 아침입니다. 일어나십시오. 어서 일어나세요~"

염도가 문을 열고 뚱한 표정으로 바라봤다. 네놈이 무슨 일로 이렇게 일찍 일어났냐는 말을 하고 싶은 것 같았다.

"제가 어제 거의 잠도 마다하고 유만의 훈련 계획을 완벽하게 세웠습니다."

송겸의 얼굴엔 흥분이 어렸고 목소리는 의기양양했다.

"사부님, 들어보십시오. 그러니까 제일 먼저 할 것은 임기응변술입니다. 아무래도 산 아래 마을은 너무 가까우니 이곳에서 삼 일 길로 정했습니다. 그곳에서 유만이 해야 할 첫 번째 임무는 거지의 밥을 다짜고짜 먹는 겁니다. 생각해 보십쇼, 거지가 어떤 표정을 지을지. 아주 가관이지 않겠습니까? 바로 그 가운데서 유만은 유유히 빠져나와야 성공하는 것이죠. 하하하하! 대단하지 않습니까?"

송겸은 스스로 말해 놓고도 이런 생각을 한 자신이 대견스러운지 껄껄거렸다.

"그 다음에는 나이 지긋한 노인네를 찾는 겁니다. 유만이 이번에 해야 할 일은 뒤로 슬그머니 다가가 똥침을 놓는 것이죠. 그때 제대로 찌르지 않으면 그건 실패입니다. 아주 몸이 껑충 솟을 정도로 찌른 후에 임기응변으로 벗어나야 합니다. 이건 상당히 어려울 것도 같은데, 험한 강호에서 살아남으려면 이 정도는 너끈히 통과해야 되겠죠?"

송겸의 말은 계속 이어져, 도대체 평소 어떤 생각을 하고 살아가는지 궁금할 정도로 엉뚱한 계획들을 사정없이 토해냈다.

"이렇게 임기응변술이 끝나면 말입니다, 다음엔 장삼권이죠. 하하하. 체력이 일단 받쳐 줘야 하잖습니까? 장삼권 전수할 때도 굳이 사부님이 움직이실 필요는 없습니다. 장삼권이야말로 제 생활 습관처럼 몸에 밴 상태니까요. 그렇게 한 일 년 정도 익히다 보면 그땐 어느 정도 틀이 갖춰지겠죠. 사부님은 그동안 산이나 들로 돌아다니시면서 나비나 잡으십시오. 물론 벌은 조심하시구요. 하하하하!"

송겸의 웃음엔 사형이란 뭐 이 정도 수고야 감수해야 하는 자리가 아니겠냐는 뜻이 잔뜩 묻어 있었다. 송겸은 종이의 다음 장을 넘기면서 말을 이어갔다.

"자, 그 다음은… 실전 경험이 필요하겠죠. 저는 작두파와 일전을 치렀습니다만, 이제 그놈들을 다시 써먹긴 힘들겠죠. 그래서……."

송겸의 말은 거기에서 중단되었다. 염도가 가만히 부른 탓이었다.

"제자야, 그렇게 심심하면 아직 이른 시간이니 잠을 더 자든지, 아니면 불곰한테나 가서 놀아라."

쾅!

그 말을 끝으로 염도는 문을 닫아버렸다.

송겸은 닫혀진 문과 손에 들린 계획서를 쾡한 눈으로 번갈아 바라봤다.

휘이잉~

한줄기 바람이 스쳐 지나가며 머릿결이 휘날렸고, 송겸은 축 늘어진 어깨로 자신의 거처로 돌아갔다. 세상의 모든 쓸쓸함을 한데 모아놓은 듯한 뒷모습이었다.

그날부터 송겸은 취망산을 겉도는 신세가 되었다.

유만의 수련은 곧바로 칠독의 투여로부터 시작되었다.

어류 독의 총합인 만해어독(萬海魚毒).

곤충류 독의 총합인 지류승독(支類陞毒).

파충류의 총합인 충음전독(蟲陰傳毒).

육류의 총합인 융지혈독(融地血毒).

식물류의 총합인 절극초독(折極草毒).

암석류의 총합인 골심석독(汨深石毒).

영초, 영약의 부패류의 총합인 모패극독(母悖劇毒).

송겸은 장장 일 년 반이 지나서, 그것도 거리의 독서광이라는 끔찍스런 나날을 통해 투여받았던 칠독이었다.

임기응변술은 물론이고, 장삼권도 유만은 익히지 않았다.

송겸은 이건 형평성에 어긋나는 일이라고 거칠게 항의했지만 씨알도 먹히지 않았다.

물론 송겸은 유만이 의술 요람을 비롯한 의서들을 단 오 일 만에 독파하고 깨우친 놀라운 재능에 대해서는 인정했지만 아무리 그렇더라도 이건 편애였다.

사랑은 내리사랑이라지만 그래도 사제가 너무 편한 길을 걸어가는 것 아니냐고 고래고래 소리쳤다. 그러다 염도가, 사형답게 의젓하게 있으라며 패버린 뒤에야 송겸은 잠잠해졌다.

그때부터 송겸은 늘 불곰과 함께 건들거리며 취망산을 쏘다녔다.

폭포에 가기도 하고, 이웃 산으로 원정을 가서 뭣도 모르고 산행하는 이들을 깜짝 놀래키며 쓸데없이 시간을 보냈다.

계절은 어느새 가을로 접어들어 산은 단풍으로 붉게 물들었고, 송겸은 여전히 주변을 맴돌았다.

눈만 뜨면 불곰과 어울려 다녔고, 처음에는 신기하게 바라보던 단풍도 이젠 지긋지긋해져 산비탈 구르기나 낙엽을 이불 삼아 하루 보내기 등을 하며 지냈다.

그런 가운데 유만은 구체적인 수련에 돌입하고 있었다.

송겸은 그런 광경을 보며 초점없는 눈으로 맥없이 바라보곤 했다.

어느 날인가부터 송겸은 방바닥을 뒹굴면서 벽에 낙서를 하기 시작했다. 그건 유만에 관한 관찰기였다.

어제 녀석은 멍한 눈으로 하늘을 올려다보고 있었다. 무슨 생각을 하느라 그리 골똘한지 내가 다가가는 것도 전혀 깨닫지 못했다.

앞쪽에서 본 녀석은 입을 반쯤 벌리고 침을 질질거리고 있었다. 도대체 언제부터 침을 흘리고 있었는지 이미 바닥은 강을 이룬 상태였다. 분명 여자 생각을 하고 있었을 것이다. 세상은 참으로 넓고 사람은 많은 것이 틀림없다. 어떤 여자인지는 몰라도 골이 비었지. 어떻게 녀석과 사귈 생각을 한단 말인가. 사제가 온통 여자 생각뿐이라는 것을 사부님은 알고 있을까?

오늘 녀석이 심은장을 펼치는 것을 봤다. 처음엔 유만이 아닌 줄 알았다. 평소에는 늘 한 박자 느린 말과 걸음걸이를 보이던 녀석이 어떻게 그렇게 빠른 동작을 보일 수 있단 말인가. 비다가 무공을 펼칠 때는 졸리던 눈은 사라지고 똑바로 뜨고 있었다. 녀석도 한인물 한다는 것을 깨달았다. 물론 나를 능가할 정도는 아니지만 말이다.

녀석은 정말 사형의 환생인 걸까? 유만이 수련하고 있는 모습을 지켜보는 사부의 눈에 가끔 슬픈 기운이 어른거리는 것이 보인다. 사부는 진짜 믿고 있는 것 같다. 그럴 때마다 소름이 돋는다. 내 고운 피부가 놀라 닭살로 변신해 버리는 것이다. 어느 날 갑자기 사부가 노망이라도 나면, 이건 보통 큰일이 아니다. 나를 불러다 이제부터 네가 사제다, 라고 말해 버리면 그보다 낭패가 있을까. 아니야, 그건 말도 안 돼!

가끔 새벽에 깨어날 때가 있다. 그때마다 무섭다. 처음에는 왜 무서운지 몰랐다. 그러다 알게 된 건 녀석이 잠들어 있을 때는 거의 시체처럼 꿈쩍도 하지 않는다는 것이다. 어제도 새벽에 일어나 거의 해가 뜰 때까지 지켜보았는데, 녀석은 발가락 하나 움직이지 않았다. 원래 행동이 느리면 잠잘 때도 움직이지 않는 건가? 알 수 없는 일이다. 어쨌든 문제는 그걸 알고 나서부터는 시체와 함께 잠을 자고 있는 것 같다는 느낌을 지울 수 없다는 것이다. 제길, 오늘 밤도 잠은 다 잔 것 같다. 개집이 아직 남아 있던데 오늘 밤은 개집에서 잘까?

가을이 점점 깊어질 무렵, 염도는 여전히 빈둥대며 시간을 때우는 송겸을 불러 세웠다.

"혼자 두면 찾아서 수련을 할 것이지, 도대체 언제까지 빈둥거릴 생각이냐? 유번 등이 너의 수련을 도울 것이다. 만약 수련 성과가 없다면 식사는 없을 줄 알아라."

"언제는 불곰하고 놀러 다니라면서요."

송겸은 곧 울 것 같은 표정을 지어 최대한 불쌍하게 보이려 했지만 염도는 인정사정없었다.

"닥쳐, 이놈아!"

수련 담당은 그림자들이 돌아가면서 맡았다.

처음 송겸은 취망산의 그림자들로부터 실전 훈련이나 혹은 그들의 무공 중 쓸 만한 것들을 배우는 것으로 생각했다. 하지만 송겸의 예상은 보기 좋게 빗나갔다.

"아저씨, 이거 정말 수련 맞습니까? 도대체 이걸 해서 뭐에 쓰겠다는 겁니까?"

첫날 담당인 유번을 따라 송겸이 이른 곳은 커다란 단풍나무 밑이었다. 수련이란 다름 아닌 떨어지는 낙엽을 땅에 닿기 전에 붙드는 것이었다.

"크크크, 내가 생각해도 참으로 쓸데없는 짓거리인 것만은 확실해 보이는군. 그래도 어쩌겠나. 이걸 하지 않으면 송 공자는 당장 굶어야 할 판인데 말이야."

그래도 뭔가 그럴싸한 답변을 바랐던 송겸이었던지라 유번을 보며 입을 쩝쩝거렸다.

“정말 너무들하시는 거 아닙니까? 사제가 온 뒤로 난 거의 왕따라구요.”

“하긴 그런 면이 없지 않지. 에랏, 그럼 오늘은 그냥 한 것으로 치고 제끼도록 하세.”

“정말입니까?”

“어차피 삼 일간은 내가 담당자니까 내게 그런 자격이 있는 셈이지.”

“하하하하, 이거 오늘따라 굉장히 멋있어 보이는걸요. 나중에 기회가 되면 제가 한턱 쏘겠습니다.”

“좋지. 잊지 않겠네.”

송겸은 오랜만에 기분이 좋았다. 사형다운 대접을 받고 있다고 생각했다.

그러나 송겸은 그날 점심에 염도의 말을 듣고 하마터면 그대로 굳어 석상이 되어버리는 줄 알았다.

“뭐야? 네놈이 수련을 거부해? 이까짓 단풍 따위를 줍느니 잠이나 한숨 더 자는 게 낫겠다고? 넌 내일까지 금식이다!”

“아, 아니, 사부님… 그게 무슨…….”

송겸이 당황하여 사부와 유번을 번갈아 보았다. 유번은 어깨를 으쓱하더니 말했다.

“그러면 안 되지만 제가 오늘 목표의 절반만 하자고 하는데도 송 공자는 막무가내로 성화를 부리지 뭐겠습니까.”

“썩을 놈!”

염도의 반응이었다.

"사, 사부님, 그게 아닙니다. 지금 아저씨가 거짓말을 하고 있다구요. 아저씨가 먼저 오늘 하루는 그냥 제끼자고 말했다니까요. 절 믿지 못하시는 겁니까?"

"이놈아, 지금 누구 앞에서 임기응변술을 사용하려고 하는 거냐. 오늘내일 금식하면서 정신을 새로 가다듬도록 해라. 수련은 내일부터 제대로 해야 함은 물론이고."

"아저씨, 내일 진짜 허튼소리하면 그땐 진짜 저랑 맞짱뜨는 겁니다!"

송겸은 씩씩거리면서 집어삼킬 듯이 유번을 노려봤다.

"나야 뭐 대환영이지."

송겸은 더 이상 여기 있다간 속이 터져 버릴 것 같아 뒤돌아 뛰어갔다.

"으아아아악~"

달려가며 속이 부글거린 송겸이 내지른 소리였다.

어찌나 크게 외치던지 산이 쩌렁거리는 것 같았다.

"노군, 송 공자의 내공이 좀 늘었나 본데요?"

"그렇구나. 근데 저 녀석 어디로 가는 거냐?"

"불곰이겠죠 뭐."

"크크크."

다음날부터 송겸은 단 한 마디 말도 없이 수련에 전념했다.

자꾸 유번이 쉬었다 하라고 해도 들은 척도 하지 않고 단풍잎을 붙드는 데 전력을 기울였다.

낙엽을 잡는 것은 의외로 간단한 일이 아니었다.

잎사귀라는 것이 결이 있고 면이 하늘거리는 데다 산바람을 타니 도대체 어디로 떨어질지 감을 잡기가 쉽지 않았다. 일단 바람의 세기와 방향을 철저히 읽어내야 했고, 순간적으로 신형을 날려야 겨우 성공할 수 있었다.

유번의 감독 아래 계획된 하루 수련의 목표량은 낙엽 오천 개였다.

그러나 그것도 막연히 오천 개가 아니라 일 식경 동안에 천오백 개의 낙엽을 붙들어야 했다. 그 시간에 해당하는 목표를 채우지 못하면 그동안의 것은 무효였다.

송겸은 두 번 정도 실패했지만 그 다음부터는 규정대로 계속 성공했다. 혹시 밥은 꼭 먹어야 한다는 절대적인 동기 때문이 아니냐고 유번이 물었지만, 송겸은 그저 이를 악물고 수련에 열중할 따름이었다. 물론 유번의 추측이 백 번 맞는 이야기였다.

오천 개라는 하루 목표량은 그다지 대단한 것이 아니어서 하루 중 한 시진 정도면 끝낼 수 있었고, 그 외 시간은 자유롭게 사용할 수 있었다.

송겸은 남은 시간은 주로 불곰과 어울려 다니거나 유만의 수련을 구경하기도 하고, 밤을 따거나 산과일을 따며 돌아다녔다.

열흘이 지나자 잎사귀의 종류가 바뀌었다. 이번에는 단풍나무 잎보다 더 작은 잎사귀들이었다. 은행나무나 느티나무 등이 그것이었다.

게다가 하루 목표량은 더 늘어났다.

만 개를 달성해야 했고, 일 식경 안에 채워야 할 숫자는 이천 개로 늘어났다. 송겸은 잎사귀가 바뀌고 분량이 늘어나 이틀 정도 고전했지만 곧 그것도 극복해 냈다.

그림자들은 그들끼리 모여 이야기할 때면 늘 송겸의 수련에 대해 논했는데, 그들은 한결같이 '밥을 조건으로 내건 것은 탁월한 선택이었다' 고 입을 모았다.

수련은 꾸준히 이어졌고, 어느새 가을도 종반을 치달으며 겨울을 맞이할 차비를 갖추고 있었다.

제18장 동면을 준비하는 불곰

송겸과 유만이 수련에 열심을 기울인 그때, 불곰은 동면을 준비하느라 분주히 움직였다.

동면에 필요한 건 총 세 가지였다.

첫째는 먹이를 잔뜩 먹어야 했다. 봄이 되어 깨어날 때까지 든든히 배를 채워놔야 하는 것이다.

둘째는 일광욕을 충분히 해두는 것이었다. 장시간 굴 속에서 잠을 자야 하기 때문에 햇빛을 받아두는 것은 필수였다.

셋째로는 굴 근처 나무들에 이빨 자국을 남겨두는 일이었다. 자기 영역을 표시해 다른 짐승들이 접근하지 못하도록 하는 것이다.

그런 불곰에게 송겸은 거치적거리는 존재로 부상했다.

다른 때는 몰라도 겨울잠을 준비하는 데에는 여간 신경 쓰이는 것이 아니었다.

일광욕을 하는 데는 크게 지장이 없었지만 배를 채우는 데는 약간의 문제가 있었다. 매일매일 부지런히 움직여도 모자란 판에 여기저기 끌고 다니려고 하니 슬슬 짜증이 밀려들었다. 자고로 지금은 닥치는 대로 먹어도 모자랄 시기가 아닌가.

주로 불곰이 먹는 것은, 식물성으로는 즙액이 많은 야생 식물의 뿌리나 어린 싹, 굳은 열매, 산딸기, 머루나 다래와 같은 열매 등이었고, 동물성으로는 노루나 돼지도 먹어치울 식성을 가지고 있었다. 또한 곤충의 번데기나 개미, 연어도 좋은 먹잇감이었다.

송겸이 그런 사정을 알 리 만무했다. 송겸은 눈치도 없이 불곰이 악착같이 먹어대기 시작하자 온갖 말로 불곰에게 시비를 걸었다.

"야, 너 실연당했냐? 왜 그렇게 먹는 것에 집착해. 그런다고 해결되는 건 아무것도 없어. 그럴 때일수록 마음을 모질게 먹어야 하는 거야."

또는,

"니네 조상 중에 고기 못 먹고 죽은 곰 있냐? 갑자기 그 조상 곰이 네게 달라붙은 거야, 뭐야."

이런 말을 불곰이 알아들을 수 있는 것은 아니었지만 느낌으로는 대충 놀리고 있다는 것을 알아차릴 수 있었다. 성질 같아선 한구탱이 날려주고 싶었지만 어찌 된 건지 그전보다 빨라지고 손놀림도 예사롭지 않게 되어 그저 꾹 눌러 참는 수밖에 없었다.

또 어느 날은 굴 근처 나무들에 이빨 자국을 남겨놓는 것을 보고는 박장대소를 하며 웃어댔다.

"푸하하하! 야, 너 이제 나무도 먹으려고 그러는 거냐? 배고프면 나
한테 이야기해. 내가 요즘 수련에 성실히 임해서 밥 걱정은 없거든. 조
금 빼돌려서 너 갖다 줄게."

불곰으로서는 말이라도 할 줄 알면 '뭐 이런 새끼가 다 있냐'는 말
을 하고 싶을 정도였다.

점점 날이 추워지자 불곰은 조바심이 나기 시작했다.

이 철없는 녀석이 한참 겨울잠에 빠져 있을 때 찾아와서 소란이라도
피우는 날은 그야말로 최악의 겨울을 보내게 될 것이기 때문이었다.

시간은 점점 흘러 바야흐로 어설픈 첫눈이 내렸다.

불곰은 동면에 들 준비를 완벽히 끝내놓은 상태였다. 물론 그 준비
에는 송겸의 예외성은 빠져 있어 염려스럽긴 했지만, 아무리 미련한 놈
이라도 잠을 자고 있는 것을 보면 동면에 든 것이라 이해할 것으로 보
았다.

불곰은 애써 근심을 뒤로하고 깊은 잠에 빠져들었다. 내년 봄에 반
갑게 모두와 만날 것이다. 가장 이상적인 것은 눈을 떴을 때 봄의 향기
를 맡는 것이었다.

그러나 불행은 그리 멀리 떨어져 있지 않았고, 근심덩어리는 아무
거리낌도 없이 다가섰다.

오전 시간에 잽싸게 수련 목표를 달성한 송겸은 다른 날과 마찬가지
로 불곰을 찾아갔다.

"이봐, 나 왔어."

아무 대답이 없자 다른 곳을 돌아다니고 있는 것으로 생각한 송겸은
산 이곳저곳을 기웃거리며 불곰을 찾아 나섰다. 늘 함께 다니던 곳에

서도 불곰이 보이지 않자 송겸은 다시금 굴 쪽으로 걸음을 옮겼다.

길이 어긋난 것이라 생각한 것이다.

"오늘따라 왜 이렇게 만나기가 힘든 거냐. 자냐?"

송겸은 어슬렁거리며 불곰의 걷는 모습을 흉내 내며 굴 안으로 들어갔다.

"뭐야? 이거 진짜 자고 있네. 밤에 뭘 했길래 낮에 잠잔다고 난리냐. 어서 일어나. 어서 일어나, 임마."

송겸은 불곰을 마구 흔들어 깨웠다.

깊은 잠에 빠져 있던 불곰은 쉽게 눈을 뜨지 않았다. 아니, 사실은 깨긴 했다. 그러나 동면에 들었다는 것을 알려주고 싶었다. 깨워도 깨워도 일어나지 않으면 그제야 '아하' 하고 깨달을 것이라 생각한 것이다.

그러나 그것은 송겸을 지극히 과대평가한 것에 불과했다.

"하하, 이 녀석. 일어나지 않겠다 이거지?"

송겸은 불곰의 겨드랑이에 손을 넣고 마구 간질였다. 불곰도 아픈 것도 알고 가려운 것도 안다. 속이 부글거렸다. 몸을 꿈틀거리고 싶어 미칠 지경이었지만 그래도 참을 수 있는 데까지 참아볼 참이었다.

다행히 간질임을 멈췄다. 그러나 아직 끝난 건 아니었다.

"흐흐흐, 내가 잠을 깨우는 데는 또 일가견이 있지."

송겸은 겨드랑이의 털을 움켜쥐고 뽑아버렸다.

크억~

불곰은 포효하며 자리에서 벌떡 일어났다. 설마 터럭을 뽑아버리리라고는 생각지 못한 터라 분노가 활화산처럼 타올랐다.

송겸은 마구 앞발을 흔드는 불곰을 피하며 달아났다.

"하하, 고놈 쌤통이다. 잡을 수 있으면 한번 잡아봐라."

불곰은 미친 듯이 달려갔지만 송겸을 추격하는 건 무리였다.

송겸은 최근 수련을 통해 경공이 가일층 발전하여 어느 순간 시야에서 사라져 버린 것이다.

크어억!

불곰은 하늘을 향해 포효하고는 씩씩거리면서 굴로 돌아갔다.

이건 보통 문제가 아니었다. 어쩌면 이번 겨울에는 아예 동면을 못 하게 될지도 모른다는 거대한 불안의 그림자가 느껴졌다. 생각만으로도 아찔했다.

다음날.

하루가 지났다고 송겸이 갑자기 철이 든 것은 아니었기에 여지없이 찾아왔다.

다시금 꿋꿋이 잠을 청하려는 불곰과 잠을 깨우려는 송겸 간에 한바탕 전쟁이 벌어졌고 이번에도 송겸의 승리로 끝났다.

불곰은 머리가 어질거리고 미칠 것만 같았다. 성질 같아서는 이번 기회에 취망산을 떠나 다른 서식지를 찾는 것까지도 고려해야 할 지경이었다.

동면 시도 삼 일째.

이날 불곰은 아예 잠자는 것을 포기하고 굴 앞에서 기다렸다.

오늘 불곰의 각오는 남달랐다. 뭔가 수를 써야만 했다. 억지로 잠을 깨우면 좋아할 사람이 없는 것처럼 짐승들도 마찬가지다. 그러나 현재 불곰의 상태는 일반적인 잠이 아니라 동면이었다. 이건 사느냐 죽느냐에 관한 문제였다.

송겸은 어김없이 수련을 끝내고 불곰에게로 걸음을 옮겼다.

멀리서 불곰이 굴 앞에 서 있는 것을 본 송겸이 반가운 마음에 한달음에 달려갔다.

"오호, 오늘은 정신을 차린 거로구나. 그래, 이래야 정상이지. 잠은 밤에 자야지 낮에 자는 건 밤을 업신여기는 거라니까. 하하하하."

송겸은 곰의 어깨를 두드리고는 이어 말했다.

"자, 한 바퀴 돌자."

송겸이 촐랑거리며 앞서 나가자 불곰이 그 뒤를 묵직하게 뒤따랐다.

송겸은 연신 겨울은 별로라는 둥, 수련이 점점 싱거워지고 있다는 등의 소리를 지껄였다.

그때 만약 송겸이 뒤따르는 불곰을 돌아보았다면 불곰이 얼마나 무서운 표정을 지을 수 있는 것인가를 확인할 수 있었을 테지만, 송겸은 그저 태평스럽게 떠들고 있을 따름이었다.

"이제 슬슬 눈이 오겠지? 야, 눈이 쌓이면 비탈길에서 신나게 미끄러져 보자. 그거 신나겠는걸."

바로 그 순간이었다.

크어억~

불곰의 포효가 어쩐지 대답치고는 너무 우렁차다는 생각에 막 고개를 돌리려던 송겸은 고개를 돌리지도 못하고 그대로 불곰의 앞발에 뒤통수를 강타당하고 고꾸라졌다.

혼신의 일격이라 불러도 손색이 없는 결정타였다.

거의 살인적인 공격에 송겸은 그대로 정신을 잃어버렸다. 송겸이 맥없이 당한 데는 설마 불곰이 공격하리라고는 생각지 않았기 때문이다.

충격은 간단치 않았다.

불곰은 쓰러진 송겸을 내려다보며 크억~ 하고 다시 한 번 포효한 후 유유히 굴 쪽으로 돌아섰다.

어쩌면 내일 또 찾아올지도 몰랐다. 그때는 아예 취망산을 떠날 참이었다.

송겸이 정신을 차린 것은 저녁 식사 때가 되어도 송겸이 나타나지 않자, 유번과 채상요, 그리고 유만이 찾아 나선 뒤 발견되어 유번이 흔들어 깨운 뒤였다.

"송 공자, 정신 차리게!"

"사형, 어떻게 된 건가요?"

유번과 채상요의 얼굴엔 한줄기 긴장이 어려 있었다. 그럴 리는 없겠지만 침입자가 있고, 그에게 송겸이 당한 것이라면 그건 그림자들로서는 용납하기 힘든 일이었다.

송겸은 양손으로 머리를 싸매 쥐고 낑낑거리며 일어섰다.

"으윽… 불곰… 이 자식이… 감히……."

그제야 유번 등은 마음을 놓았다. 불곰이 한 짓이라면 뭐, 백 번 맞아 쓰러져도 크게 문제될 건 없었다.

"사형, 불곰이 왜 사형을 때렸죠?"

"내가 그걸 어떻게 알겠냐, 이놈아!"

유번과 채상요도 턱을 어루만지면서 고개를 갸웃거렸다.

불곰이 때릴 수도 있는 일이지만, 이미 불곰과 송겸은 거의 단짝이라고 봐도 좋을 정도였다.

그때 채상요가 갑자기 웃음을 터뜨렸다.

“하하하하! 그런 것이었어. 이거 진짜 황당하군.”

“뭔데?”

“뭐, 짚이는 것이라도 있으세요?”

유번과 송겸이 묻자 채상요는 한참을 더 웃은 다음에 입을 열었다.

“불곰은 겨울잠을 자고 싶었던 게야. 이때쯤이면 불곰은 동면에 드는 것이 정상이거든. 아마 그전에 그런 징후가 보였을 텐데. 송 공자, 혹시 불곰이 식성 좋게 마구 먹어치우지 않던가? 그리고 굴 근처 나무에 이빨 자국을 남겨놓는다든지 말이야.”

“그러고 보니 그랬던 것 같네요.”

“크크크, 그런데도 전혀 눈치를 못 챈 거로군.”

유번도 어이가 없다는 듯 껄껄거렸다.

“푸하하하! 불곰이 아주 열받았던 모양이야.”

한바탕 웃음바다가 되자, 송겸은 입술을 깨물 뿐 아무 말도 할 수가 없었다. 그런 것이었다면 불곰을 추궁할 수도 없는 노릇이었다.

“…하하하… 재밌네요.”

유만이었다. 유만의 웃음은 채상요와 유번이 웃음을 거의 끝낼 때쯤 시작되어 모두는 유만을 멀거니 바라봤다. 정말 반응이 늦어도 이렇게 늦을 수 있나는 표정들이었다.

불곰이 편안히 동면에 들고 겨울에 진입하자 송겸의 수련 방법은 새롭게 변했다. 이제 더 이상 낙엽을 붙드는 일을 할 수 없게 되어 수련도 끝인가 싶었지만, 송겸을 기다리는 건 더욱 황당한 수련이었다.

“이거 정말 수련 맞습니까?”

새로운 수련법은 하늘에서 내리는 눈을 움켜쥐는 것이었다. 낙엽을 잡는 것과는 완전히 차원이 달랐다.

하늘거리는 눈송이는 손을 번개같이 날린다고 잡히는 것이 아니었다. 조금이라도 바람을 일으키면 눈송이는 살며시 좌우로 빠져나가 버리기 때문에 흔적도 없이 접근해 살며시 받아 쥐어야 했다.

하지만 안타깝게도 송겸은 그렇게 할 수가 없었다. 그 방법으로는 일 식경 동안 삼천 개의 눈송이를 낚아채는 건 불가능이었기 때문이다.

더욱 송겸을 난감하게 한 것은 눈이 오지 않는 날이었다. 눈이 오지 않는 날은 더욱 힘든 수련이 기다리고 있었다.

담당하는 그림자들이 나무 위로 올라가 종이를 잘게 찢어 눈가루처럼 뿌렸고, 그것을 잡아야 했다. 밥이 걸려 있지 않았다면 진작 포기했을 송겸이었다. 그렇다. 중요한 건 밥이었다.

송겸에겐 그 어느 때보다 힘든 겨울이었다.

그러나……

그러나 송겸은 봄이 되면 상상조차 하기 힘든 선물이 자신을 기다리고 있다는 것에 대해선 전혀 짐작하지 못했다.

〈제4권 끝〉

후기(집중력 향상 도전사)

집중력!

글 쓰기에 있어 이보다 더 소중한 것이 있을까.

아무리 많은 시간 자리에 앉아 있어도 산만한 정신에 웹 서핑으로 시간을 다 소모한다면 이보다 한심한 일도 없을 것이다.

글에 집중을 못하면 대신 독서에 푹 빠진다거나 체력 단련이라도 하면 좋으련만, 대부분은 영양가없이 세월을 흘려보내니 안타깝기 그지없다.

그러던 어느 날 나는 대발견을 하고 만다.

그 순간 미대륙을 발견했던 콜롬버스는 나를 시기심 가득한 눈으로 노려봤다. 물론 나야 본 체도 하지 않았지만. ㅡ_ㅡ

그건 바로 적절한 운동! 건강한 육체에 건강한 정신이 깃든다는 바로 그 간단하지만 위대한 발견을 하게 되고 만 것이다.

이 자리를 빌어, 그동안 내가 걸어온 집중력 향상의 길을 정리해 볼까 한다.

첫 번째 시도는 운동과는 거리가 멀었다.

운동이 답이고, 운동을 해야 한다는 필요성도 절실했지만 스멀스멀 대뇌를 점령한 귀차니즘으로 인해 일단은 과학적인 시도를 하기로 마음먹었다.

엠씨스퀘어!

웹 서핑 중 문득 내 마음을 사로잡아 버린 엠씨는 집중력과 창조력에 탁월하다는 광고 문구로 내게 다가왔다.

그때부터 글은 안 쓰고, 어떻게 하면 최저가로 엠씨를 구입할 수 있을까를 알아보기 위해 수많은 시간을 허비했다.

그리고 얼마 뒤 엠씨스퀘어는 내 손에 들어왔다.

그날의 감동과 떨림이란 말로 형용하기 힘들었다. 이제 드디어 엠씨가 내게 왔고, 집중력은 곧 나의 전부가 될 것이라는 생각에 잠잘 때도 같이 누워 이불을 덮어줬다.

나는 엠씨스퀘어를 사랑스런 손길로 가동했고, 엠씨스퀘어는 역시 적절하게 내게 사랑의 언어를 들려주었다.

뚜뚜뚜뚜뚜뚜…….

도대체 뭐라고 하는지는 알 수 없었지만 설명대로라면 이것은 집중력의 세계로 인도하는 신비한 우주의 음향이었다.

그로부터 정확히 열흘 뒤.

엠씨는 더 이상 내가 덮는 이불을 덮을 수 없었다. ―_―

신비한 음향인 '뚜뚜뚜' 도 사라졌고, 책상 서랍의 한 귀퉁이에 외롭고 쓸쓸하게 방치되었다.

엠씨스퀘어는 자신이 그렇게 된 이유를 잘 알고 있었다.

그리고 아무도 없는 밤 조용히 중얼거렸다.

'저 인간, 정말 어이없는 인간이다. 집중력을 높이겠다고 나를 들여놓고서… 엠씨를 듣는 것에 집중을 못하다니……. 저게 사람이냐?

엠씨는 그러한 불만을 조용히 토로했으나 내게 발각되어 결국 옥션으로 떠났다. ―_―

아마 지금쯤 또 누군가의 손에서 이탈하여 쓸쓸히 헤매고 있으리라.

엠씨스퀘어의 실패를 돌아보면서 나는 역시 뚝배기보다 장맛, 아, 이건 아니군, 과학에 의지하기보다는 실제로 몸을 움직여 혈액 순환을 돕고 뇌 활동을 원활하게 하기 위해 운동을 하는 것이 낫겠다고 다짐하게 되었다.

두 번째 도전, 헬스!

엠씨가 옥션으로 쓸쓸히 떠난 뒤 나는 보무도 당당히 헬스장으로 향했다.

부천역 앞에 있는 모모 스포렉스.

나는 큰 각오를 다진 상태였기에 장장 6개월짜리를 초기에 등록했다. 물론 거기에는 스쿼시를 할 수 있음과 6개월을 끊을 시 주어지는 할인 혜택이 크다는 점도 크게 작용했지만 어쨌든 마음가짐은 그와 같이 대단한 것이었다.

물론 헬스 등록비 중 일부는 엠씨의 희생으로 얻어낸 것이기도 했다. 엠씨를 위해서라도 나는 헬스에 최선을 다해야 할 필요가 있었다.

헬스에 나가는 시간은 주로 오전 시간대였다.

퇴근 후 몰려드는 득실거리는 사람들 사이에서 헬스를 할 생각은 전혀 없었다. 게다가 세상이 검게 변하기 시작하면 글발이 살짝 쿵 오르기 때문이기도 했다.

헬스장은 나에게 아낌없는 격려를 보내며 반겨주었다. 하지만 헬스장 안에 있는 사람들이 나를 반겨준 건 아니었다.

이미 3권 후기에서 폐인의 길을 선보였던 대로 나는 허름한 옷차림에 개념없는 머리 스타일로 왕래하였기에 강사들과 다른 회원들은 심각한 표정으로 나를 바라보곤 했다.

러닝머신에 올라 달리는 중에 몇몇 아주머니들이 소곤거리는 소리가 들렸지만 나는 전혀 개의치 않았다. 쑥스러워하기엔 이미 나의 폐인신공과 철면피신공이 극성에 이르렀기 때문이다.

"헬스장 물이 갑자기 흐려지는군."

"다른 곳으로 옮겨야 할까 봐."

"한 이틀 나오다 말겠지 뭐."

그러나 나는 모두의 희망과 예상을 깨고 보름을 넘게 꾸준히 헬스장을 이용했다. 오전 시간을 이용하던 회원들은 하나둘 모습을 감추기 시작했고, 헬스장은 점점 나만의 전용 공간이 되어갔다.

마치 버스를 탔는데 손님은 오직 나 한 사람뿐이어서 갑자기 버스비만 내고 택시를 탄 것만 같은 느낌과 비슷한 것이었다.

그러던 어느 날이었다. 헬스장의 총책임을 맡고 있던 분이 가만히 나를 불렀다. 그는 사무실로 내가 들어서자 문을 잠갔다.

불안이 스멀거리며 피어났다. 그의 우람한 근육으로 헤드락을 걸어오면 곧바로 정형외과를 알아봐야 할 것 같았기 때문이다.

그러나 그는 헤드락 대신 무릎을 꿇었다. 어이없는 일이었다. 그는 나의 바짓가랑이도 붙들었다.

"살려주십시오."

심지어 그는 눈물까지 글썽거렸다.

"왜, 왜 그러십니까? 어디 아프십니까? 그럼 어서 119를……."

"부탁드립니다. 제발 다른 곳으로 옮겨주십시오. 돈은 모두 돌려 드리겠습니다."

나는 한순간 풀이 죽었다.

"제가… 그 정도까지였나요……."

나는 그의 간절한 소망을 외면하기 힘들었다. 왜냐면 난 의외로 착하기 때문. ─_─

"염려 마십시오. 뜻대로 하겠습니다. 힘내십시오. 아직 세상엔 희망이 가득합니다."

총책임자는 자리에서 일어났고, 그의 눈에는 감동으로 별빛이─거 있잖은가. 만화에서 흔히 나오는─찰랑였다. 그가 손을 내밀어 악수를 청했고, 악수를 한 순간 사무실 안에는 무지개가 찬란히 피어났다.

다음날.

나는 그 어느 때보다 일찍 헬스장으로 향했다.

"반갑습니다. 여러분~"

그 후 삼 일 뒤.

총책임자의 얼굴을 더 이상 볼 수 없게 되었다. ─_─;;;

새로운 책임자는 얇은 입술에 강단이 있어 보이는 얼굴이었다.

그는 내게 부탁을 하거나 눈물을 흘리는 일을 하진 않았다.

대신 고강도의 정책을 펼쳐 내기 시작했다.

이미 충분한 사전 지시가 있었던 듯 러닝머신 후에 배우게 되는 스쿼시에서 강사들은 나를 거칠게 대했다.

"자, 뛰어요."

"어허, 그렇게 하시면 곤란하죠."

"정말 하려는 마음이 있기나 하는 겁니까?"

"아, 정말 미치겠네."

"내일은 하루 쉬세요."

나는 온갖 조롱과 멸시를 받으면서도 꿋꿋이 인내했다. 그들은 여자 회원과 나를 엄격히 차별하는 것으로 나를 내보내려 애썼다.

비록 내가 마이클 조단보다는 운동 신경이 떨어지는 것은 사실이지만 여자 회원들보다는 월등하다고 할 수 있음에도 강사들은 여자 회원들에겐 세상의 모든 친절을 트럭으로 싣고 와 그들에게 부어주는 일을 서슴지 않았다.

"하하하, 처음엔 다 그렇죠."

"이거, 이거, 놀랍군요. 그 어려운 것을 받아내시다니요."

"세상에나 이런 운동 신경은 마돈나 이후로 처음 봅니다."

(왜 운동 신경에 마돈나인지는 알 수 없다. 춤 때문이라면 할 말 없지만.)

"얼굴만큼이나 스쿼시 폼도 아름다우시군요."

"내일도 오실 거죠?"

그러나 나를 대하는 말투는 사뭇 달랐다.

"허허, 그런 공조차 받지 못하면 곤란한데요."

"지금 스쿼시를 하겠다는 겁니까? 아니면 이승엽을 따라잡겠다는 겁니까?"

"노노, 그런 자세가 아니라고 몇 번이나 얘기해 드렸잖습니까?"

"오늘은 여기까지 하죠."

이렇듯 확 티나는 대우에도 불구하고 나는 데모라도 하듯 스쿼시 이후에는 웨이트 트레이닝 장치들을 순례하며 근육 강화에 나섰다.

언젠가 한번은 벤치에 누워 역기를 들어보려 할 때였다.

그전에 괴물이라도 다녀갔는지 100킬로그램을 넘는 무게추가 달려 있었다. 나는 평소대로 20킬로그램으로 맞추려고 했으나 그때 문득 묘령의 아가씨가 우측에서 웨이트를 하고 있는 것이 보였다.

"허허, 이거 너무 가볍구만."

나는 역기의 양쪽에 무게추를 천천히 올리기 시작했다. 120킬로그램, 150킬로그램, 200킬로그램으로 이어졌지만 나는 불만족스러웠다. 급기야 250킬로그램까지 올려놓았을 때 묘령의 아가씨가 헬스를 마치고 탈의실로 들어갔을 때에야 나는 길게 한숨을 내쉴 수 있었다.

어느샌가 다가온 강사는 나를 뚫어지게 쳐다보며 말했다.

"이거 다시 원래대로 해놓으실 거죠?"

"아하하. 그럼요. ^^;;"

나의 의지는 그 어느 때보다 굳건해 드디어 한 달을 맞이하게 되었다. 그렇다. 나는 의지의 한국인인 것이다. 그러나 그로부터 삼 일 뒤 의지의 한국인은 그만 숨을 거두고 말았다. —_—;;

누구의 만류도 없었지만 갑자기 헬스장 가는 게 귀찮아졌다.

결정적인 역할은 일시 정지 기능이었다. 부득이한 사정으로 헬스를 할 수 없을 때는 기간을 정지시켜 놓아 남은 분량을 나중에 다시 쓸 수 있는 것.

그렇게 나는 매달 전화를 걸어 연기를 거듭했고, 그렇게 6개월을 넘게 끌었다. —_—

그 와중에 가끔씩 다시 나가기도 했으나 나중에 다시 확인할 때에는 장장 4개월가량이 남은 상태였다.

그리고 4개월의 헬스는 청어람 출판사 직원 한 분에게 거의 반값에 넘기게 되었고, 나중에 들은 이야기지만 그분은 삼 일 정도 나가고 다 날려 버렸다고—어이없게도 이때부터는 보류 제도가 사라져서 그분은 허무하게 무너짐—했다. 이 자리를 빌어 그분께는 안타까움을 표하는 바이다. —_—

헬스를 양도하여 남은 돈은 다시금 집중력을 위해 인라인으로 투자되었다. 인라인을 하게 된 동기는 어느 날 부천경기장에 들렀을 때 60세는 족히 넘겼을 할아버지 한 분이 멋진 폼으로 트랙을 도는 것을 보고 나서였다.

그건 실로 충격 그 자체였다. 게다가 벤치에 앉아 있던 할머니는 엄지를 치켜세우며, '한 바퀴 더!'를 외치고 있었다.

나는 즉시 k2파워 뭐시기를 구입하고, 그 다음날부터 인라인을 타기 시작했다.

처음 부천경기장에 인라인을 들고 간 날, 웹상에서 읽었던 게시물 하나를 떠올렸다.

─초보들은 염려 마십시오. 아무라도 붙잡고 물어보면 친절하게 가르쳐 줄 것입니다.

나는 내 나이 정도 되어 보이는 한 싸나이에게 가르침을 청했다.

그는 나를 보더니 매우 친절하게 맞이해 주었고, 다른 동행에게 나를 소개시켜 주기까지 했다.

솔직히 웹 게시물 내용을 반신반의하며, 여자들이 가르쳐 달라면 잘 가르쳐 주지만 남자가 물으면 '누구세요?'라고 말할까 봐 내심 걱정하고 있었던지라 그분의 배려는 눈물이 날 지경이었다.

잠시 인라인은 뒷전으로 둔 채 그분은 일행들과 함께 사진 찍자며 나를 끌고 가는 바람에 엉겁결에 단체 사진도 한 방 찍었다.

그 후 그분이 내게 물었다.

"어디 근무하세요? 저희는 환경과에 근무합니다."

환경과? 그는 내게 어디어디 환경과라고 말하지 않고 무조건 환경과라고만 말했다.

"네? 저요. 출판 쪽에서 일합니다만……."

그 순간 그분과 곁에서 방금까지 함께 사진을 찍었던 이들의 얼굴이 기묘하게 꿈틀거렸다. 그건 마치 맹렬히 산에 오른 후 '어, 이 산이 아니잖아' 라고 말하며 짓는 표정과 비슷했다.

"아, 네네… 그러시군요."

그 말을 끝으로 그들은 조금씩 내게서 거리를 두며 소곤거리기 시작하더니 잠시 후에는 안개처럼 사라져 버렸다. ―_―

그렇다. 그들은 부천경기장 내에서 근무하는 직원들이었고, 그들은 내가 아는 척을 하자 직원들이 만든 인터넷 사이트를 접하고서 자신들에게 다가온 것인 줄 알고 그토록 친절하게 굴었던 것이다.

휭~ 하니 바람이 부는 곳에서 나는 비틀거리며―인라인을 신고 있는 상황이라 더욱―헤매야 했다.

인라인 첫 출격은 그처럼 어이없게 시작되었지만 타면 탈수록 인라인은 재미가 있었다. 나는 주로 자전거로 이동해 인라인을 타고 자전거로 다시 집으로 돌아가곤 했는데 몸은 부쩍 건강해졌다.

그러나 모든 독자 분들이 예상하고 있듯 인라인은 중단되었다.

누군가―아주 나쁜 놈일 것이다―자전거를 훔쳐 가버렸기 때문이다.

걸어가자니 애매하고, 차를 타고 가자니 내키질 않고, 그래서 나의 인라인에 대한 애정도 점차 시들어 겨울을 맞게 되었고, 지금은 아주 곱게 한쪽 귀퉁이에 놓여 있다.

그 후 나는 다시금 한 대의 자전거를 잃어버렸고, 다시 줄넘기를 구입했으며, 지금은 새로 구입한 자전거를 타고 있다.

현재 보름 정도 지났지만 나는 그 어느 때보다 열심이다. ―_―

부디 올 겨울 목전까지 꾸준히 이어지기를…….

◎ 무한소소 캐릭터 투표

* 취망산의 지킴이, 고독한 불곰! 48%

* 나는 주인공이다. 그런데 나는 무엇인가? 송겸! 15%

* 염소수염을 휘날리는 독왕노괴 염도! 13%

* 절대 박력, 추백! 8%

* 오뉴월의 한이란 이런 것이다. 교청은! 8%

* 칠성사괴 중 유일한 여인, 천뢰편의 빙안미성 주혜! 4%

* 질긴 목숨, 패역한 단천자! 1.3%

* 어리버리란 이런 것이다, 조후! 1.3%

* 손가락 하나로 수호맹주가 되다. 수호맹주 우범! 1.3%

* 보이지 않는 카리스마, 성숙노괴 홍자생! 0%

* 자유분방, 개방 사대 괴짜 중 단연 톱! 종횡마걸 표헌 0%

개인 홈페이지에서 설문한 내용입니다.
솔직히 불곰의 절대적인 지지에 놀라움을 금치 못했습니다.

홈페이지(www.muhans.com)에 대해서는 지난 3권 말에도 밝혔지만 멤버가 되는 절차가 복잡해서 번거로움을 꺼리는 분은 역시 그런 것이 있는가 보다 생각해 주시고, 그것도 문제없다는 분은 들러주시길 바랍니다.